U0018214

Hotel Juicy

打工少女的夏日奇遇記

ホテルジューシー

坂木司－著　阿夜－譯

目錄

第一章

Hotel Juicy

我很清楚，有所謂一己能力所不及之事，
我曉得人有所謂的「本分」，
而我，喜歡符合本分的事物。

所以——

我討厭那種深信自己無所不能，
甚至連他人的「份」都想納爲己有，
老是拿不合本分的事物包裝自己的人。

打從心底討厭。

但更令我討厭的是，馬馬虎虎的人。
對物對人總是應付了事。
如果我一輩子都不必面對那種毫無責任感的人，
一定很幸福。

＊

「噯，浩浩，怎麼辦嘛？」

眼前好友小咲——叶咲子——偏起頭問我。時值七月，小咲和我在大學的圖書館裡翻著打工情報誌。

「唔……」

我邊翻頁邊思索要打哪種工，因爲目標是攢到畢業旅行的旅費，辛苦一點也無所謂，能夠一次賺一大筆是最理想的了。「這樣看來，」我看著雜誌上的文字念出聲：「時薪高，工作輕鬆；不然就是離家近，普通忙的；再不然索性找遠一點的短期工，集中火力撈上一筆如何？」

「所以，妳的優先順位從高到低就像是：酒店、便利商店、海之家(註)，的感覺？」

塗著完美的粉紅唇蜜，雪白的肌膚，精緻小巧的五官，渾身散發著「女孩」氣息的小咲，連嘆起氣來都很可愛。

「呵呵，妳懂我的意思嘛。」

至於本人，柿生浩美，無論身高、體重、五官，都比平均値大上一號，所以完全不是小咲那種適合粉紅色的路線，不過我很喜歡和她在一起。常聽人家說女孩子之間都是同類型的會結

註：夏季於海水浴場爲遊客搭建之臨時店鋪，提供飲食等服務。

爲好友，但我不是。我喜歡小咲這個朋友，正是因爲她和我截然不同。畢竟像我這樣大塊頭的女生要是有兩個，還老聚在一起，也太鬱悶了。

「我覺得我啊，滿適合衝短期工的，至於小咲妳可能找輕鬆一點慢慢賺的比較好哦。」

如果是計畫旅行，我當然想和她一起出遊，但找打工還是各自奮鬥的好，因爲我和小咲光是適合的職務就有著天壤之別。

「說的也是。看是薪水雖然不多但離家近的，還是工作內容不那麼忙的。」

我也覺得出身好人家的獨生女小咲不適合當居酒屋店員或是在便利商店站收銀，反而應該善用她的可人氣質，譬如櫃檯小姐，想來再適合不過。

「果然翻這類情報誌找不到適合的，我是不是應該先去看一下我家附近貼出來的徵人啓事？」

自家附近的徵人啓事嗎？也是個方法。小咲家位在悠閒的住宅區，在那一帶的蛋糕店打工應該不需要忙進忙出，於是我打開手機開始瀏覽打工情報網，卻驀地一驚回過神來。不知是由於身爲大家庭長女的關係還是與生俱來的個性使然，我總是習慣把自己的事情擺到最後。

（這樣不行這樣不行！說好這個暑假要留給自己的呀！）

沒錯，今年的暑假將完完全全屬於我自己。

長年以來，而且是從我懂事至今，我的生活就是照顧年幼的弟弟妹妹。「浩浩妳身爲大姊眞的很可靠耶。」被父母親一褒獎便從此一肩擔下照顧弟妹的責任，顯然是我命該如此。代替幾乎每年大一次肚子的母親做家事，接送念幼稚園的弟弟妹妹上下學，宛如牧羊犬般看管著四處亂跑的小鬼頭，這麼一路走來，導致我總是不自覺地優先處理別人的事情，而暫緩自己的部分。

然而我的不幸是，這個習慣不僅限於對待自家人。好比小學上家政課的時候，班上有個男生笨手笨腳的，光要打顆蛋就在那兒奮戰老半天，看不下去的我於是三兩下就幫他把他負責的蛋全打完了，當我還在得意自己做了件好事，老師卻對我說：「柿生同學，不可以自己的蛋打完了還拿別人的蛋來打哦。」

有能力做到的事，就該去做；身邊的人有困難，就該伸出援手。對此信條奉行不悖的我，有時也會遇上別人不領情的狀況。記得好像是中學的時候，曾被朋友抱怨：「浩浩妳跟老媽子一樣很囉嗦耶。」當時聽了當然不甚開心，但後來時間證明我的作法並沒有錯，最好的證據就是，她們和我直到今日都是非常要好的朋友。

可是弟弟妹妹升上高中的現在，友人們也都是大人了，該我操心的事愈來愈少，家裡爺爺奶奶很有福氣地身體健康，父母親也都是思想開明的人，柿生家終於迎來平靜無波的時光。即使如此我依然每日勤於家事，母親見狀，說了令我相當震驚的一番話：

「浩浩啊，這些年來真的辛苦妳了。看看妳都已經大二了，要玩就要趁現在呀，今後妳想做什麼就去做吧。」

我聽在耳裡當然開心，因爲我自由了，想做什麼都可以。

（只爲自己而活的暑假，眞的是久違了。不，說不定根本是有生以來的第一次……）

人生首次的放大假就在眼前，我卻很沒用地恐慌起來。我所面對的自由時間之巨大，規模前所未見，我甚至有種搞不好自己會被吞噬的錯覺。

忙於家事與照顧弟弟妹妹的每一天，時間總是被零碎切割，一個片段緊接著下一個片段不斷流逝。然而當母親教我「想做什麼就去做吧」，時間登時化爲一頭詭異的不知名生物，緩緩挪移至我的跟前躺了下來。

時間太多，多到我不知該怎麼處理，說實話，這令我相當煩惱。

就好比學校老師臨時停課，突然有了一段空出來的時間，小咲就會不疾不徐地喝喝茶或看看書。看她如此從容且「無爲」地殺時間，我眞的覺得好優雅。反觀我自己，只會拿出下一堂課的課本來預習或是寫報告，急切並「有效率」地把時間塡滿。這次也是，面對漫漫長假，我又「爲了畢業旅行存基金」而打算以打工塡滿每一天。

那麼，眞的到了畢業旅行的時候，我又該「爲了什麼」而行動？

……爲了將來？

我的視線忽地被手機畫面上的一段文字吸引——「要不要來石垣島的小飯店打打工度過這個夏天？」對耶，如果不是在通勤範圍內的海之家，而是像這種在遠方、包住的打工，應該就能夠有效率地消磨時間了。

「噯，我去沖繩打工如何？妳看，應該就是在飯店裡幫忙送餐啊打掃之類的，橫豎要去海邊工作，索性去遠一點的不是很讚嗎？」

「的確，光是跑這一趟就有賺到的感覺。我覺得浩浩妳的話，應該滿適合的。」

小咲也點頭贊同。

「好，就這麼決定了。鎖定沖繩的飯店，我來打幾家問問看。」

決定直接打電話詢問，我便離開了圖書館。

撥了幾通電話，當中感覺最友善的一家叫做「迷你度假飯店・南風」，而且他們原則上願意負擔單程的交通費，於是我買了直飛石垣島的最便宜機票。但可能也因爲便宜，班機時間是一大早，搞得我四點就得起床直奔羽田機場，不過反正我只要坐到飛機就心滿意足了。

*

以結論來說，飯店的工作確實非常適合我。因爲舉凡擺餐具、收餐具、打掃、送洗，全是我在自家每天幹的活兒，雖然得照顧的人數變多了，處理程序卻沒變。而且最大的差別是，在這兒有許多和我一起分擔工作的打工伙伴，少了會扯著我的衣角又哭又叫或是把我精心製做的點心撒一地的小鬼，工作起來更是事半功倍；加上這裡的同事都是極爲一般的好人，員工之間從不曾起爭執，所以我對於明明是幹一樣的活兒，這裡卻比我平常在家時要來得輕鬆愉快許多，內心甚至泛起一絲歉意。

至於我來之前擔心會不會由於不熟悉沖繩傳統文化而產生隔閡，後來證實只是杞人憂天。飯店老闆是從九州遷居來石垣島的，觀念想法和關東人沒什麼差別，工作上我憑常識下判斷基本都不成問題，而且這裡的客層主要是親子，正是我的守備範圍。

（在這裡工作這麼愉快，不如寒假也來好了。喔，或者乾脆畢業直接來這裡上班也不錯。）

工作滿一星期時，我甚至有了這樣的念頭。置身美麗海灣旁的小巧飯店內，任誰都會自然而然地放鬆心情，即便是飯店最忙碌的晚餐時段，空氣中依然悠悠飄著一股閑適，眞不愧是南國特有的風情。

在石垣島，一旦出了以市場爲中心的市區，大自然登時出現眼前，我常趁著外出採買食材時體驗這有趣的落差。離開有著電影院和圖書館的市區大約二十多分鐘的車程，就能看到長有成片茂密紅樹林的河川。

「簡直就是熱帶雨林嘛。」

我朝著河上的獨木舟揮手說道，飯店老闆邊拉下車子前座遮陽板邊笑著說：

「這裡跟正宗雨林不一樣，沒有鱷魚，所以妳有機會不妨去玩玩哦。」

恣意綻放的鮮豔花朵，生氣蓬勃的濃濃綠意，白天雖然高溫炎熱，晒得紅通通的雙頰卻能從傍晚時分撫面的清涼海風中得到紓緩。

身體的忙碌程度與心理的悠哉程度完全是兩個極端啊！——傍晚短暫的休息時間，和伙伴喝著罐裝啤酒看海，我的內心油然而生一股感慨。光著腳踩上沙灘的觸感，緩緩沒入地平線的太陽，置身石垣島的大自然中，先前橫亙在我跟前那頭詭異的不知名生物不知何時已化為黃金鼠大小的小團塊，對我盈盈笑著。

來這個島眞是來對了，我眞心這麼想。

然而幸福的日子總是不長久。

「柿生小姐，眞的很不好意思，妳能不能去那霸？」

某天，老闆娘一臉歉疚地對我說。因為這趟跑腿還跑滿遠的，老闆娘也難開口吧。

「沒問題呀，我去。交給我吧。」

我用力地點了頭，但那時我根本料不到，這正是錯誤的第一步。

「噢，那眞是太好了。」老闆娘露了出笑臉，說出口的卻是令我難以置信的話：「其實啊，我們在那霸那邊有個朋友，當初這家飯店剛開張的時候幫了我們很多忙。那個人也是經營飯店的，最近聽說他那邊打工的員工突然辭職，現在很缺人手呀。」

「咦？那霸的飯店？」

也就是說，老闆娘口中的「去那霸」不是指跑腿，而是人事異動？可是對方缺人的話，在那霸當地徵人不就好了？老闆娘似乎看穿了我的心思，繼續說：

「對方都開口了，我們也不能當作沒聽到，是叫互相扶持嗎？這兒有這樣的潛規則，而且事實上當初我們也的確接受過對方的幫助。」

這就是所謂的「沖繩精神」嗎？據老闆娘說，那家飯店規模比這裡小，只靠最精簡的人力在運作。

「所以對方希望找有飯店工作經驗的，可是突然貼出徵人啓示又不保證馬上就找得到這樣的人，是吧？就這一點來看，柿生小姐正是最完美的人選了，因爲妳這段時間以來眞的表現得可圈可點呀。」

這是什麼理由？我甚至暗自埋怨了起來，早知如此，我幹活時就不那麼賣力了，因爲像這裡這麼舒適的職場根本是可遇不可求，但我說出口的卻是：

「我知道了，請讓我去那霸吧。」

在微暗的石垣機場裡等飛機時我就開始後悔了。裝什麼成熟嘛，要是我回應的時候多上那麼一點點遲疑，說不定就是換別人去那霸了。沮喪的情緒不斷湧上。

（不過老闆他們待我不薄，而且受人恩惠就該報答……）

老闆付薪水時包了紅包給我，老闆娘還幫我準備了便當，和好同事們也都互留了聯絡方式，冷靜想想現在的狀況其實不差。我盡量往好處想，硬是讓自己打起精神來。

*

然後此刻，我人在紐約……想太多，我在那霸。

若問我現在的感覺，只有一句話——「那霸果然是大都市。」之前就聽說那霸有鐵路，也從書上得知有高速公路，但我沒想到開展在我眼前的竟是如此絢爛廣闊的世界。我搭上單軌電車，在「縣政府前」站下車，理論上接下來只要走個十分鐘左右就會到目的地了。我邊看著手上的手繪地圖，走在那霸的主要幹道「國際通」上。由於正值暑假期間，整條大道相當熱鬧。沿街有播放著沖繩民謠的土產店、主攻年輕客層的公仔圖案T恤專賣店、餐廳、觀光飯店，以及便利商店和購物廣場。熙來攘往的行人當中有許多歐美人和亞洲人，氣氛彷若身處國外，而交通狀況也熱鬧非凡，馬路上始終宛如尖峰時段車潮不斷，步道上滿滿都是行人。

只背了個小肩包的辣妹、兩手空空穿著寬鬆五分褲的男子，先後撞上帶著沉重行李的我，但他們都彷彿沒撞到人一樣連回個頭看一眼都沒有。

（是說觀光勝地也太多沒常識的人了吧！）

這些怎麼看都像是高中生的觀光客究竟打那兒來的？看他們穿著便服，顯然不是學校遠足，可是如果是全家出遊來到那霸，當中情侶的比例也未免太高了。對於感情空窗兩年、從不曾瞞著爸媽偷偷出去玩的我來說，更是雙重火大。

不過一旦彎進路旁的巷子，人潮瞬間退去。亮灰色的屋牆，狹窄的巷弄，民家的玄關或屋頂上立著西薩獅（註一），轉角處豎著寫有「石敢當」、宛如道祖神（註二）的小石碑，從繁華的大街換上古樸的住宅區景象竟然只在一眨眼，我不由得回頭張望來時路。不遠的前方，擁擠的車流與攬客的叫喚與滿坑滿谷的年輕人依然在大道上川流不息，面對宛如夢境的強烈落差我不禁感到困惑，但仍繼續前進幾條巷子之後，眼前出現了我在找的飯店的指路看板。

紅底黃字的「Hotel Juicy」，唔，怎麼像是中國餐館的用色。

（而且取什麼「Juicy」，不覺得有點A嗎？）

我暗暗祈禱我的新打工地點不是一間色情旅館，一邊繼續前進，然而看板上所寫「前方二十公尺」應該出現的飯店，卻始終不見蹤影；更慘的是我顯然不知什麼時候走過了頭，因爲一塊寫著「前方十公尺」的看板正指向我的後方。明明前前後後都有指路看板，但目標的飯店跑哪兒去了？明亮無人的石板路上，我久違地迷路了。胡亂轉了好一會兒，前方一位老婆婆正朝我的方向走來。

「不好意思，請問一下……」

正所謂及時雨呀。我立刻問了飯店所在，老婆婆一聽，露出一臉不解指向我的背後：

「就那兒啊。」

「什麼？」

我的背後只有一棟完全融入街景的老舊雜居大樓，整棟灰色的混凝土外牆，毫不起眼，怎麼想都不可能是觀光勝地的飯店。我狐疑地端詳那棟樓，只見面向道路的一樓包括一家破舊的咖啡廳兼酒吧、一家類似事務所的店面，還有一家外牆貼了一堆廣告傳單的旅行社。

「我說，那家突瑞斯特歐費司，就是里塞普炫啦。」

我試著解讀老婆婆那發音奇特、應該是英文的單字，看來她的意思是，那家「旅行社」同時充當飯店的「接待櫃檯」。原來如此，換句話說這棟雜居大樓就是飯店了？還眞難認。我向老婆婆道謝之後，走進了「突瑞斯特歐費司」的大門。

＊

一進門便傳進我耳裡的，大概是中文吧。公司名叫「南海旅行社」，坐在辦公桌前的男子正以可能是中文的語言激動地講著電話。除他以外空無一人，男子瞥了我一眼，我朝他微微點頭打招呼，男子於是邊講電話邊對我招招手，接著往手邊的便條紙上寫了什麼要我看。

紙上寫著：「Hotel Juicy?」我點點頭，男子又寫下：「夾在我們這兒和咖啡廳中間的那家才是，常有人搞錯。」我沒出聲地向他說：「謝謝您。」然後用力點了個頭致謝。這麼說來，那家類似事務所的地方才是飯店入口？

註一：原文為「シーサー」（Shisa），沖繩居民多設立在建物的門或屋頂、村落的高台等處的石獅子像，為家宅村落鎮風驅邪，張口的代表招福，閉口的象徵守福，在台灣金門稱「風獅爺」。

註二：日本路邊常見的神祇，保佑交通安全、夫婦圓滿、消災除厄、五穀豐收、子孫繁榮，一般以石碑或石像的形式設置於聚落中心或是岔路路口。

（可是實在怎麼看都不像是飯店啊。）

我步出旅行社，小心翼翼地探頭窺看那家事務所，發現玻璃門上掛著一個小小的牌子，紅底黃字寫著「Hotel Juicy」。眞是搞不懂，只要在這棟樓的正面大大地貼出招牌，就不會有那麼多人搞錯地點了呀。

（完全感受不到這家飯店老闆有心做生意。）

我有點被擺了一道的感覺，繼續觀察門內，看到疑似接待櫃檯的檯子後方坐著一名和我差不多年紀的女生，進門處擺有似乎想營造南國風情的籐椅。牆上貼著推薦當天來回觀光行程之類的傳單，終於看到像是飯店該有的景象，我稍微放了心，但另一方面不安也開始湧上——在這樣的飯店裡打工的女孩子是什麼樣的人？我們合得來嗎？重點是，這裡眞的是一家沒問題的飯店嗎？

我帶著僅剩的些許責任感與龐大的不安，正式推開新的打工地點的大門。

＊

櫃檯的女生自我介紹說她叫松谷明子，有著與南國完全不搭的白皙肌膚，及肩剪齊的髮型，讓她看上去有點像洋娃娃。

「柿生小姐能來眞是太好了。另一位打工的伙伴突然辭職，我們正在傷腦筋呢。」

松谷小姐從辦公桌拿出鑰匙串，「我先跟妳介紹環境。」說著領我進了電梯，但不知怎的她摁的是七樓的按鈕。見我一臉訝異，她噗哧笑了。

「這裡的五、六、七樓才是飯店，二樓到四樓是一般的住家。嚇到了嗎？」

「是。好像……跟一般飯店不太一樣？」

「我剛來的時候也嚇了一跳，不過這邊很多這種的，一棟樓裡只有其中幾層當飯店。」

她說甚至還有一棟樓裡多家飯店入駐的。

（這……是叫隨興嗎？呃……）

來到七樓一出電梯，令人窒息的溼氣迎面撲來，高樓果然容易積蓄熱氣與水氣。她打開一道怎麼看都只是一般公寓大樓的住戶門，我們脫了鞋踏進室內，這兒就是客房了。

「現在是旺季，所以空房只剩這一間，不過每間的格局都大同小異啦。」

松谷小姐接著俐落地向我說明我們的工作內容。客房內的茶几組不出所料同樣是籐製的，床鋪以外還有簡單的小廚房，由於原本就是公寓大樓，衛浴設備該有的都有。看來這家飯店似乎是專攻長住的客層，相較於建築物外觀的簡陋，室內倒是五臟俱全，我有些訝異。

「客房的打掃基本上固定有清潔阿姨會來處理，我們不必碰這一塊，但打掃完之後的客房整床和備品等等就是由我們負責。不過妳看了也曉得這裡不是正規的飯店，打掃和客房整理都等客人退房之後再動就好。原則上我們的工作大多是打雜和櫃檯相關業務，像是把桌上的飯店使用規約說明書擺整齊之類的。」松谷小姐笑了笑：「總之，該做的事很多，但全都是非常簡單的工作。」

「是喔？呃，突然來到這裡上班有點緊張，今後還請多多指教了。」

我一低頭行禮，松谷小姐就連忙搖著手說：「不不，別這麼客氣，我一樣只是打工的，我才要請妳多多指教呢。」

看到松谷小姐不斷搖手的慌張模樣，我想我和這個人應該能夠相處愉快。

「而且日後說不定會要請柿生小姐幫大忙呢……」

也是，打工的就我們兩個，勢必得互相幫助。我沒心思去多想新同事話中的深意，直率地點著頭應和。

「其他的同事就等碰到面時再逐一介紹了，總之先帶妳去跟代理老闆打招呼。」

「代理老闆……？」

也就是說，老闆不在飯店裡？松谷小姐領著一頭霧水的我搭電梯下到一樓，穿過櫃檯來到店外頭之後，大出我意料之外的是，這不是正朝隔壁那家詭異的咖啡廳兼酒吧走去嗎！而且店門還掛著「準備中」的牌子。

「代理老闆，南風飯店過來支援的柿生小姐到了。」

松谷小姐打開店門對裡頭喊道，幽暗的店深處有人回話：

「喔，我馬上來，等一下。」

傳出喀咚喀咚的聲響，暗處浮現一道人影。很詭異，相當之詭異。那人移動途中喊了聲「好痛！」接著踏著搖搖晃晃的腳步出現在我面前的是一名小個頭男子。看不出是三十多還是四十多歲，總之是個戴眼鏡的年齡不詳大叔，T恤外頭隨興套了件夏威夷衫，而且似乎是匆忙間穿上，釦子還釦錯。最驚人的是那顆頭，一頭燙得微鬈的中長髮及肩，雖然不到長髮，整個人散發出一抹不知該說是重金屬樂手還是嬉皮的昔日風華氣息，總之怎麼看都不像是個可靠的人。

「久等了。我是安城幸二，叫我代理老闆就好了喲。」

就好了喲……這位先生。我從沒遇過比我年長的男性以這種輕佻的語氣對我說話。面對僵在當場的我，這位代理老闆安城先生繼續說出令人難以置信的話：

「所有的工作內容松谷小姐都很清楚，妳就問她吧，我原則上都待在這兒，有事再叫我就好。那就這樣，多多指教。」

「呃，好的。還請您多多指教。」

我反射性地行禮致意，但總結來說這個人就是那種不管事的上司了，不必對他抱有太大期待。我默默在心裡記下筆記。

接著松谷小姐帶我來到位於一樓最裡間的備餐室，一名豐腴的中年女士正在炸東西。

「這位是比嘉照子女士，每天會過來準備餐點。照子姨，這位是柿生小姐。」

「請多多指教。」我一打招呼，比嘉阿姨嘻嘻一笑說道：

「噢，來了一個個性認眞的小女生呢，這樣小明妳也可以放心啦。來，這給妳，我們是朋友嘍。」比嘉阿姨說著遞給我一粒剛炸好的「Sata Andagi」（註），我知道這就是知名的沖繩炸

註：原文爲「サーターアンダーギー」，將雞蛋、麵粉及糖混合而成的麵團揉成小球形炸起後外裹砂糖而成，類似台灣的油炸點心「開口笑」，在中國不同地區稱爲「沙翁」或「炸蛋球」。

甜甜圈了。往熱呼呼淺褐色的小球咬上一口，鬆軟口感伴隨的熱氣瞬間冒出。

到了晚上，我回到房裡拆行李，我的寢室和松谷小姐一樣在五樓，我們倆開了小小的迎新會。松谷小姐說她酒量不太好，拿著水果氣泡酒小口啜飲著。我則是想說難得來這裡當然要試試當地的名酒，於是喝著泡盛（註）兌茉莉花茶。一天下來舟車勞頓加上心情緊張，累壞了的身體得到酒精的撫慰相當舒服。

「這個地點很難找耶，客人不會迷路嗎？」

我把棉被捲成一團當靠墊，一邊倚著一邊啃著小點心「炸魚糕」（註）。

「會迷路啊，不過來這裡投宿的大多是老客人或是聽人介紹過來的，好像也不至於找不到啦。」

「是喔……」

的確就我所看到那間客房裡的設備格局，住過的人應該會想再來住，也難怪先前看到的訂房表上，以連續住宿的客人居多。就主要客層是長期的單人客這點來看，和南風的客層剛好是兩個極端。喔，或許雇主的態度也可說是兩個極端。

「請問……」

「怎麼了？」

雙頰微紅的松谷小姐看向我，醉了的她白皙肌膚更是顯眼，非常可愛。一直待在沖繩還能擁有這麼白的膚色也是種才華。

「松谷小姐是怎樣的因緣際會來到這裡的？」

雖然這麼說有點失禮，畢竟一般打工情報誌應該不會刊登這家飯店的徵人訊息，再講得過分一點，感覺老闆也出不起刊登費，所以松谷小姐應該也是從哪家飯店或旅館過來支援的？

「也沒什麼因緣際會……就自然而然變成這樣啦。」

「自然而然？」

「嗯，我一個人旅行了好一陣子，原本是來這裡投宿的，後來住一住覺得沖繩眞是個好地方，然後剛好那時候這裡打工的人辭職，他們就問我要不要留下來工作。」

……莫非，外表可人的松谷小姐其實是個奔放的女子？平常人是沒辦法「一個人旅行好一陣子」的。

「柿生小姐妳之前在南風飯店，對吧？我還沒去過石垣島等等離島呢，那邊如何？好玩嗎？」

「噢，那裡簡直就是度假模式全開！」

離開石垣島明明只是今天早上的事，不知怎的卻好生懷念。好伙伴們的面容浮現腦海，我不禁有些感傷。

註一：琉球群島特產的蒸餾酒，主要成分爲泰國長米，由黑米麴菌發酵而成，酒精濃度可高達百分之六十。

註二：原文爲「たらし揚げ」，魚漿拌入紅蘿蔔、牛蒡等料油炸而成，類似不規則形狀的炸甜不辣。

「總之大海非常漂亮，居民都非常悠閒，觀光客也會不知不覺跟著放鬆心情悠閒起來，眞的是個好地方喔。松谷小姐妳有機會一定要去玩一趟！」

我像是要排遣湧上的寂寞情緒，熱切地對松谷小姐訴說島上的種種美好。松谷小姐邊點頭邊聆聽，而她的眼角微紅，是因爲醉了的關係嗎？

「眞好耶！石垣島，我好像也應該去看看喔……」

在睡魔把我拖進沉沉夢鄉前，我似乎聽見松谷小姐如此說道。

*

隔天，松谷小姐向我正式介紹負責清潔的兩位員工，久米女士和仙女士，她們每天都會過來打掃。兩人看上去有相當年紀，卻都很有精神，我一打招呼，兩人便咭咭咯咯地笑了起來。

「妳好、妳好，所以我們就喊妳叫浩浩嘍。」

缺了牙的仙女士念出的「浩浩」聽起來像是「呵浩」。

「至於我們兩個，妳喊久米婆婆和仙婆婆就好啦。」

「要當好朋友喲。」久米女士，不，久米婆婆緊緊握住我的手說道。我想起了同住在老家的奶奶，有種不可思議的感覺。

（奶奶，我沒想到有一天會跟和奶奶差不多年紀的老人家一起工作呢。）

不過……等兩位婆婆進了電梯之後，我問松谷小姐：

「不好意思，老實說，下次再遇到兩位婆婆的時候，我可能沒把握認出來哪位是仙婆婆，哪位是久米婆婆耶……」

是的，她們兩位應該是雙胞胎，外表根本是一個模子印出來的。

「對喔，忘了跟妳說，右手手背上有顆大痣的是久米婆婆喲。附帶一提，她們兩人個性都很開朗不拘小節，差別只有仙婆婆稍微比較細心一點點而已。」

昨天打過招呼的代理老闆和比嘉阿姨、今天的久米婆婆和仙婆婆，加上松谷小姐，這些就是全部的工作人員了。

「啊，還有一位沒去打招呼。這兒有大老闆吧？」

「嗯——，不過其實我也沒見過大老闆。」

之前聽松谷小姐說她已經在這裡工作一個月了，沒見過大老闆是怎麼回事？

「聽說啊，大老闆的正職不是經營飯店，所以這裡的事務幾乎全部交由代理老闆負責，大老闆只有一年會露個幾次臉。」

松谷小姐邊說明，邊開始撥電話給預約清單上的客人確認訂房。

我跟在松谷小姐身旁邊看邊學，慢慢掌握了大致的工作流程。若沒有預定一早退房的客人，早上原則上九點上工，比嘉阿姨會提早過來做早餐，我們員工的早餐就在廚房裡解決。

「這裡的早餐好吃是出了名的。」一如松谷小姐所說，比嘉阿姨所做的沖繩料理非常美味，不管是山苦瓜炒什錦（註一）、炸魚，每道菜都有一定的水準。雖然不到大師廚藝，但調味都恰到好處，特別是名爲「Asa」（註二）的海藻湯，稍稍蓋過海水風味的美妙滋味，喝下去全身都彷彿感受得到帶著鹹味的海風。我一邊朝小菜伸出筷子不禁心想，搞不好Hotel Juicy只有在料理上贏過南風飯店。

用完早餐後，主要處理退房相關業務，等退房客人全數離去便告一段落，這時久米婆婆和仙婆婆剛好來上工，我們把兩位婆婆收集過來的亞麻布巾等等塞進洗衣機，就到了中午時間。一邊吃著比嘉阿姨幫我們做的午餐，我在腦中清點著客房數和投宿者人數。

（客房總共十間，目前住長期的有兩位，其他間客房大概是兩、三天換一批新客人的頻率。）

我們用完午餐大約是下午一點，兩位婆婆剛好結束清潔工作下班，緊接著是一早來上班的比嘉阿姨在兩點收工，下班前她會把隔天需要的食材寫在便條紙上留給我們，接下來就是我們的外出採買時間。

這是我來到那霸的初次外出，心情尤其興奮。

「不過我們全都外出，飯店不就沒人顧了？」

走在通往市場的小巷裡，我問松谷小姐。她笑著拿出手機說：

「放心，櫃檯有代理老闆在顧，有什麼不懂的事他會打這支手機。」

「不懂的事？他不是老闆的代理人嗎……」

「呵，那人就是那樣嘍。」

松谷小姐的語氣一派平常，似乎完全不覺得困擾，但是一個身爲雇主的人可以那樣嗎？萬一松谷小姐不在了，恐怕無論訂房或是櫃檯業務全都會亂成一團。

松谷小姐緩步走著，偶爾朝停車場的貓兒揮揮手，或是摸摸民宅屋前狗兒的鼻頭。她伸出的手臂透過陽光映出的影子不時落在建築物外牆上，宛如生物般移動著，我愈看愈覺得豔陽下的一切彷若夢境，眞是不可思議。

「不過啊，代理老闆坐櫃檯頂多兩個小時就是極限，我們還是搶在這段時間裡把該辦的事都辦完，趕快回去比較好哦。」

一踏進公設市場大樓，腥味撲鼻而來。爲數驚人的肉攤、魚販，以及店頭擺著我從未見過蔬菜的蔬果攤。各式各樣的攤販全聚在同一層樓裡，氣味與喧鬧人聲攪成一團宛若巨大浪濤。我強忍著難受的氣味努力追上松谷小姐，感覺在這兒要是跟丟就再也找不到人了。

之後松谷小姐說她要去銀行換收銀用的零錢，以及把營收存進帳戶。呃，代理老闆居然連錢的部分都交給她處理？

「妳說限時兩個小時，是因爲代理老闆還有其他的工作要處理嗎？」

註一：原文爲「ゴーヤチャンプル」。「Chanpuru」在沖繩方言裡爲「炒雜燴」之意，另有炒麵麩或炒素麵等多種變化，最具代表性的便是炒山苦瓜。

註二：原文爲「アーサ」，Asa是一種長在海邊岩石上的綠色海藻「石蓴」，又稱「海萵苣」，Asa海藻湯由醬油和鹽調制而成的，多加入豆腐，口味清淡，在口味較重的沖繩料理中屬少見。

「不是，只是因爲他好像沒辦法乖乖坐在櫃檯裡太久。之前有一次我繞去別的地方稍微晚點回去，發現櫃檯沒半個人在，嚇壞我了。然後才發現櫃檯上留了一張便條紙寫著『外出中』和這支手機的號碼。」

附帶一提，據說當時櫃檯內什麼鎖都沒上人就不見了。聽到如此不負責任的行徑，我不禁隱隱感到頭痛。

我回到飯店後，繼續處理櫃檯相關事務，包括迎接登記入住的客人，收發宅配郵件等等，雖然一個人的工作量大，由於客人不多，並不需匆忙地處理事情。我想這和Hotel Juicy只付早餐有很大的關係，不像南風基本上是付兩餐的度假飯店，一到傍晚用餐時間，工作人員就和打仗一樣忙到翻。

我問了收據和保險箱的位置之後，從下午到晚間一直負責櫃檯的工作。當中有幾次小狀況讓我有些慌了手腳，不過以第一天上班來說，我覺得已經算做得不錯了。這時，兩名長期住宿客人的其中一名出現在櫃檯旁向我搭話。

「噢，新人吶。」

這人雖然不到我爺爺那麼老，也是有相當年紀的老先生，但他卻是單人投宿，我覺得有點不可思議，是因爲工作的事情來那霸嗎？

「是的，我叫柿生，今後還請多多指教。」

我一行禮，老先生嘻嘻笑了。他的臉色偏深，不知是否因爲太陽晒多了。

「我叫山本仁藏，要說對於這家飯店的熟悉程度，我可是妳的大前輩哦。」

「您常來這兒住嗎？」

「嗯，算常吧。我喜歡四處晃蕩，也常來沖繩，因爲這裡有全日本最早開的櫻花——『緋寒櫻』。」

爲了賞櫻而來沖繩旅行，眞是有閒情逸致，令人好生羨慕。山本先生還說，這個品種的櫻花不會一下子就凋謝。

「所以在這裡可以悠哉地賞櫻。原本這裡的人就不擅長匆忙的步調，沒想到連這兒的花也是這種個性吶。」

「講到賞櫻，我的印象裡只有人擠人、醉漢和排上廁所的長長隊伍，一點也悠哉不起來。」

聽我這麼說，山本先生笑了出來。

「這樣很好呀，你們年輕人有過這樣的經驗才好。像我上了年紀的，連從前悠哉不起來的事兒都覺得好懷念。」

連悠哉不起來的事都覺得懷念——山本先生這句話不經意打進我心底，我想起了年幼的弟弟邊哭邊賴著我的模樣，和做出美味料理得到母親稱讚的日子。

「到我這個年紀，聽到人家突然對你說『好啦，你就放心地去退休吧』，很多人其實都會一時不知何去何從啊，畢竟一路埋頭苦幹地工作過來，面對『空閒時間』眞的很不習慣。」

簡直就是在講我嘛，呃，所以這表示我是退休後的老爹？我邊吐槽自己，邊感到些許沮喪，櫃檯上小小的西薩獅擺飾正一臉興味盎然地抬眼望著我。

「我什麼東西都沒有，就是時間最多，無聊的時候可以來找我聊聊哦。」山本先生說完便回房裡去了。

「山本先生是在做什麼的呢？」

結束一天的工作，我在睡前這麼問了松本小姐。她一邊以浴巾擦乾頭髮一邊偏起頭。

「唔，我也不太清楚耶。」

「不清楚……？住宿登記表上頭不是有職業欄嗎？」

「他沒寫呀，而且他那個年紀沒在工作也是正常的吧？喔，我還常聽他說自己身體不太好。」

不是的，我不是想探問個人隱私，而是想聽到「他現在靠領年金過著享受廉價旅遊的自在日子」或是「聽說他有老朋友在這兒」之類的回答。和松本小姐溝通上的微妙誤會，我不禁有點想解釋的衝動，但畢竟才相處第二天，我沒有勇氣開口。

「話說柿生小姐，妳今天一天工作下來覺得如何？有信心做下去嗎？」

一手拿著化妝水的松谷小姐看向我問道。

「說眞的，很多事情都讓我有大開眼界的感覺，不過看樣子都不是處理不來的事。」

「那就好。代理老闆雖然人有點怪，卻不是壞人。比嘉阿姨和婆婆們人都很好，只要習慣之後這裡是很不錯的工作地點哦，加油吧！」

看到她盈盈衝著我笑，我也不由得回應她滿面笑容。代理老闆的確感覺是個問題兒童，但同事都是好人，這份工作我應該做得下去。

＊

人生是無法重來的角色扮演遊戲——我高中同學說過的這句話，眞是至理名言。現實人生當然無法替換爲遊戲，只不過對身在其中的人而言，有可能會因爲一些細微的事情走上人生交叉口，也可能由於一句回應而讓事情起了變化，大概就是那種感覺。

而看來昨夜，我對於石垣島經驗的述說，顯然是一場錯誤。

「那麼柿生小姐，之後就交給妳嘍！」

肩上背著大包包的松谷小姐對我嘻嘻一笑，不過不好意思喔，我一點也笑不出來。

「有什麼問題就問比嘉阿姨吧。還有，這個給妳帶在身上，是必需品哦。」

松谷小姐說著，把那支手機交給了我，換言之這不是她的私人物品，而是飯店的工作用手機了。

「松谷小姐妳……本來就預計只做到今天嗎？」

「沒有啊，是因爲聽了柿生小姐妳的描述，我也突然很想去石垣島看看，而且俗話不是說『選日不如撞日』嗎？」

（……虧我……虧我還一直覺得這家飯店裡只有這個人是有常識的人！）

我忍不住在心中大喊。自從來到沖繩，這已經是算不清第幾次有這種被擺了一道的感覺了。

「一路上自己小心哦，有什麼需要幫忙的，隨時和我們聯絡呀。」

從廚房出來的比嘉阿姨說著塞了便當給松谷小姐，她也是剛剛才得知松谷小姐做到今天要去旅行，反應也未免太平靜了。兩人正在話別，代理老闆這才終於慌慌張張地現身。

「松谷小姐，怎麼回事，聽說妳做到今天？」

「是的，剛好有那個心情。」

妳！什麼叫那個心情！我心中再度大喊。不過橫豎代理老闆只會一副妳想去就去的無所謂態度歡送她吧，我才這麼想，沒想到代理老闆低下了頭嘟囔：

「……妳走了會很寂寞耶。」

代理老闆顯得十分消沉，一身品味低俗的夏威夷衫更顯窮酸。莫非，人不可貌相，這個人其實是這些人當中腦袋最清醒的？我一瞬間抱有淡淡期待，然而他的下一句話讓我的期待倏地化為虛無。

「好寂寞啊，又剩我一個人被丟下來……」

嗯？丟下你？什麼意思？

「你們每個人都自由自在地想去那兒就去哪，每次都剩我一個人被丟下。」

什麼嘛，一副被害者的可憐語氣，還露出一副淚水在眼眶打轉的悲傷表情？

「來，這是薪水。松谷小姐，連我的份一起用力地去感受這寬廣的世界吧。」

面對如此的代理老闆，松谷小姐苦笑著接下了皺巴巴的薪水袋，代理老闆裝模做樣地拭了拭眼角，接著瞥了我一眼說：
「對了松谷小姐，這個人，一個人沒問題嗎？」
（沒問題？我才要問你有沒有問題吧！）
我以為他瞄我是有事要講，居然是問這個！
「沒問題的，柿生小姐責任心很強，工作學得又快，可以放心交代事情，所以我才會這樣萌生出發去旅行的念頭呀。」
「……是喔？沒問題就好……」
「那麼幫我和仙婆婆和久米婆婆打聲招呼，請她們務必健健康康地等我回來看大家喲。」
「那兩個人就算被殺也死不了的啦，與其擔心她們，妳不是更應該擔心我嗎？」
請問一下喔，從剛才這個人好像就只顧著講自己的事是怎樣？是說我和這個人眞的有辦法共事下去嗎？彷彿無視滿心不安的我，話別的場面兀自進行著，就在這時，山本先生幽幽現身，不知怎的我感覺他的臉色又更暗沉了。
「哎呀，松谷小姐做到今天？」
「是的，承蒙您照顧了，山本先生您也要多保重哦。」
「快別這麼客氣，我才要說承蒙照顧，都是我在麻煩你們。」
山本先生雖然一臉笑嘻嘻的，但我覺得他講話咬字有點不清不楚，發生什麼事了嗎？而且仔細一看，我發現他身子微晃。
「哎喲山本先生，您又喝了嗎？」

站在他身旁的比嘉阿姨不經意湊近一聞說道。我的確從剛剛就隱約聞到一絲怪味，莫非是酒臭？

「呃——哎呀，就是那麼回事嘍。」

山本先生笑著搔了搔頭，可是現在是連早餐都還沒供應的早上七點耶。

「不要喝太多害我們擔心呀。」

「放心、放心，我每天都會去賞花，沒問題的。好啦，那妳多保重嘍。」

山本先生搖搖晃晃走出飯店門，松谷小姐望了一會兒他的背影之後，回過頭朝著大家用力地一鞠躬。

「那我出發嘍，眞的非常感謝各位這些日子以來的照顧！」

我也反射性地低頭回禮時，松谷小姐從口袋掏出一個小袋子交給我。

「呃，這個是……？」

「『見面禮隨身包』，柿生小姐如果不討厭小動物的話，請把這個帶在身邊。」

「喔，好的……」

收下裝有小魚乾和狗食的塑膠小袋子，我的心情變得很複雜。我並不討厭貓狗，只是我此刻根本沒有心力顧到那些。

松谷小姐拋給我們可愛的笑容與難解的舉動之後，瀟灑地離去了。難以言喻的空虛感湧上，當然並沒有她丟下我離去這回事，但我爲什麼有股遭人拋棄的感覺？

我坐進冷清的櫃檯裡，茫然地思考著。現在這樣，我來這家飯店簡直就像是爲了讓松谷小姐啓程才來的。不，搞不好根本一切都是預謀，因爲我們見面第一天她就曾說「日後說不定會要請柿生小姐幫大忙呢……」

（說要我來「支援」，原來不是因爲有人辭職了，而是因爲有人要辭職而需要接班人。）

感覺我是被強迫接下這份打工，更悲慘的是，代理老闆的態度不是普通地不負責任。

「那……也只好這樣了，麻煩妳嘍。」

我第一天上工時代理老闆那初見面的隨和親切都到哪兒去了？前腳送走松谷小姐，他後腳便匆匆逃去隔壁的咖啡廳兼酒吧。若不是比嘉阿姨用力拍了一下我的背鼓勵我，被拋下的我眼看就要被龐大的不安吞噬。

＊

即便如此，我並不討厭忙碌，因爲在不熟悉的飯店裡忙著各種工作，剛好能讓我沒時間胡思亂想。首先送早餐給客人，接著通知久米婆婆和仙婆婆可以進去打掃的房號，然後按照比嘉阿姨交給我的便條上的清單外出採買食材。路上遇見了幾隻貓，但不巧我沒把「見面禮隨身包」帶出來，當場把我當空氣走過我面前的貓兒，感覺沒有昨天那麼可愛。

今天的市場依舊籠罩在熱氣、溼氣與鼎沸人聲之中，從謎樣的木桶飄散出的發酵酸臭讓我不禁皺起眉頭。我留意著不要踩到老舊混凝土地面滲出的液體一邊前進，魚店店頭擺著完全不像可食用的豔藍色的魚，我別開眼，卻發現走道另一側的展示櫃裡擺著成排的豬頭正露出詭異的笑容望著我。

我看不懂便條上寫的食材「Suchika」（註）是什麼，問了一旁的店家，店家於是指向肉鋪。

「就是鹽醃的豬肉喲。」

我依照便條上所寫的分量告訴老闆，一大塊沉重的肉塊就這麼遞到我手中，購物袋的提把深深陷入我的手指，我沒精打采地拎著走在回飯店的路上。

至於和錢有關的部分我還是不敢碰，所以我跑去隔壁把代理老闆從睡夢中挖起來請他去銀行。

「我很討厭去銀行啊。」

「我也沒有多喜歡去銀行，不過重點是我畢竟才上工第二天，新人不能碰營收的。」

「松谷小姐都說交給妳沒問題了嘛。」代理老闆身穿鳳梨花紋的夏威夷衫，腳踩嚴重磨底的海灘拖鞋啪噠啪噠地去銀行了。我實在不明白，這家飯店的大老闆爲什麼會挑這個人當代理人？因爲我怎麼看都不覺得這個人適合這份工作。

我回到櫃檯，處理訂房的來電，清點一下今日退房人數，山本先生忽地現身。

「哇，很認眞上班嘛。」

「您好，您今天有預定要去哪裡逛逛嗎？」

「沒耶，沒有特別計畫。我這個人就是隨興的命，什麼都沒有，就時間最多了。」

山本先生說著，在櫃檯旁的椅子坐了下來。看來他很想要有人陪他聊天，因為我爺爺也常像他這樣，佯裝沒事地跑來客廳找我聊天。

「需要幫忙嗎？」

看吧，和我爺爺一模一樣就是拿這種話開頭。不過山本先生再怎麼說都是客人，不可能讓他出手幫忙。

「您方便的話，可以告訴我一些有趣的事情嗎？我才剛來沖繩沒多久，沒什麼機會去觀光，不過山本先生就不一樣了，感覺您好像很習慣旅行喔？」

至少陪他閒聊我還辦得到，於是我主動找了話題讓他開口，結果不出所料，山本先生神采飛揚地道來他的旅行故事。

「我啊，原本個性就不適合在一個地方長久定居，從以前就有流浪癖，足跡遍及全日本呢。」山本先生說：「春天到了，就追著櫻花前線北上，長野、新潟，最後甚至追到北海道，如此一來我的賞櫻都可以賞到六月多，喝不完的賞櫻酒多讚呀。還有，在北海道，八重櫻和蒲公英是同時開花的哦。」

我一邊整理住宿登記表，一邊適時地應和山本先生。

「雖然是帶著麻煩的孩子們一起旅行，當時真的很開心。」

註：原文為「スーチカ」，以天然海鹽醃漬的豬五花肉，在沒有冰箱的時代做為長期保存的食品。

帶著孩子旅行?山本先生是從事什麼工作的?難不成是行腳商人之類的?

「孩子們啊，去到花開的地方都開心得不得了，所以我除了賞櫻花，還到處賞了各式各樣的花。」

「您的孩子們一定也留下了很多美好的回憶喔。」

「嗯，或許吧……」

山本先生的側臉忽地掠過一絲陰影。

「那個時候我全副精神都在為生活打拚上頭，沒想過孩子們是不是真的過得幸福。確實他們看到花的時候是非常開心的，可是要開心不一定要逼著他們和我一起四處旅行呀，現在回想才發現，說不定那根本只是我的任性罷了。」

我好像深入到不該探問的地方了，氣氛變得有些尷尬。

「那您下回和孩子們碰面的時候，不妨像方才一樣聊聊花的話題如何?提起共同的美好回憶，應該可以聊得很開心哦。」

然而山本先生只是落寞地笑著搖搖頭。

「謝謝妳，不過那些孩子已經死了。」

「對不起，呃，我……」

我慌忙道歉，山本先生沒讓我說下去，站了起身。

「沒事的，我還要謝謝妳陪我聊天。好啦，那我去外頭散個步再回來。」

山本先生一手拿著穿舊的麻質外套，晃出門去了。我覺得全身虛脫，手不禁貼上額頭。明明聊得正開心，我卻勾起了人家的傷心事，好好的一趟旅行就這麼被我破壞殆盡。

怎麼辦？我這樣還做得下去嗎？

目送山本先生出門後，我前往清查客房，忽然不知從哪間房裡傳來笑聲，看樣子是兩位婆婆正在邊打掃邊聊天。

（畢竟是上班時間，可以聊得這麼開心嗎？）

但是人家是前輩，又是有相當年紀的長輩，我很難開口提醒他們這種事。總之我朝傳出笑聲的客房走去，這時傳進我耳裡的是兩人的對話。

「哎呀呀，這小褲褲好小件呀。」

「這樣重要部位不都被看光了嗎？」

接著是嘻嘻嘻的笑聲。我打開房門探頭一看，只見兩位婆婆拿著一套比基尼在端詳，顯然是投宿的年輕女客人晒在屋內的，尺寸的確非常小件，但也不能因爲這樣就伸手去拿來看呀。

「不可以碰客人的私人物品！」

我忍不住高聲喊道，兩人回頭看向我。

「噢，是呵浩呀。」

「怎麼啦？工作上有什麼不明白的嗎？」

呃……這兩位婆婆有重聽嗎？還是聽不懂標準國語？

「那個，妳們手上拿著的是……？」

「喔喔，這個啊，掛在浴室裡晒著的，我們在想要不要拿去弄乾呀。」

回我的不知道是久米婆婆還是仙婆婆，因爲她們倆都戴著打掃用手套，我看不到誰手背上有痣。

「不能擅自碰客人的私人物品，不是嗎？」

我以盡可能溫柔的語氣，再次提醒她們。

「我們沒有亂碰呀，只是想幫客人拿去弄乾。」

把東西拿離開原本的位置，而且還大剌剌地攤開在眼前邊看邊訕笑，這不是亂碰是什麼！

「那，記得把東西拿回浴室，掛到毛巾架上晒乾哦。」

我想至少讓客人的東西不要離開原先的位置太遠，但兩位婆婆卻回我：「拿到屋頂去晒才乾得快啦。」

（我就是在說不能擅自把客人的衣物拿到屋頂上去呀！）

我強忍著怒意，好不容易說服了兩位婆婆，簡直就像在對小學生諄諄解釋「爲什麼不能那麼做」，兩位婆婆終於聽進去時，我忽然發現自己話似乎講得太重了。

「呵浩啊，是個很能幹的女生呢。」

端坐在榻榻米上的婆婆抬眼望著我說道，我不由得心頭一凜，怎麼辦，我居然對婆婆說教了，感覺自己幹了很不應該的事。

「不不，呃，我太多嘴了，眞的很抱歉。不好意思打擾了妳們的打掃工作。」

事到如今才後悔，我滿懷罪惡感，深深地向兩人低頭道歉，但兩位婆婆嘻嘻笑著搖了搖手說：

「沒事啦，反正打掃就跟在休息沒兩樣呀，妳看。」一位婆婆說著，從口袋掏出了鹽味仙貝。

看到婆婆的天兵反應，我只覺得一股虛脫的無力感從膝頭湧上。

無論是代理老闆，或是兩位婆婆，沒常識也該有個限度。如此隨興隨便的工作態度，眞虧這家飯店還能經營到現在。我帶著無力的心情獨自迎向夜晚，肉體雖然疲累，低落的情緒卻讓我遲遲無法入眠。想說出去散散步好了，可是到了一樓發現隔壁那家酒吧不知何時開了店，不想經過店前的我只好又折回飯店，不知道有哪裡可以去呢？突然想到個好地方，於是我一手拿著啤酒去到屋頂的晒衣場。

混凝土牆圍著的屋頂似乎是這棟建築物的公共用地，出乎意外遼闊的空間，感覺還不賴。我坐到混凝土矮階上，在夜風吹拂中瞇起了眼，就在這時手機傳來振動。

「喂？浩浩？」

是人在東京的小咲。她爲打工一事煩惱許久，最後在親戚伯伯的牙醫診所裡擔任櫃檯小姐，工作內容很適合她，此外她還遇上了心儀的男性，所以最近常打電話來找我聊。

若是平常的我，很自然地會陪她聊感情的事，兩人講很久的電話，可是唯獨今夜我沒有那個心情。我很想和她聊我的煩惱，卻又開不了口抱怨，因爲我一定一開始講眼淚就停不下來。

再說，現在這狀況我要怎麼說明？打個工卻被調職，到了這家經營態度馬虎到令人難以置信的飯店，更慘的是前輩還把我當活人祭品自己辭掉了打工。眞的是，眼前散亂一地的詭異狀況，教我從何說起？然而小咲沒有察覺我的異狀，開心地抓著我聊她的感情困擾。我不想管了，不管妳被誰搭訕都不關我的事。反觀我自己的工作，不但跟戀愛完全沾不上邊，連能不能好好地繼續做下去都是個問題啊。焦躁的情緒不知何時從胸口湧到了喉頭。

「小咲，妳最差勁了啦。」

我一說出口，嚇得摀住自己的嘴。我對小咲說了什麼？她沒有做錯任何事呀。我連忙搬出一堆話來圓場，表現出一副很擔心她的樣子。所以我是爲了妳好才罵妳——氣氛順利和緩了下來，個性率眞的小咲似乎頗高興地對我說：

「謝了，浩浩。」

我感到一陣噁心。自己什麼時候變成這麼可憎的傢伙了？

＊

手機鈴聲在耳邊執拗地響著。吵死了，到底是誰的手機，怎麼不趕快接起來。想到這兒，我坐起上半身，正在響的不是我的手機，而是設定把一樓櫃檯電話轉過來的公事用手機。一看時鐘，半夜三點多，什麼事情這麼緊急？我盡可能讓聲音不帶著濃濃睡意，接起了電話，對方是三號房的年輕女客。

「不好意思，我聽到隔壁二號房傳來重物倒地的聲響，接著是類似呻吟的聲音，我擔心可能出事了。」

二號房，是山本先生的房間！一想到這，我衝下一樓櫃檯從保險箱拿出備鑰，再度衝回電梯裡。

敲了十幾下門，始終沒回應，於是我出聲喊著：「我開門了哦。」接著打開了二號房的門，下一瞬間映入我眼簾的景象，是宛如殺人案現場的慘狀。

「山本先生！」

口吐鮮血的山本先生呻吟著倒在地鋪的棉被旁，睡衣胸口部位和棉被上沾著斑斑血跡。他的臉色宛如石膏像慘白，一旁的小茶几被撞壞，玻璃杯碎片散落附近，看樣子山本先生是因爲腳步踉蹌撞到茶几而跌倒。當時就著口的玻璃杯因跌倒的衝擊碎裂，才會傷到嘴巴而出血，可是這樣的話出血量也太多了。

還是他其實患有重病……？我甩開腦中不祥的臆測，蹲到山本先生身旁喚他：

「山本先生，您還好嗎？聽得到嗎？」

他吃力地點了點頭。太好了，還有意識。

「沒事了，我馬上叫醫師來哦。」

說著我拿起手機正要摁下一一九，有人擋下我的手。

「不用叫救護車，認識的醫師就住附近。」

是代理老闆，他不知何時醒來了，又或者是還沒就寢，身穿灰色T恤搭牛仔褲的他看上去似乎腦袋還滿清楚的。

「我正想去找你過來處理。」

代理老闆點了點頭，直接拿起那支公事用手機撥了出去。

「醫師大概五分鐘後趕到。柿生小姐，不好意思三更半夜還要麻煩妳跑腿，能不能請妳去拿乾淨的棉被和水壺來？我來收拾茶几這些東西。」

代理老闆俐落地下指示，說話的聲音與白天判若兩人，不知是否我多心，總覺得他連神情都顯得凜然果決。不久醫師到了，立刻診視山本先生的狀況。

「飲酒過量，把胃弄壞了，還繼續喝才會造成吐血。倒下時撞到的傷不嚴重，但畢竟是上了年紀的人，建議還是找時間去醫院做進一步檢查比較好。」

「謝謝您。」代理老闆低頭致謝。醫師幫山本先生打了針，開了頓服藥之後便離去了。我鬆了一口氣，凝望著躺臥的山本先生。可能是藥起了作用，他此刻呼吸平順，像是睡著了。我抬眼環視房內，發現地上到處滾落著酒瓶，日本酒、泡盛、威士忌、燒酎，酒是這樣隨你高興混著喝的嗎？

「爲什麼要喝到連胃都弄壞才甘願呢……？」

我邊收拾酒瓶邊低喃，之前我還以爲山本先生因爲是來隨興旅行，所以白天喝酒只不過是生活的小調劑，沒想到……

（果然是因爲他孩子們的事嗎？都怪我白天哪壺不開提哪壺……）

滿腔歉意倏地湧上，我不禁緊咬著脣。居然把孤單的老人家逼到這個境地，「差勁」的人根本是我啊。這時，代理老闆輕聲對我說的話，讓我不禁懷疑起自己的耳朵。

「那麼柿生小姐，等天亮了，麻煩妳聯絡一下山本先生的兒子，地址和住宿登記表上留的是同一個地點。」

你說……兒子？

*

「你剛剛說，山本先生有兒子在？」

我不禁大聲了起來，代理老闆豎起食指放到脣前。

「人家好不容易平靜了下來，去屋頂上再講吧。每隔一個小時我會過來看看山本先生的狀況。」

我用力地點了個頭，聽從代理老闆的指示來到了屋頂。夜相當深了，那霸市區卻依然處處閃耀著點點燈火，不像在石垣島，一離開市區的地方，入了夜就完全是漆黑一片。

「因為白天太熱，那霸是愈夜愈美麗的不夜城喲。」

晚我一些上來屋頂的代理老闆，遞了冰的罐裝咖啡和一包微溫的東西給正在眺望夜景的我，打開紙包一看，裡頭是類似可麗餅的包餡食物，辛香料的氣味撲鼻而來。

「這是墨西哥捲餅，類似軟一點的塔可餅，一樓酒吧出的餐。很好吃哦，就當作讓妳半夜上工的謝禮。」

代理老闆也一口咬下自己手中的捲餅，笑著這麼說。嗯，大量的蔬菜加上直接以火燒烤的雞肉，淋上夠勁的辣椒醬，的確非常美味。不過如此機伶的言行舉止，我還是難以想像眼前這個人和白天的代理老闆是同一人。

「話說，關於山本先生的事……」

「嗯，要是在櫃檯講，難保不會吵醒他人，還是在這兒說吧。」

代理老闆拿紙擦拭著沾到醬的嘴角，轉向我說：

「柿生小姐應該是聽山本先生說他的孩子死了吧？」

「是，他說他從前帶著孩子四處旅行賞花。」

「那段故事，我也聽山本先生講了好幾次。不過呢，其實他從前也曾經在我們飯店裡病倒過。」

「啊？」

當時由於事出突然，代理老闆慌張之下試著聯絡留在住宿登記表上的地址。

「結果接電話的人自稱是他的兒子，姓氏同樣是山本，而且他寄過來的健保卡也確實是山本先生的，我想應該是如假包換的親生兒子吧。」代理老闆說到這倏地停了下來。

「也就是說，我被騙了？」

只是老人家爲了消磨閒暇，故意捏造悲情的故事博取他人的同情？太過分了，這幾天來一直盤踞我胸口的煩悶眼看著不斷膨脹。

擅自辭掉工作的打工人員，亂動客人私人物品的員工，還有最誇張的、完全不管事的代理老闆。市場也是又臭又吵雜，聽不懂的方言讓我更加焦慮，狹窄的那霸石板小巷，除了天氣熱以外一無可取的沖繩，我究竟爲什麼要待在這種地方？

「每個人都太隨便，每個人都差勁透了。」

我下意識說了出口。眞的受夠了，我變得這麼容易發怒，都是來這裡才造成的。眼角湧上熱意，我明明最討厭在人前掉眼淚了。代理老闆筆直地看著我，夜風吹開他微鬈的髮絲，劉海後方若隱若現的眼瞳閃爍著不可思議的色彩。

「我說啊，小學生的時候不是常會這樣講嗎？」

「咦？」

「『罵別人笨蛋的人自己才是笨蛋。』」

有那麼一瞬間，我聽不懂他想講什麼。不過，對於教導我工作內容的松谷小姐毫無感謝只有滿腹埋怨的是我，對老人家大小聲的是我；而且最沒品的是，根本不曾試著去挖掘優點卻大罵沖繩差勁的也是我。明明想辭職的話隨時都可以辭，我卻只會在這兒一個勁兒地怨天尤人。

「最差勁的，其實是我……」

因爲只剩我了，我不做誰來做——不知何時深深烙印在我腦中的咒文，竟然成了我把自己綁縛在「少了我也無所謂的地點」的最大元凶。

然而代理老闆只是一口喝乾了罐裝咖啡，笑著說道：

「妳不差勁啊。」

「咦？」

「妳要是不爆發個一次，我們也很難繼續。而且妳看，小學生啊，幾乎最開始被罵笨蛋的人都是眞正的大笨蛋。」代理老闆如此安慰我，但我還是不知該做何反應。「所以究竟差勁的是哪一方？」面對我的追問，代理老闆只是四兩撥千斤。

「柿生小姐因爲個性很能忍，發脾氣也比一般人晚，我一直在想妳什麼時候才要爆發，心裡七上八下。」

咚，響起咖啡罐放到混凝土地上的聲響，那輕巧的聲響宛如一滴水珠，緩緩滲入我的心裡。

「對了，爲了山本先生的名譽我必須澄清一件事。」

「是。」

「我想山本先生的孩子們是眞的死了。」

他到底在講什麼，我愈聽愈迷糊。對著一臉不解的我，代理老闆伸出食指和拇指拉出小小的空間說：

「他所說的孩子們，大概是這麼大的尺寸。」

僅長數公分的孩子。如果是人類的話，就是胎兒成形前的狀態了。

「山本先生帶著這些孩子們四處賞花。附帶一提，根據山本先生的說法是，賞花的是他自己，而孩子們則是因爲去到花開的地方而開心不已，是吧？這樣妳還是不明白嗎？」

不是我自誇，我對於解謎非常不在行。那種感覺沒答案的、宛如華麗翻轉之後才落地的謎題，我只能投降。因爲本人腦中解開這種謎題的腦漿和想像力，都被我在不可燃垃圾收集日一併扔了出去。

「那我再多給一點提示。之前山本先生的兒子在電話裡的回應非常冷淡，只叫了快遞送來健保卡和醫藥費，之後就完全不聞不問了。」

「可是如果不是親生兒子，態度冷淡還可以理解，所以這表示……」

愈想腦子愈混亂的我終於舉了白旗。

「我解不開這類的謎題，請告訴我答案吧。」

代理老闆看向我，聳了聳肩說：

「好吧，我就公布答案了。山本先生口中的孩子們，指的是昆蟲喲。」

「什麼？」

昆蟲？就是在那邊飛來飛去的……昆蟲？我望向繞著燈泡打轉的飛蛾，說不出話來。《愛蟲公主》(註)的古典故事我倒是聽過，但應該不是指那個。

「啊，莫非山本先生在從事昆蟲研究？」

所以才會經常旅行前往花開的地方進行採集？我覺得自己提了個非常有創意的答案，但代

註：《虫愛づる姫君》，日本12世紀《堤中納言物語》當中完成度最高的一篇，描述愛蟲公主無視世俗觀點，將時間都花費在户外，感動於毛蟲化蝶，與大自然爲伍。動畫大師宮崎駿在設定《風之谷》女主角娜烏西卡時便是以此爲原形，賦予娜烏西卡擁有愛蟲公主的氣質與愛心。

理老闆只是苦笑說道：

「我想，山本先生應該是養蜂人。」

「ㄧㄤˇ ㄈㄥ ㄖㄣˊ，是嗎？」

「沒錯，他是追著花朵四處旅行、移動式的養蜂人，所以隨著季節變化必須追著花開的場所四處遷移好做生意。」

原來如此，賞花的是人，因花而喜悅的是蜜蜂。

「他的孩子們，指的就是蜜蜂，而所謂帶著孩子旅行，應該就是這麼回事了。」

「換句話說，山本先生所說『要開心不一定要逼著他們和我一起四處旅行』，指的就是的定點養殖的養蜂方式？」

「沒錯。不過山本先生應該本身很喜歡旅行，所以才毅然決然選擇了移動式的養殖法，而且還疼愛到把蜜蜂稱做是自己的孩子。這麼一來，妳覺得山本先生的親生兒子對於幾乎不回家的父親，心裡會怎麼想？」

所以退休之後的山本先生還是和兒子感情不好，選擇了獨自旅行。思及此，我終於明白山本先生內心的悲哀。

「我能理解他無可奈何選擇離家旅行的心情，可是，爲什麼要糟蹋自己的身子喝酒喝那麼多呢？」

或許問了也不會有答案，可是我隱約覺得代理老闆說不定曉得個中原委。

「嗯，我想，應該是因爲……」

代理老闆凝視著遠方的燈火，靜靜地低語：

「他是承受不了橫亙在眼前的空白時間吧。」

啊，我想起了自己來沖繩之前感受到的那股難耐，那頭我完全無計可施的、巨大的、拖拖拉拉的、粘乎乎的生物。

「全心全力照顧的蜜蜂死了，他的人生目標也沒了，領著年金，每天窩在感情不好的兒子家裡叨擾，閒暇時間對他來說顯然不同昔日，多到無從打發。自己這一路走來究竟幹了些什麼？究竟留下了什麼？這些對自己的質疑只要一閒下來就會占據腦袋，甚至讓他萌生了自殺的念頭。那種心情，妳能體會嗎？」

我沒作聲地點了點頭。心，停滯不前，那麼至少讓身體處於持續流動的空間裡吧，如此一來說不定會有些什麼變化，所以他來到了沖繩。

「踏上旅程，對他而言是件好事。白天能夠和各式各樣的人們談天說地，也可以四處散步，可是到了夜裡呢？無法入眠的夜，即使不情願，心還是會暴露在漫無邊際的時間之前。」

代理老闆說到這，神情苦澀地微微皺起了眉。

「是因爲不想清醒著面對吧，喝醉的話，就可以輕飄飄、無憂無慮地度過時間了。」

這只是治標不治本的方法，我相信山本先生一定也很清楚，但是他別無他法。

「我也是一樣哦。」

代理老闆靜靜地露出微笑望向我，那雙有著不可思議顏色的眼瞳，感覺比起白天的時候要年輕了幾分。

「我有失眠症。夜裡清醒的腦袋眞的很恐怖，所以我很能體會山本先生的感受。」

原來如此。夜裡無法入睡，導致白天的代理老闆總是那副不可靠的模樣，這就能夠解釋爲什麼他像是有著白天版與夜晚版的雙重人格了。

「至於我的方式，是把睡不著的時間全拿來經營酒吧，這麼做眞的救了我。即使店裡客人不多，但是夜裡要是一直孤單一人待著，腦子會變得很奇怪啊。」

「是喔？」

「嗯。不過白天的我很幸福哦，畢竟我是怕寂寞的人，最喜歡在周遭有人醒著、生活著的時間裡，一邊感受到身旁人們的動靜一邊進入夢鄉。」

「……這樣很弱耶。」

笑意不知從何處湧了上來。

「很弱呀。」

代理老闆也瞇細了眼笑了。可能是風向改變，夜風不知何時開始帶有潮汐的香氣。

「好啦，差不多過一個小時了，我去看看山本先生。柿生小姐妳就放心回房睡覺吧。」

代理老闆說完便下樓去了。

迎著海風的肌膚變得有點黏黏的，雖然看不見，離這兒不遠處應該有海。我依舊半放空地坐在微溫的混凝土矮階上，閉上了眼。

小咲，妳現在在做什麼呢？我好像有辦法繼續打這份工了。

*

隔天一早，我準備把餐點送去山本先生的床畔。代理老闆不出所料不見人影，應該是爬不起來吧，不過這樣也好。

比嘉阿姨特製的雜炊粥裡有非常多的好料，光看就覺得一定是營養滿點的料理。我在一樓等著電梯，遇上剛好來上工的久米婆婆和仙婆婆，兩人探頭看向我手上的端盤。

「哎呀呀，是『Juicy』耶。」

「什麼？」

「我說這個，在我們這兒叫做『Juicy』。」

「這麼說來，這家飯店的名字是取自沖繩料理？」

仙婆婆點了點頭回道：

「湯汁收乾的雜炊菜飯叫做『Kufa Juicy』，這種煮得軟爛的叫做『Boroboro Juicy』（註）。」

註：Juicy原文為「ジューシー」，沖繩方言。將米拌入豬五花肉、香菇、紅蘿蔔、海帶、高湯等炊製而成的菜飯，有乾飯與稀飯兩種料理法。「Kufa」（クファ）為乾硬之意，「ボロボロ」「Borroboro」（ボロボロ）為軟爛之意。

「這家飯店老舊得差不多了，我們倆也是又老又舊，就像是在破破爛爛的Hotel Juicy裡，吃著軟軟爛爛的Boroboro Juicy的感覺嘍。」久米婆婆這番話逗得我噗哧笑了出來，嘻嘻嘻，呵呵呵。

「呵浩。」

「嗯？」

「謝謝妳沒有辭職哦。」

兩位婆婆抬頭望著我，我就這麼被攻陷，手仍端著端盤便放聲大哭了起來。

唉，也太弱了吧。

第二章

越界者

獅子要好得多了。

不，這樣講對獅子是種侮辱。不過總之我想拿來比較的是，日文講不通、長著獠牙的生物。

獅子絕對要比這些生物好上幾百倍！

＊

現在回想起來，早在預約訂房的時候我就有不好的預感。

「代理老闆，這個訂房客人只留了手機號碼和名字，沒留姓氏和聯絡地址耶。」

我將訂房表亮到代理老闆面前問道，代理老闆的反應只有神情恍惚地邊啜了口咖啡邊點頭。來這裡打工已經一星期了，工作內容都已熟悉，但這個人的馬虎隨便，我到現在還是無法習慣。

「喔，那個是我接的。」

我想也是。若是前任的松谷小姐接的訂房，想必不會登記得如此草率。

「如果有在便條紙上留了其他補充資料請交給我，我來謄上去。」

「沒有喔。」

「啊？」

飯店人員接受預約訂房時，詢問客人的全名地址聯絡電話不是最基本的程序嗎？

「知道名字和電話號碼就聯絡得到人了嘛。」

不，不是那個問題，再說這留的算是名字嗎？我的視線落在那行潦草的字上頭。

——「由利&亞矢。訂四天左右？」

照這字面看來，根本也還不確定這訂房成不成立啊。於是我撥了對方留下的唯一一支電話號碼，接電話的不知道是由利還是亞矢，劈頭就說：

「妳誰啊？」

我才要問妳那位咧。

*

今日陽光猛烈，我在陽台仰望萬里無雲的晴空，瞇細了眼。這裡是沖繩，而且是一年當中最熱的八月的沖繩，而我在這兒。

這個暑假我找了包住的打工，前往石垣島的飯店工作，然而後來卻像半被賣掉似地調來那霸的廉價飯店。這家位於國際通彎進小巷裡的飯店名叫「Hotel Juicy」，我來這兒上班已經一個星期了。

圓滾滾的字跡。

我盯著客人緩慢地在住宿登記表上寫下姓名和住址，不由得嘆了口氣，客人那裝飾得無比華麗的彩繪指甲讓她拿原子筆的手勢顯得相當不穩。

（不過寫個名字是要花幾百分鐘？）

我努力不讓內心的不耐顯露在臉上，一邊觀察對方。住址在關東，感覺常混澀谷和池袋，打扮也是那個路線的，身穿閃亮亮的坦克背心，混了接髮的中長髮染成淺褐色，化妝很濃，但想必還不到二十歲。看吧，證據就是她在塡年齡欄時猶豫了一下，筆尖在紙面上方繞呀繞，最後寫下「十七」兩字。

（也就是說，應該是十六歲左右了。國三或高一吧。）

這我也有經驗。小女生要是想去大人出沒的地方玩的時候，通常謊報年齡時不會和實際年齡差太多，而是報上稍微比自己外表成熟一點點的年齡，才是最明智的。

「噢，還有另一位喲，請兩位都留下資料吧。」

「哎喲——房間只有一間耶！」

噘得高高的雙脣塗著亮晶晶的脣蜜。我忍著冒上來的火氣，衝著她嫣然一笑說：「這位客人，麻煩了。」就算不是自己能接受的類型，客人畢竟是客人。

「嗳，超麻煩的耶～」

她踩著細高跟涼鞋往後退一步，換另一名女孩湊近來櫃檯。這位和前一位一樣穿著坦克背心，看來是在同一家店買的，只是顏色不同。兩人同樣接了髮，同樣的濃妝，更麻煩的是，兩人體格身高都很接近。

（……噯，簡直不輸久米婆婆和仙婆婆，超難分辨的耶～）

我在心中模仿女孩的講話語氣兀自嘀咕著。

「這樣可以了吧～」

女孩把筆一扔，抬起臉看向我，那濃密的假睫毛後方深處露出的是充滿敵意的視線。

我想搞不好，不，肯定是，她們正是我這輩子最不擅長應對的人種。是我活到現在，一直以爲自己絕對不會去接觸的生物。

沒錯，辣妹來了。

＊

值得慶幸的是，我是那種一生氣食慾就會變大的類型。午餐時間，我邊扒著蓋飯邊宣洩怒氣，這已經不知道是我第幾次因爲代理老闆馬虎隨便的態度而發火了。

（連一通預約訂房的電話都處理不好，哪裡有這種飯店負責人你告訴我！眞虧這家飯店還能經營到現在沒倒掉。）

遙想起歷代打工員工所背負的苦惱，我不由得在心中默默合掌。

雖然是把怒氣配飯吃，話說回來比嘉阿姨的蓋飯還眞是美味，不過這道料理到底叫什麼？

我理所當然地當作中華蓋飯在吃，但碗裡最上層炒蔬菜蛋包的下方不知爲何冒出了炸豬排。

（……是多送的嗎？）

我懷著疑問繼續往下挖，接著出現的是叫做「午餐肉」（註一）的、類似罐裝火腿的肉片，也就是常出現在山苦瓜炒什錦裡的罐頭肉，肉片拌炒了鮮綠的菜葉。

（？？？）

我究竟吃的是什麼？仔細分析這碗蓋飯，從底層到頂層依序是午餐肉炒蔬菜、炸豬排、炒蔬菜蛋包，而且最上層的炒蔬菜蛋包裡還炒進大量的五花肉，換句話說這根本是三層連續的肉類攻勢。

（通常不會把肉類料理層層疊上去吧？）

我把一星期份的卡路里塞進胃裡之後，收拾空碗時，順道問了比嘉阿姨。

「請問，今天的午餐料理叫什麼名字？」

「那叫『Chanpon』（註二）哦。」比嘉阿姨一邊刷洗著大號的中華炒菜鍋，悠然地回我。

「不是『Chanpuru』，而是『Chanpon』？」

「是呀，雖然跟長崎的拉麵（註三）有著一樣的名字，在我們這邊這道料理就叫做『Chanpon』。可是因爲名字一樣啊，觀光客來這邊的食堂點餐的時候常會嚇一跳呢。」

比嘉阿姨咯咯笑著，一邊擦乾鍋子的水漬。嗯，的確很混淆。

*

喀嗒、喀嗒、喀嗒，緩緩接近的不可思議聲響，原來是那兩名辣妹腳踩低跟涼鞋走下樓梯，只見兩人懶洋洋地推開玻璃門來到櫃檯前。

「嗳，這一帶有什麼便宜又好吃的店嗎～？」

開口的是兩人當中先在住宿登記表上留資料的工藤由利子（Kudo Yuriko），也就是由利，由於先前留下唯一的手機號碼是她的，我記得她的聲音。

「可能的話，我們想吃沖繩風味的料理說～」

另一位叫田中亞矢（Tanaka Aya），也就是亞矢，她一邊把玩著掛了一大串吊飾的手機一邊望著牆上的市區地圖。這兩人打扮風格雖然如出一轍，仔細一觀察，我發現由利的髮色比較

註一：原文爲「ポーク」（Pork），又稱「ランチョンミート」（Luncheon Meat），一種罐裝壓縮的肉塊，通常由豬肉、馬鈴薯澱粉、鹽和香料混合製成。在人們買不起鮮肉的經濟蕭條年代，便宜且打開即可食用的午餐肉罐頭，在第二次世界大戰期間成了美國軍隊的伙食，隨著美國軍隊征戰各地而迅速推廣至全球。

註二：原文爲「チャンポン」，沖繩代表蓋飯料理的一種，以蛋混炒高麗菜、紅蘿蔔等大量蔬菜鋪在白飯上。

註三：長崎的知名地方料理什錦麵就叫做「Chanpon」，爲加入豬肉、貝類、魚類、蔬菜的雜燴麵。

淺，而亞矢則是比較沉穩的栗色；還有，由利的膚色是健康的小麥色，亞矢則有著白皙的肌膚。

「兩位不妨去這附近的公設市場看看，那邊的二樓有很多便宜又好吃的食堂，市場周圍也有很多食堂哦。」

年輕小女生出來玩，旅費肯定得東省西省的。就算穿著打光鮮亮麗，高中生就是高中生，打工賺的錢也不會多到哪兒去，我突然起了疼惜之心，拿了份地圖遞給兩人。

「這給妳們，是附近的地圖，我們這一帶很適合散步喲。」

「不用了。」

「咦？」

「我們不散步的。」

由利一副我行我素的態度，說完便轉過身背對我。愣在櫃檯的我，手中那張影印的地圖軟趴趴地垂了下來。

「浩浩，怎麼了嗎？」

久米婆婆抬頭問我。兩位辣妹出門去之後，仙婆婆把我叫去櫃檯後方的榻榻米席。

「看妳沒什麼精神吶，肚子餓嗎？」

不是的，中午那碗什錦蓋飯都還沒消化完。沒錯，我有滿腹想講的事，可是……

「那剛好，爲了浩浩我們炸了好多，盡量吃吧。」

擺在小小的摺疊式茶几上的是沖繩零嘴，類似黑糖口味可麗餅的圓筒狀小點心，不用錢似地盛了滿滿一大盤，而且當中有一半是包了豆沙餡的。

「啊，謝謝……」

很開心，眞的很開心，打工認識的婆婆特地做點心給我吃，眞的是讓我既感動又開心，可是。

（爲什麼這裡的人，所有吃的東西都是盛最大碗的……）

我望著可麗餅小山暗暗冒汗，這時，代理老闆趿著海灘鞋啪噠啪噠地經過榻榻米席。

「哎呀，看起來好好吃，妳們開下午茶會故意不找我喔？」

老樣子，白天的他有著糟糕的個性帶著些許被害妄想，微鬈的及肩長髮讓他看上去像窮神似地陰鬱，不過此時的他說不定是我的救星？

「妳們很壞心耶，也讓我插一腳嘛。」

代理老闆說著早已脫下海灘鞋坐上了榻榻米席，但久米婆婆和仙婆婆似乎已經習慣他這副德性，順手又拿了一只茶杯過來。

「來來來，多吃點！」

婆婆泡了熱騰騰的茉莉花茶（在這裡好像叫做「香片茶」（註）），直叫我們多吃點。我拿起一塊褐色可麗餅一口咬下。

註：在沖繩方言中稱爲「サンピン茶」（Sanpin-Cha），即茉莉花茶。

咦？沒想到口味很清爽，外觀看上去軟Q扎實，吃起來卻是帶著淡淡甜味的黑糖蒸糕口感，還滿順口的，這樣看來包豆沙餡的我應該也吃得下了。

「噢，眞好吃。」不出所料，代理老闆毫不客氣地大口嚼著，「這就叫那個吧？私房美味？」

「呵呵，是呀，包豆沙餡是久米婆婆的點子哦。」

仙婆婆邊回邊啜了口茶，撕下可麗餅的邊邊小口小口地吃著。我盯著點心瞧，久米婆婆突然出聲：

「Chinbin喲。」

「什麼？」

聽到這宛如咒語的字彙，我不由得偏起了頭。「Chinbin喲」這幾個發音在我腦袋裡無法轉換成國語。雖然來到沖繩至今已經體驗過無數次這種感覺，總是讓我有種宛如身處國外的不可思議心情。

「Chinbin是這個點心的名字。」（註）代理老闆及時插了嘴：「口味樸實，卻很好吃，怎麼吃都吃不膩呢。」

「嗯嗯，眞的很好吃。」

我邊吃著包豆沙餡的邊點頭，久米婆婆和仙婆婆開心地笑了。記得我奶奶在看我吃點心的時候，也常出現這種表情，想到這，我的胸口深處不由得一緊。

然而那轉瞬的感傷，卻被代理老闆懶洋洋的話聲干擾而散去。

「好啦，那我也差不多該閃人了。多謝招待。」他邊說邊起身，還不著痕跡地順手抓走幾根盤裡所剩無幾的Chinbin，眞是難看，而且他把戰果直接放進夏威夷衫的胸前口袋，這可是油炸的點心，油會滲到布裡耶。

「柿生小姐，那剩下的就交給妳了。」

「代理老闆你要去哪裡？」

「我在隔壁，有事就來叫我。」

反正又是回去睡大頭覺吧。他口中的「隔壁」，是他在入夜後經營的咖啡廳兼酒吧。聽說夜間還有一位負責餐點的員工，但因爲時間對不上，我還沒見過那個人。

附帶一提，令人難以置信的是，那家店沒有名字。之前我觀察了許久就是沒看到店名，於是直接問代理老闆，他回說：

「店名？沒有那種東西啊。因爲有店名的話不就露餡了嗎？」

露餡？見我一臉不解，代理老闆繼續說出更令人傻眼的話：

「因爲那家店純粹是我想排遣時間才開的，沒跟大老闆講。牽電話要花錢，也就沒牽嘍。對了，衛生許可證也沒去辦。」

望著一臉若無其事模樣的代理老闆，我驚訝得啞口無言。

註：原文爲「ちんびん」，沖繩代表點心之一，將麵粉調水以鐵板煎成薄皮，卷入拌有黑糖的內餡，類似可麗餅。

（沒有衛生許可證，你這樣也算是飯店從業人員嗎！）

我本來就認爲他是個不負責任的人，只是沒想到不負責任到這種地步。

（太誇張了！根本誇張到爆表！）

我帶著滿腔怒意，狠狠瞪向代理老闆，他見狀，慌忙解釋了起來。

「啊，不過負責餐點的那小子有廚師執照啊，所以要是露了餡，就說忘記去辦衛生許可申請就好了。我想飯店應該不會被牽連而遭到勒令停業……吧？」

……你這解釋根本是愈描愈黑好嗎！

＊

後來直到傍晚，我的肚子還是飽到不行，不過幸運的是，比嘉阿姨的員工餐在晚餐時間是吃不到的。石垣島的「南風」給員工包三餐，我想是因爲那兒是度假勝地，飯店周邊的食堂非常少。相對那霸這裡，尤其是離市場近的「Hotel Juicy」就沒必要供到三餐了。不，或許該說是這兒擁有選擇晚餐要吃什麼的權利，再怎麼說，市場周邊可是買東西吃東西的天堂。

總之在胃裡的東西消化掉之前先認眞工作吧，於是我繼續櫃檯內未完成的事務。入夜後，迎接著陸續用完晚餐回飯店的客人，這時山本先生踩著踉蹌的腳步出現了。

「喲，柿生小姐，晚上好。」

紅通通的雙頰和酒臭味，這個人眞是的，明明前幾天才因爲喝酒過量弄壞了胃而病倒在房裡呀。

「不可以喝太多喲。」

「嗯嗯，放心啦，這次我不會混酒喝了，所以說今天是泡盛之日喲～」

由於山本先生腳步實在太不穩，我扶他到電梯前，目送他搖搖晃晃地走進電梯後，我吁了口氣，而就在下一秒，兩位辣妹回來了。

（噢，她們吃了什麼好料呢？沖繩排骨麵（註）？還是吃了一堆零嘴塡滿肚子？）

然而，看到她們手中拎著的紙袋，我的想像當場化爲烏有。

（那黃色的M字商標……）

世界共通的詞彙，速食。手邊飄散著薯條香氣的兩人正打算走過我跟前。

「請問，」我不由得出了聲，走在前方的亞矢露出一臉狐疑皺起了眉頭。「妳們吃了沖繩風味的料理嗎？」

「吃了啊，很像炸甜甜圈的那個。」

由利得意地點了點頭，她說的應該是Sata Andagi。

「可是那個紙袋……」

「喔，剛好有特價。」

註：原文爲「ソーキそば」，以豬排骨爲主料的湯麵。

有特價？只是這個原因？要是去市場周邊的食堂，買那個漢堡套餐的金額都可以吃炒麵或定食了耶？但我硬是把衝到喉頭的這些話吞了回去。

「明天的早餐是沖繩料理的定食，要來吃喲。」

沒錯，不管她們想在外面買了什麼東西吃，飯店會固定供應給住客比嘉阿姨的早餐。

「喔，好啦。」

亞矢有氣無力地點著頭，一邊走上樓梯，步履非常沉重。該怎麼說呢，從她身上感覺不到年輕人的氣息。

（不過，只要吃了比嘉阿姨的料理，這兩個孩子一定會多少恢復一點元氣的。）

目送兩人的背影，我一邊如此說服自己。然而，但是……

「沒來吃？」

廚房裡，早餐就擺在面前，我卻不禁拔高了嗓子。

「是啊。所以妳能不能幫忙撥個電話去問問狀況？要是身體不適，我們可以幫她們把早餐送過去客房。」

比嘉阿姨一手拿著湯碗，另一手指了指那支公事用的手機。我實在不想一早就和那兩個小鬼對話，但沒辦法，我還是撥了電話去客房。遲遲沒人接聽，可是她們倆應該還沒出門，於是我讓電話持續響著，終於有人接了起來。

「喂？早安，這裡是櫃檯。」

「……喔。」

喔什麼喔，是沒有其他的字彙了喔。

「因爲已經過了早餐時間，不知道妳們要不要用餐呢？如果身體不舒服的話，我們可以把早餐送過去房裡。」

她們百分之百、肯定只是睡過頭，但是身爲飯店人員，我還是客氣地拐個彎詢問。電話另一頭傳來窸窸窣窣的話聲：「在問早餐耶。」「要吃嗎？」不出我所料，這兩人一定都還在床上。

不過也商量太久了，要討論決定的話就跟我說要討論再決定，是不懂得先掛掉電話再回撥嗎？因爲實在等太久，我正想再開口，對方有回應了。

「嗳，還是不要了。」

「什麼？」

「早上爬不起來啦。」

「噗」的一聲，不是我理智斷線的聲響，而是電話被掛上。握著持續發出嘟嘟聲的手機，我無語地凝望著面前的餐點。主菜是加了午餐肉的煎蛋捲、名爲「午餐肉煎蛋」（註一）的簡樸料理，小菜是燉炒海帶，還有熱騰騰的白飯和小碗的沖繩拉麵（註二）。雖然算不上豪華，卻是

註一：原文爲「ポーク玉子」，將午餐肉切片後翻炒加入雞蛋或煎或炒，最後加入番茄醬便完成，爲沖繩大多數食堂與家庭常見的一道菜。

註二：原文爲「沖縄そば」，以豬五花肉爲主料的湯麵。

美味滿點的一份早餐。

「如何?」

比嘉阿姨探頭問道，我搖了搖頭。

「她們說爬不起來所以不吃了。」

「哎呀呀眞浪費，不吃也早點講嘛。」

眞的是。昨晚碰面的時候，我明明還提醒了早餐的事，不吃的話當時跟我講一聲不就好了，那麼一來這些餐點也就不會浪費掉了。

要是有剩菜剩飯就收進胃裡，是我們柿生家的規矩。把食物扔掉是會遭天譴的，從小被如此教育到大的我，當下做好了覺悟，今天的午餐就是面前這兩份餐了。卡路里顯然又要超標，但現在不是顧體重的時候！我帶著粗重的鼻息走到流理台邊，發現比嘉阿姨不知正在做什麼料理。

「喔，這個啊?我想說不能糟蹋食物，就拿來做成我的便當嘍。」

看樣子我還沒提出申請，這兩份早餐的下場已經被決定好了。我暗自鬆了口氣看向手邊，比嘉阿姨在做的似乎是飯糰，但不知爲何不是圓形也不是三角形，而是扁扁的上下兩片，中間夾著主菜午餐肉煎蛋，簡直就是米飯版的三明治。

(這裡的飯糰也很特別啊。)

又或者這只是比嘉阿姨自己的創意料理?我思忖著，走出了廚房。

*

結果，那兩人下樓來已經是十點之後的事。

「早安。」

我略帶諷刺地向兩人打了招呼。

「喔。」

就說喔什麼喔啦！

「今天要去哪裡逛逛嗎？」

「嗯，去買東西。」

「嗯」啊「喔」的，妳們是不會講長一點的字彙喔。「路上小心。」兩人微微朝我點個頭後便走出了飯店。好，我非轉換心情不可，於是打算上樓去找正在打掃的久米婆婆和仙婆婆。

然而我正要進電梯時，突然聞到一股氣味，是食物的香氣，但不是廚房傳出來的。我拚命嗅著試圖找出味道的源頭，發現是從電梯旁邊的樓梯飄過來的，油炸零食的味道，莫非……不好的預感瞬間掠過腦中，我加快步子走上階梯，探向樓梯間平台一看，發現一只印有黃色M字的紙袋被揉得皺巴巴地扔在一旁。

（……太誇張了！眞的太誇張了！）

而且我拿起袋子一看，裡面還剩半包份的薯條，怎麼想都絕對是由利和亞矢的傑作，而且東西沒吃完，換句話說這正是她們今天早上沒有食慾的原因了。

（所以我不是說過糟蹋食物會遭天譴嗎！）

請問我可以發脾氣了嗎？我在內心一邊問著神明，一邊收拾垃圾。下次遇到那兩個人一定要好好念一頓。不過話說回來這裡還眞熱，今天同樣是陽光燦爛的大晴天，圍著混凝土牆的樓梯間平台更是籠罩在令人窒息的熱氣裡，悶熱到我不禁皺起眉，但我忽然想到一件事很怪。

（爲什麼是在樓梯這裡吃東西？）

在夜裡，這兒的確比戶外要稍微涼快一點點，但是她們倆是花錢來住飯店的，買東西回來吃的話，待在有冷氣的客房裡絕對比在房外舒適，爲什麼還特地跑來樓梯這兒吃？

（是因爲想延續在學校的習慣？也太牽強了……）

我懷著滿腹的錯愕與不解，一把捏皺了紙袋口。

午後，我爲了採買和跑銀行而外出，一邊避開直射臉頰的日光，一邊挑小巷子走。雖然銀行位在國際通，可能的話我實在不想走那條大道。隨著日子流逝，我愈來愈習慣那霸的各種事物，唯獨國際通的擁擠難走，我始終無法習慣。

彎進下一個轉角，我不禁鬱悶了起來。巷子裡成排宛如名人開的土產店、在店門口攬客的年輕人、把手作首飾或畫作直接擺到地上開起藝術家小店的路邊攤，恐怕這些人全都和我一樣是從外地來的。看到來沖繩校外教學旅行、興奮地挑著商品的學生，雖然我沒立場多嘴，卻忍不住想問他們：「你們確定要在這裡買嗎？」

「是的，您沒聽錯！午餐加塔可飯，現在用餐只要三百圓！」

爲了午茶時段的業績，餐廳也主動把午餐價格降到學生負擔得起的超低價位。附帶一提，塔可飯就是把塔可餅的料鋪到白飯上的料理，塔可餅明明是墨西哥料理，不知爲何塔可飯卻成了沖繩的名菜，或許就類似日西合璧的蛋包飯一樣的存在。

銀行裡難得人多，我隔著玻璃窗，茫然地眺望著外頭的塔可飯餐廳。一對路過的情侶似乎很感興趣地盯著菜單瞧，這時剛好店門打開走出數名用完餐的客人，兩男兩女穿著都十分花俏，當中一名男子正把錢包收進口袋，看樣子這頓飯應該是由男方買單。

（還好啦，四人份也只要一千兩百圓。）

和請喝下午茶差不多嘍。我想著這些事一邊觀察這四人，不知怎的總覺得兩個女生有點面熟。身穿顏色鮮豔的坦克背心，踩著感覺很難走路的涼鞋，沒錯，正是由利和亞矢。

（喂喂喂，現在是怎樣？被搭訕嗎？）

飯店的客人在外頭幹什麼都不關我的事，可是她們兩個都未成年，言行舉止又很令人擔心。我仔細端詳那兩個男人，兩人都身穿夏威夷衫搭及膝褲，腳踩皮革涼鞋，不過他們的夏威夷衫不是那種土產店在賣的俗氣花紋款式，而是穩重的時尚款。

（跟代理老闆的夏威夷衫簡直是天差地別。）

布料單薄、印著鳳梨或山苦瓜圖樣的俗氣夏威夷衫，搭上穿舊的五分褲和嚴重磨底的海灘鞋，以上就是代理老闆的標準穿著；再加上他那一頭半長不短的頭髮，整個人就只能用個怪字形容。

相較之下，眼前兩名男子的打扮顯然是砸了一點銀子，搭配時下流行的清爽髮型，感覺頂著這種髮型去應徵工作也不成問題。

（是大學生嗎？還是已經是社會人士？）

坐在銀行玻璃窗這頭所能觀察到的資訊，上述已經是極限了。我無從判斷那兩個男人是好或壞，但是，我很在意。坐在銀行沙發上，我內心焦慮的情緒不斷累積。

「Hotel Juicy！」

太好了，銀行員終於喊了我，我像是彈起似地站起身，匆匆忙忙取了存摺和找零用的零錢便衝出銀行，張望四下，發現那四個人正朝方才那家塔可飯餐廳隔壁的土產店走去。怎麼辦？我現身是無妨，但突然向他們搭話也很怪，再說，我憑什麼去干涉客人的私人生活？

（……可是可是！）

理性思考到最後，不知怎的我的身體卻背叛了我的腦袋，我裝出一副沒事人的模樣，不知不覺雙腿已經走到了那家土產店前。店內流洩著沖繩出身樂團的曲子，店頭「星沙瓶一把抓」、「貝殼裝滿袋」等等促銷活動的文字躍入眼簾，兩旁密密麻麻擺著各式商品的狹窄走道上滿是顧客，看樣子一踏進去就很難走出來了。

我混在觀光客當中移動到那四人附近，聽見了他們的對話。

「星沙好可愛哦。」由利說。

「有一把抓耶，要不要玩玩看？」男之一說著望向裝星沙瓶的籃子。

「你玩吧，反正你手掌大。」男之二說。

一旁亞矢只是茫然地凝視裝著星沙的小瓶子，男之二將手環上她的肩。我看著亞矢裸露的白皙上臂，不知怎的覺得有些心疼。

「亞矢妳想要什麼？」

等等，對方是今天才剛認識的男人吧？但亞矢似乎沒打算掙脫男子的手臂，只是默默地嫣然一笑。那一瞬間，男之二和我都無法從她臉上移開視線。

（天吶，那個笑容是怎麼回事！）

簡直是小嬰孩才會露出的、毫無防備的笑靨，微仰起頭，把自己所有一切全部託付給對方的原始的微笑。

對比直到剛剛都是一副失魂落魄模樣的亞矢，這落差也太大了。彷彿有聚光燈打在她臉上，花朵倏地盛開，加上她原本五官就長得不錯，那笑容實在太過可愛，連我都移不開眼，甚至想對她說：「放心吧，我會用我的雙臂好好保護妳，妳什麼都不必擔心。」

連身為女性的我看了都感動至此，男性看了肯定當場淪陷。

「妳說來聽聽呀，不是這種土產店的東西也沒問題，還是妳想要高檔的首飾？我們住的飯店裡的名店街裡，有很多名牌店哦。」

男之二邊說手邊往亞矢的腰部移動，想也知道他的目的是什麼。由利和男之一開心地玩著一把抓，沒察覺男之二和亞矢這邊的對話。

「我不要首飾。」

亞矢仰臉微笑看向男之二。

「那妳想要什麼?」

一臉色咪咪的男之二把臉湊近亞矢,就在亞矢要開口時,我口袋裡開靜音模式的手機傳來振動。

「哇。」

我突然嚇到,不由得出了聲。亞矢聽見了,視線對上,她發現了我。

(不妙……)

剛好這時玩完一把抓的由利和男之一過來會合,亞矢以視線示意由利我的存在,由利看到了當場板起臉,不吭聲地轉過身背向我。

「哎呀,抱歉耶~我們有點趕時間,我留手機號碼給你們,改天再約好嗎?」

由利合起雙掌向兩個男人道歉。

「真的假的?玩得正開心耶,還是去我們住的飯店續攤吧?」

男之二顯然非常不情願。

「嗯,我們也很想去啊,反正晚上還有時間嘛。我們約了做指甲,時間快到了,結束以後一定打電話給你們。」由利說。

男人們悻悻然地離去了。

喧鬧的流行歌曲流洩的店內,我一逕呆立原地。

「偷窺嗎?很低級嘔。」由利繞過商品檯朝我的方向走近,與我擦身而過時丟下這句話。

「煩死了。」亞矢又恢復那副失魂落魄的表情嘀咕著。

我到底是想幹什麼？

之後到了公設市場採買時，我的腦子裡依然轉著她們倆的事。做出和跟蹤沒兩樣的行徑，的確是我不對，可是要是就這麼放著不管，她們倆一定早就被帶去那兩個男人住的飯店了。對剛認識的女生就毛手毛腳的男人耶！她們要是去了，絕對不可能沒被怎麼樣。

（所以就結果來看，我並沒有做錯事。）

話雖如此，內心的愧疚還是揮之不去，我帶著沮喪的心情來到平常光顧的攤子前，挑了採買清單上的蔬菜遞給老闆娘結帳，老闆娘找錢時開口了：

「Ne Ne，怎麼今天看起來沒什麼精神呀？」

原來老闆娘認得我了。附帶一提，「Ne Ne」是沖繩方言「小妹妹」的意思，非常可愛的發音。

「我好得很，只是太陽有點晒太多了。」

「哎呀，那可不好，要補充維他命C才行。來，這給妳。」說著老闆娘送了我小蜜柑。

「噢，謝謝您。」

或許是人在喪氣時，老闆娘的親切深深打進我的心，我用力地鞠了個躬道謝後，重新抱好沉重的購物袋快步走在回飯店的路上。

（如果我是那兩個孩子的家人的話……）

我絕對會教訓她們的那身打扮，而且我應該會想從最基本的遣詞用字和生活習慣等等全部導正一遍。事實上，我妹妹口中開始冒出流行的辣妹用語時，我就教訓過她。尤其我自己幾年前也是那個年紀，很能理解爲什麼會被那種氛圍吸引，因爲所謂「稍微使壞的感覺」，總是能讓人多上一抹酷勁。

「妳跟朋友之間用那種講話方式倒無所謂，可是不要一直習慣講下去，如果妳覺得上了大學講話還在用辣妹用語的人很酷，那我也沒話說。」

妹妹雖然鼓著臉頰，還是把我的話聽進去了。而那兩個孩子莫非沒有會念她們的親人在？又或者有，但她們只把家人的話當耳邊風？

「……人家的私事管那麼多，妳到底是想怎樣？」

我兀自嘀咕著，汗水從太陽穴一帶滑落，乾燥的路面浮現黑色暗漬，我輕輕別開視線，再度踏出步子。

＊

福無雙至，禍不單行——這是我的世界史老師常掛在嘴上的一句話。壞天氣導致農收不佳，農收不佳導致饑荒，而饑荒導致革命或戰爭之類的大屠殺。我從前只覺得這思想也太負面了，但此刻的我卻深有同感，或者該說，我慘遭親身感受的下場。

我的眼前是一杯透心涼的冰咖啡，搭配的甜點是混有堅果的小餅乾。這裡是市場旁的一家小咖啡店，我偶爾會想喝杯道地的濾泡咖啡而刻意避開國際通來到這家小店，然而……

（前方出現獅子！前方出現獅子！）

我體內的危機感應系統響起了警報。這家店只有狹小的吧檯座位與戶外桌席，而不遠處一團俗氣的鮮豔團塊正朝店頭接近，怎麼看那都是由利和亞矢。她們拎著螢光粉紅色的袋子，看樣子今天去逛了市場附近的香水店。

（爲什麼會跑來這裡……？）

坐在吧檯最邊上的我一邊暗自祈禱她們倆只是經過店門口，一邊宛如大草原上的小動物似地壓低身子。那兩人今天一早同樣利用位於櫃檯視野死角的樓梯下樓外出，而我也由於前一天發生的事尷尬不已，不想和她們打到照面。

幸運的是，此時我旁邊坐著一名身形壯碩的男士，我把男士當掩護，悄悄探看那團鮮豔的團塊。

「冰咖啡和冰歐蕾，各兩杯。」

倒楣事熱烈加映中。她們倆在戶外桌席坐了下來，而且今天同樣地，身旁跟著兩個男人。這下我就算想撤退，走出店門勢必會被她們撞見，無計可施的我只得乖乖坐在原處等他們離去，再說這兒不是那種適合久坐的咖啡店，那兩個孩子應該很快就會離開了吧。

可是，我明明打定主意裝作沒發現他們，耳朵卻擅自偷聽了他們的對話。這不是我的錯，是他們講話太大聲了。

「是喔？你說電腦相關工作，就是現在很流行的ＩＴ企業嗎～？」

「嗯，差不多那個意思嘍。」

「好強！尖端科技的感覺耶～」

由利那麼誇張的興奮語氣，是因爲認定對方是有錢人吧。如果已經是社會人士，應該買得起比星沙瓶高檔的禮物。

（咦？也就是說昨天那件事的後續，她們並沒有去那兩個男人住的飯店？）

那麼我昨天的行爲說不定也算是幫到一些忙了，如此一想，我心裡稍微舒坦了點。

「妳們兩位是正在放暑假嗎？」

「嗯，雖然是第一次來沖繩玩，每天只有我們兩個湊在一起，連吃飯也覺得膩。」

這是亞矢的聲音。

「那今天晚餐就一起吃吧。當然，由我們兩個請客嘍。」

「眞的假的？眞開心～」

又來了。我邊聽著由利興奮的聲音，邊以吸管呼嚕呼嚕地吸著我的冰咖啡。

「想吃什麼呢？」

「都好啊～」

回答的是老樣子一派心不在焉地應對的亞矢。

「我知道一家超級好吃的沖繩料理店哦，雖然離那霸有一小段距離，那裡的泡盛都是上選的，要不要去那兒吃？開車去大概一個小時左右，坐我們租的車去吧。」男人佯裝開朗的語氣裡，逐漸浮現醜陋的慾望，男人就是這一點糟糕。

「嗯……要不要去呢～」

連很敢玩的由利似乎也猶豫了起來。她應該是顧慮到，若是飯店裡的餐廳，要逃還不成問題，但要是被載去遠方，危險性就大多了。

「一般只是來沖繩觀光的話，我想絕對沒機會去到那兒哦。哎，不過要是妳們不去，我們也是會去的啦。」

「是喔……」

「大家都是出來旅行嘛，時間有限，對吧？我們原本就是衝著那家店來沖繩的嘍。」

故意強調機會難得，再加上爽快地與對方切割的語氣，這兩個男人顯然比起昨天的兩個年輕小伙子狡詐多了。

「怎麼辦？亞矢？」

由利語帶不安地問亞矢。

「我都好啊，只要能給我我想要的東西。」

想要的東西。昨天的男人也提過這一點，前後兩天談話內容的一致令我耳朵一豎，不由得偷偷看向他們四人。

「只要能給妳想要的東西？講得簡直像是我們在用禮物釣女人似的，我們兩個沒那麼低級哦，話不要這樣講吧？」

今天的男之一露骨地擺出一臉不悅，但今天的男之二似乎對幽幽回話的亞矢相當感興趣，繼續追問：

「哎呀，先聽聽看人家想要什麼嘛，有想要的東西又不一定就是想要名牌貨。」

確實有道理。要我以相信人性本善的角度解讀他這句話的話，今天亞矢假使回說「想要的東西？我想要全天下只愛我一個人的男朋友」男之二也會欣然接受。不過，顯然不用期待辣妹口中會吐出這種少女漫畫才會出現的台詞。

沒想到，亞矢聽到男之二這句話的瞬間，神情卻變了，昨天見識到的那副嬰兒般的笑靨再度浮現，彷彿整張臉都在說著：「我最喜歡你了。」即使我是第二次看到，還是覺得可愛到爆表，今天的男之二當然也扎扎實實地被攻陷。

「哎，也好啦，如果妳只是想要名牌包，送妳倒是無所謂。」

喂，行不行啊？看到男人一百八十度大轉變的反應，我不禁暗地苦笑。但亞矢只是望著男人，笑著搖了搖頭說：

「是金錢買不到的東西。」

「那麼～是什麼呢？」

男之二的聲音裡隱隱浮現熱切。而今天的男之一似乎被亞矢的轉變嚇到，直盯著這兩人瞧。奇妙的是，方才還難掩不安的由利此刻卻平靜了下來，一逕望著亞矢。

接著亞矢輕啓塗著亮晶晶脣蜜的雙脣說話了：

「我想要小孩子。」

「什麼？」

「我想要很多很多孩子，你能給我嗎？」

妳在講什麼？——兩個男人此刻一定和我一樣腦中浮現這句話，然而亞矢卻老神在在地繼續說：

「和我結婚，一起生孩子吧。」

＊

想也知道，被告白的男之二瞬間冷卻，由利和亞矢順利甩開了搭訕男。等他們一行離去之後，我步出咖啡店，採買完清單上的東西便走回飯店。

一開大門，代理老闆不知從何處冒了出來，我瞬間猶豫了，該不該和他談談方才看到的事？

（他畢竟是負責人，有關飯店客人的事還是向他報告一聲比較好吧？何況昨天那種狀況都差點要出事了。）

可是聽到他接下來說出的話，我完全打消了念頭。

「買到我的冰了嗎？」

「買到了。來，拿去。」

眼前猛地扯開冰棒包裝袋的代理老闆，依然是平日白天那副遲滯的恍惚神情。現在跟這個人講什麼都沒用，或者該說我根本不想跟這個人講話。

患有失眠症的代理老闆，白天完全是個廢人，但到了夜裡，就宛如解除了魔咒的王子，變得相當可靠，有點雙重人格的感覺。所以如果要找他商量事情，我似乎應該找上夜裡比較像個人的代理老闆才是。

「對了，那個小由和小亞啊。」

「咦？」

我心頭一驚，莫非代理老闆看穿我的心思？

「她們兩個眞的好可愛哦，天天黏在一起，好像一對小鳥情侶一樣。」

如果她們倆是那麼柔弱的生物我就不用操心成這樣了。果然即使是代理老闆，男人就是男人，兩三下就被女生騙倒。

我一邊看向他的夏威夷衫，不由得嘆了口氣。糟透了，今天是毒蛇排成的條紋花樣。

我解決掉買回來的晚餐便當之後，決定小睡一下，因爲等代理老闆腦袋清楚，大概都要過午夜之後。然而我腦中一直繞著白天發生的事，遲遲睡不著，於是我一手拿著冰涼的茉莉花茶，倚著牆思忖。

說出「我想要孩子，和我結婚」的亞矢，冷靜望著她的由利，以及嚇得立刻抽身的搭訕男，把三者兜在一塊兒，我得出了一個可能的解釋。

（那句話是亞矢的必殺技，專門用來擊退搭訕男。）

好比說，她們倆想吃免錢餐的時候，便跟著來搭訕的男人走，如果對方的舉止還在安全範圍內，吃完飯後續攤也無妨；但如果感覺狀況不妙，由利便以一句「怎麼辦？」爲暗號，這時亞矢就會搬出她的必殺技。

突然聽到女生提出這種要求，大部分男性都會退縮，但這說詞一方面又不會傷及男方的自尊心，對方懷恨在心的可能性很低，的確可說是高招。

（所以是遊戲？）

我還是高中生的時候，身邊認識的人當中，也有會做出類似她們這種行爲的女孩子，但我無論當時或現在，都無法理解她們所謂的「不過就是這麼一回事」。

即使想要交男朋友，我並不會想給路上出聲搭訕的傢伙機會，也不太喜歡聯誼。雖然我自己都覺得我的想法傳統、腦袋不懂變通，不過無法忍受就是無法忍受，這也是沒辦法的事。會和前男友分手，導火線也是因爲他瞞著我跑去參加聯誼。

本來在我的認知，以「我們交往吧」爲前提的交友場合就不太正經，當然相親的話又另當別論。不過要我和不熟的人以交往爲前提開始建立關係，我怎麼都說服不了自己。

有時候我會想，我是不是不適合自己所處的時代。

覺得周遭的人的常識和我的常識之間劃有一道界線。

手機、電視、電腦、網路評價，身邊似乎一直有人在諄諄提醒我——要緊的是「掌握資訊」和「圓滑處理」喲。

但是，我沒有辦法圓滑處理事情。如果爲了讓事情圓滑進行而閉上眼不正視問題，我寧可始終睜大雙眼盯著現實，以自己的方式跌跌撞撞地處理與面對。

有一點我很有自信，那就是我的常識是正確無誤的。然而不知爲什麼，我不時會感到不安。萬一我的常識本身是正確的，但我的使用方式是錯的呢？一思及此便覺恐懼，下一步遲遲無法踏出，眼前原本應該是筆直的道路，此時都彷彿化爲令我無所適從的數條歧路。

哪條路才是正確的？這問題之複雜難解，一如反覆出現大量質問的角色扮演遊戲，教玩家傷透腦筋。

同等分量的自信與不安總是輪流拉扯著我，這股矛盾究竟是什麼？明明只要依照常識採取正確的行動，就不會有任何猶豫了呀？

「正確」的事就是好事。我是如此被教育長大的，所以我要求自己行得正，也希望他人能夠走在正路上。但是當我以同樣的基準要求他人時，每每會換來他人的反感。所以這代表，我的作法錯了？

告訴我，我所認爲的「正確」，是錯的嗎？

不知何時，我好像倚著牆睡著了，但讓我醒來的不是我事先設定好在三點響起的鬧鐘，而是人聲。外頭不知發生了什麼事吵吵鬧鬧的，時間凌晨兩點，是有醉鬼在外頭發酒瘋嗎？我仔細聽了一陣子，外頭的人似乎沒有走開的意思。

（這樣鬧下去，在吵醒我們飯店客人之前就先把街坊鄰居全吵醒了。）

總之先確認狀況吧。於是我打開了門，然而映入眼簾的，是我最不想看到的景象——由利和亞矢正癱坐在飯店前方道路上喝著酒嬉鬧著。

（未成年要喝酒的話，就給我像未成年人會做的，躲起來偷偷喝啊！）

兩人身邊散了一地的啤酒空罐，沒家教地伸長雙腿癱坐，手中還緊抓著零食袋子。不幸中的大幸是，看來白天那兩個男人沒繼續纏著她們。

說眞的，我打算當作什麼都沒看見直接把門關上，反正代理老闆的酒吧就在一樓。要是眞的太吵，酒吧的那位員工應該會出來處理，而且目前還沒接到任何飯店住客的抱怨，換句話說，沒有我出手的必要。

（跟我無關。那兩個孩子不管做什麼，都跟我無關。）

我在心中不斷如此告訴自己，接下來只要關門上鎖就沒我的事了，然而我的身體再度背叛我的腦袋，微微打開的門縫傳來由利的高聲嬉笑，吵死了。而且，我發現聲音的種類似乎增加了，我牙一咬再度探向門縫，看到由利和亞矢身邊多了數道人影。

（等等，現在是什麼狀況？）

四名，不，五名男子上前向她們搭話，男子們穿著褲頭低到不行的低腰褲，上衣是多層次的坦克背心。從他們說話的音調聽來，顯然也是外地來的觀光客，有的染了金髮，有的穿了鼻環。雖說不能以貌取人，這些男的正是半夜暗巷裡可能遇上的傢伙當中最糟糕的了。

由利和亞矢露出滿臉不耐，看樣子這幾個男人並不是過來搭訕，而是稍早前便和她們倆攪和過一陣子，感覺這幾個男人言行舉止當中隱隱帶有更爲暴力的什麼在。

爭執上演著。

「喂，站起來。」

「妳們自己說要我們帶妳們去玩的，不是嗎？」一個男人粗魯地抓住亞矢的手臂拉她站起。

「我不要。放手啦。」

「少囉嗦，叫妳來就來啊。」

由利跳出來講話了：

「你們這幾個人，眞的很囉嗦耶～」

「啥？」男人偏起頭，「嗳，人家說話了啦。你們眞～的很囉嗦耶～」

男人模仿由利的語氣講話，一旁的其他男人登時鬨笑。

「囉嗦的應該是這張嘴吧？」男人一把抓住由利的下巴。

「放開！手放開啦！」

我已經鐵了心決定不管了，絕對不走出這個房間，可是代理老闆那邊卻完全沒動靜，事態眼看愈來愈緊急。

（怎麼辦……要叫警察嗎？）

站在飯店的立場，當然是希望盡可能不要驚動警察，可是若遇上非報警不可的狀況，按照道理至少要先跟代理老闆知會一聲。這時我驚覺到一件事，壞事果然會宛如雪崩般一件接一件來報到，不，這裡是沖繩，所以是如海嘯般？

現在狀況是，就算我想通知代理老闆，他那家店又沒牽電話；若是無論如何非叫到他不可，我勢必得穿過面前這條道路才到得了他的店。為什麼會出現這種連角色扮演遊戲也自嘆弗如的關卡啊。

「你們再不住手，我們要叫人了哦。」

「吵死了，要我讓妳閉嘴嗎？」

在我尋思之間，男子的語氣愈來愈凶狠。

（……啊啊，不行了，忍不下去了！）

不管是辣妹也好，等人搭訕也罷，糟蹋食物這些都無所謂，她們如假包換是本飯店的客人；再說即便我再怎麼看不順眼她們的行徑，並不會改變她們是我認識的人的事實。

（那麼認識的人有難我卻袖手旁觀，當然不是正確的事！）

於是我猛地打開了門。

*

本來，我只是想直接衝去隔壁的店裡叫代理老闆和那名員工出來救人，可是我的身體，已經不知道是第幾次，我連數都懶得數，再度背叛我的腦袋。

（咦？怎麼搞的？）

只見我手裡的茉莉花茶寶特瓶直直飛向抓著由利的男子。援軍突如其來的登場，讓那幾個男一時大意，我趁機一把扯住由利的手把她拉到我身後，但亞矢卻不知怎的沒站好，跌坐在地上抬頭望著我。

（笨蛋笨蛋笨蛋！妳在幹嘛啦！）

自從來到沖繩，我發現我的腦袋和身體老是起衝突，與人相處的節奏拿捏也亂了套，整個感覺很怪。

「這女的是怎樣？」

被寶特瓶砸中的男人緩緩朝我走來，好恐怖。

「你們三更半夜吵到人了知不知道？而且人家女生都明白講說不想跟你們攪和了。」

我努力不讓自己的聲音顫抖，謹慎地講出一字一句。在大草原上，要是內心的恐懼被看穿就輸了。

「你們再不收手，我就叫警察了。」

警察兩字一出，氣氛當場爲之一變。明明身處悶熱的夏夜裡，我卻直冒冷汗，緊握著由利的手也滲著汗水。

「先解決這女的好了。」

「等等，先搜身，要是帶了手機什麼的很麻煩的。」

「了解。那就先讓這位閉嘴嘍。」男人說著開始朝我接近。完了，要被揍了。我心裡很清楚，但雙腿卻僵在原地完全無法動彈，好可怕，我怕到喊不出聲，我是這麼膽小的人嗎？

（早知道就別衝出來了，早知道就先叫警察了，早知道就別顧慮什麼飯店立場了。）

後悔的念頭在我腦中形成漩渦。大聲喊呀！只要大喊出聲，就算是三更半夜總有人會被吵醒的！然而我的喉嚨又乾又渴，完全發不出聲音。

這下大勢已去。我閉上了眼。

但對方的拳頭卻沒有揮過來。

我帶著滿懷恐懼悄悄睜開眼一看，只見正要揍我的男人張著嘴，死命盯著我的身後。我後面有什麼嗎？

「噢，你眞是好眼力，知道這個是什麼吧？」

傳入耳中的是代理老闆的聲音，不知怎的，從語氣聽來他似乎很樂。

「廢話，看也知道啊。你這人是瘋了嗎！」

「瘋了啊，所以只要稍微被吵到，我就會忍不住想把這東西扔出去。」

本來應該是英雄登場的高潮場面，空氣中卻一逕緊繃著，而代理老闆口中的「這個」究竟是什麼？我悄悄地轉頭張望，看到代理老闆握著一個圓圓的物體。那是……手榴彈！

「喂，別開玩笑了，那哪有可能是眞的。」

當中一名比較冷靜的男子這麼嗆代理老闆。他說的沒錯，這裡是沖繩，美軍軍品店裡空的手榴彈要多少有多少。

「噢，被發現了嗎？」

幹嘛承認啦！我失望不已，代理老闆直直看向我眨起一隻眼，眨得有夠難看的。

「那麼我就拿眞傢伙出來嘍。小子，雖然你還年輕，不過應該見過這個吧？」

代理老闆把手榴彈收進口袋，另一手抓著某樣東西。

「那啥？」

也難怪那些男的一陣錯愕，代理老闆握著的是，一瓶泡盛。不過仔細一瞧，瓶口正冒著白白的東西。

「現在拿酒出來喝？你眞的腦袋有病啊。」

「哎，你們果然沒見過，這就是所謂的年齡代溝嗎？」

代理老闆邊嘆氣，邊從口袋掏出打火機。不妙，我在電視上看過這招。

「那是……火焰瓶！」

「賓果～」

這回應實在是老掉牙到極致。

「你們知道嗎？泡盛啊，是一款釀造起來酒精濃度可以無上限的酒。不過上市運送時，若是酒精濃度超標就會被列爲危險物品管制，所以酒商在釀造時才會刻意壓低酒精濃度。」

「那又怎樣。」

那幾個男人應該是看出那瓶泡盛是眞品，感覺他們話似乎變少了。

「也就是說，如果不考慮運送問題，是可以製造出等同汽油威力的泡盛了。雖然一般不會透露給觀光客知道，我朋友就是在生產這種酒的。這東西扔過去的話，應該相當精采吧？」

代理老闆說著「嚓」的一聲點燃打火機，露出滿面笑容。我聽到有人呑口水的聲響。

「這傢伙……瘋了。」

當中一個男人嘀咕著，一群人開始往後退。

「你、你給我們記住！」

丟下這句老套台詞之後，男人們消失在暗處，飯店前只剩由利和亞矢，還有我和代理老闆。忽地降臨的寧靜中，唯有老舊的街燈發出宛如蟬鳴的「唧——唧——」聲響。

「眞的……嚇死我了……」

由利的手從我手中滑落，她癱坐到亞矢身旁。

「亞矢，沒事吧？」

一直癱在地上的亞矢一臉慘白地點了個頭。

「那就好。由利呢？」

「沒事……」

兩人互相支撐著搖搖晃晃地站了起來，我捏緊手心，手裡由利的汗水和我自己的汗水融在一塊兒，我決定不再跟她們客氣了。

「妳們兩個！要讓人家擔心到什麼程度才甘心！」

響起兩聲帶著溼氣、悶悶的呼巴掌聲響，我感受著仍濡溼的手心傳來的熱辣，直視呆立原地的兩人。

「我不知道妳們是在不爽什麼，可是女孩子家不准給我大半夜的喝酒喝到茫！妳們討厭我、不想和我打照面都無所謂，進出就給我好好地利用電梯，在安全的時間裡外出！不然的話……」

我沒臉面對妳們的爸媽——我正要說出口，忽地吞了回去。不是的，不是爲了我未曾謀面的她們的「爸媽」，而是我自己眞的很討厭這樣。

「不然的話，我會擔心！會在意！所以，不要幹那種危險的事了！」

漫長的沉默。我的肩頭因爲喘息而起伏，視線仍釘在兩人身上。

「……可是人家很害怕嘛。」

亞矢突然幽幽地囁嚅。

「亞矢……！」

由利一臉驚慌，抱住了亞矢的肩，而這舉動宛如扣下無形的扳機，亞矢激烈地哭了起來。

「五點四十六分……很恐怖嘛！」

亞矢像個孩子般使盡全力地放聲大哭，而由利也被傳染似地開始嗚咽。

「亞矢妳不用說出來！什麼都不用說！我來說就好！」

睫毛膏染髒了眼周，由利緊緊抱住亞矢。我一頭霧水地看著眼前的兩人，發生什麼事了？莫非，我又搞砸了？

自以爲出於正義的巴掌揮向內心藏有陰影的女孩的臉頰，我認爲正確的行徑，在那一瞬間便結束了？她們不是獅子，長著獠牙聽不懂人話的野獸其實是我？

悶熱的夏夜裡，唯獨我彷彿被潑了冷水般心涼不已地呆站在原地。

*

咚咚咚。代理老闆宛如學校老師似地敲著泡盛瓶弄出聲響讓我們看向他。那東西可是威力可比火焰瓶耶，眞是夠了。

「我說妳們吶，口渴不渴？」

由利和亞矢臉上帶著淚痕，用力點了個頭。

「那這樣吧，妳們應該不想回房間，我們就在屋頂集合吧。何況小由和小亞還未成年，讓妳們進酒吧也不太好。」

不想回房間？什麼意思？但此時的氣氛不適合問這問題，於是我閉上嘴默默點了點頭。

「喝的東西我等一下人肉快遞送過去，柿生小姐，妳陪她們走樓梯上去吧。」

「咦？」

「妳們一定累壞了吧？慢慢走哦。」

兩個腳步不穩的人，爲什麼還要她們走樓梯？然而由利和亞矢似乎從代理老闆這番指示聽出了什麼。

「謝謝……」

亞矢悄聲地道了謝。討厭待在房間裡，只走樓梯不搭電梯。我一直以爲，她們鐵定是喜歡夜裡出去玩又不想經過飯店櫃檯前，才會每次都利用樓梯進出，但這麼看來是有苦衷在。

（客房與電梯的共通點是什麼？）

密閉空間。也就是說，她們倆當中可能有人患有閉室恐懼症，而從方才的樣子判斷，十之八九是亞矢了。

（可是，五點四十六分要怎麼解釋？）

我走在前頭，邊領著兩人上樓梯邊思索。亞矢說她怕某個特定的時間，也就表示，她曾經在那個時間點被關在某個密閉空間裡？

要上到屋頂，得爬相當於八層樓的階梯，我回頭看，她們兩人正喘著氣緩緩地跟在我身後上樓，腳踩的依舊是花俏的涼鞋，踏在混凝土階梯上發出慵懶的聲響，喀嗒、喀嗒、喀嗒。

爬完最後一格階梯，涼風迎面而來，宛如登山時終於來到山頂的暢快感受，心情登時煥然一新。

「坐那邊休息一下吧。」

我指向一旁的混凝土矮階，兩人聽話地過去坐了下來，相依偎的模樣，簡直就像一對十姊妹（註）。

「我去拿毛巾來喔。」

說著我衝下樓梯，從七樓常備的浴室用品庫存裡抽了幾條小毛巾出來，以自來水打溼。

「來，拿這個擦擦臉吧。」

兩人滿臉的汗水淚痕，放著不管到天亮還得了，然而由利接下白毛巾也沒擦臉，神情猶豫地抬頭看向我。

「可是……這會被我弄髒耶。」

什麼嘛，聽得懂人話嘛。

「盡量用，明天我會拿業務用的洗衣精洗掉的，別擔心。」

這是謊話，可是我想要她們把臉擦乾淨所以說謊了。由利還是猶豫著，但看到亞矢把臉埋進毛巾之後，她也拿起毛巾開始擦臉。擦去流到臉頰的睫毛膏，擦去唇蜜，擦去厚厚的粉底，換上的是與她們年齡相符的稚氣臉龐。

（簡直像是拿毛巾當替死鬼，整個人重生了似的。）

仔細端詳兩人的素顏，我發現由利有著細細的眉毛與微翹的嘴脣，感覺是個好勝的女孩，而亞矢則是五官標致，有著一張小臉蛋。

「這樣不是可愛多了嗎？」

我不由得老實說出了感想，又擔心她們聽了不開心，悄悄探向她們的表情，沒想到由利笑了起來。

「那是男朋友才會講的台詞哦。」

「是嗎？」

「少女漫畫的王道呀。男朋友把女生強拉到洗臉台旁邊，女生不得不當場卸掉妝的時候，

註：文鳥的一種，爲中國的白腰文鳥與其他雀類雜交而成，體質強壯，適應力強，爲目前全世界最普遍的寵物雀鳥。

就會出現這句台詞。」

原來如此。我噗哧笑了出來，亞矢也輕柔地綻放笑靨，這孩子的笑容眞的很有魅力。

「剛才抱歉打了妳們，還會痛嗎？」

「討厭，這也是男朋友會講的台詞啦。姊姊妳很有男子氣概耶。」

由利說著咯咯笑了起來，看來她已經原諒我了。

我望著開展在眼前的市區燈火，有點想哭了。

「嗳嗳嗳，妳們怎麼趁我不在的時候感情變得這麼好呀。」

代理老闆什麼時候上來屋頂的？只見他端著餐盤杵在一旁。方才太緊張了沒注意到，現在仔細一瞧，發現他穿的不是白天那種怪裡怪氣的夏威夷衫，而是換上了深藍色T恤搭卡其色工作褲，相當正經的打扮，及肩長髮包圍的笑臉也有著白天未曾見過的堅毅神情，沒錯，這就是非常可靠的「另一名代理老闆」。

他遞給每個人一杯冰檸檬紅茶，沁心涼的甜甜液體連同清爽的香氣喝進口裡，滋潤了先前因爲恐懼而又乾又渴的喉嚨。

「想說妳們可能有點餓了，我做了這個，嚐嚐吧。來。」

代理老闆遞過來的是像香菸般卷成細長條狀的可麗餅，這個點心我有印象。

「是Chinbin嗎？」

「嗯，自創版的就是了。」代理老闆指了指內餡，「外皮是黑糖口味的可麗餅，裡面卷了紅芋芋泥和鮮奶油。」

「哇，好吃～比在原宿吃的可麗餅還好吃耶。」亞矢悄聲說道。

「安哥哥很有兩把刷子嘛。」

由利帶著尊敬的眼神抬頭看向代理老闆。嗯？

「安哥哥是誰？莫非是代理老闆？」

「沒錯，安城先生，所以叫他安哥哥。」

很親暱嘛，所以在我不知道的地方這些人早已聊過天了？也對，喜歡夜生活的由利和亞矢，以及患有失眠症的代理老闆，他們會遇到一塊兒也是理所當然。

「姊姊妳叫什麼名字來著？」

「呃，我姓柿生，柿生浩美。」

「那就是小柿了？還是浩美美？妳喜歡哪一個？」

我有些無力地回道，麻煩可以少掉一個「美」字嗎？亞矢把細長的Chinbin當香菸般夾在手上說：

「因爲姊姊很有男子氣概，那就叫『阿浩』。決定了。」

「哈哈，好像壽司師傅的小名喔，很帥氣嘛。」

我死命瞪著這位沒良心地笑開來的「安哥哥」，他戲謔一笑，又遞了一根Chinbin過來。

嗯，我還要吃。

「好啦。」我正吃著第二根的Chinbin，身旁的代理老闆站了起來說：「接下來怎麼辦呢？我是曉得妳們兩個晚上不睡的原因，但阿浩不曉得。要講嗎？還是不講？」

由利和亞矢對看一眼，亞矢輕輕點頭之後，由利也回應她點了個頭。

「講嘍，不過安哥哥你講。」由利說道。

代理老闆點了點頭。

「柿生小姐，妳應該也隱約察覺到了，小由利和小亞矢不想待在房裡是有原因的。」

「嗯，那和她們不想搭電梯，是出於一樣的原因吧。幽閉恐懼症。」

我說出這個詞彙的下一秒，亞矢一臉驚訝地倒抽一口氣，看來我猜中了。

「不虧是柿生小姐。那麼再加上五點四十六分，妳覺得是怎麼回事？」

亞矢說過她很怕那個時間點，這麼看來不是下午的五點，而是早上五點。

「清晨時分，曾經被關在某個密閉空間裡？」

由利神情認眞的點點頭。被關在電梯裡，是天災發生時常見的意外，好比……

（地震？）

我的腦海掠過一幅景象——塌倒橫臥的高速公路，四處冒出的黑煙。一早起床，電視新聞全在報導這個消息，我記得那的確是一大清早發生的事。

「阪神大地震……！」

我下意識地脫口而出，亞矢一聽深深垂下了頭，慘白的臉頰上，一道晶瑩的淚水滑下。

＊

我沒記錯的話，那已經是十多年前的事了，換句話說，當時的亞矢應該是剛上小學的年紀。

「亞矢啊，是小學三年級的時候轉學過來的。」

代替神情痛苦的亞矢，開口說明的是由利。

「地震那時候亞矢是小學一年級，之後休學了一年，因爲，她爸媽……」

由利說到這欲言又止，亞矢接口說：

「我爸媽都死了。」

「亞矢……」

「沒事的，由利。跟這兩個人的話，我講得出來。」

亞矢像要讓由利安心似地衝著她微笑，然而臉上淚水依然不斷滑落。

「那個早上，一九九五年一月十七日的上午五點四十六分，我失去了一切。」

老舊公寓大樓的一戶裡，亞矢和父母三人並排成川字形睡著覺，天矇矇亮時，察覺異常聲響和震動的父母迅速抱起亞矢打算把她放進浴室裡，因爲這棟屋齡超過四十年的建築物裡，最堅固的地方就屬這間一體成型的系統衛浴(註)了。

「可是，就在我進到浴缸裡的下一秒，天花板掉了下來，把我拋進浴缸裡的爸爸的手臂，就這麼被倒下來的門壓住，慢慢地不再動彈了。我最後聽到的是媽媽大喊『把亞矢抱去浴室！』的聲音，我再也沒見能見到媽媽的身影，永永遠遠見不到了。」

她父母的判斷是正確的。劇烈的天搖地動之後，坍塌全毀的公寓大樓瓦礫當中，唯獨亞矢藏身的系統衛浴順利殘存，被挖了出來，從扭曲變形的浴缸裡還能找到倖存的小孩，鄰居們都慶幸不已直說眞是奇蹟，但亞矢被找到已經是地震隔天傍晚的事。

「爸爸的手還能動的時候，我一直一直喊他，爸爸還會用手指比出小狐狸或V字手勢鼓勵我。可是，隨著時間過去，爸爸的手指動得愈來愈緩慢，我好害怕好難過。一感覺爸爸手指好像快沒了動靜，我就大聲喊他，然後爸爸的手指就會像是醒來了似地又微微地動了動。」

後來手指再也不動了，亞矢還是不斷地喚著父親。不久夜晚來臨，殘酷的黑暗掩上瓦礫堆。

「伸手不見五指的狹小空間裡，只有我一個人還有氣息。因爲只穿睡衣，全身好冷好冷，我眞的覺得我可能會就這麼沒命了。」

好害怕好冷好難受救救我！爸爸！媽媽！爸爸！媽媽！亞矢喊了一天一夜，後來是原本住對門的鄰居聽見了她的求救。被救出的亞矢由於身心受創，休學了一年，之後由住在關東的親戚把她接去照顧。

「從那件事發生之後，我就沒辦法待在狹小的密閉空間裡了。還有，每到了那個地震發生的時刻我就會自動醒來，所以老是睡眠不足嘍。」

亞矢吐舌笑了笑，然而我卻無法直視這樣的她，因爲我的眼淚和嗚咽完全停不下來。代理老闆輕拍了拍我顫抖的肩。

由利在小學裡認識了亞矢，兩人成了片刻不離的好朋友。在森林小學裡睡不著的夜晚，兩人一起醒著談天說地；在外頭，她們從不搭電梯都改走樓梯；提議夜裡反正睡不著就乾脆盡情玩樂的，也是由利。

「多虧了有由利在，我才能撐到現在。像這次來沖繩旅行，也是因爲我提到我覺得寒冷很恐怖的關係。」

無法入眠、對於那個時刻與閉室的恐懼，全部積極地轉化，結果就是出現了那些辣妹言行舉止。

「對不起。我根本不明白妳們的苦衷，還自以爲是地打了妳們……」

我站了起來，向兩人深深地鞠躬道歉。

「沒事啦，我們也在樓梯間亂丟垃圾，還鬧出剛剛的事情。這下就算扯平嘍。」亞矢邊擤鼻涕邊嘟囔。我點點頭，由利突然扔了個東西過來。

「這給妳。」

註：Unit Bathroom，系統衛浴的天花板、底盤、牆板均是一次模壓成型，工廠預先加工製造後連同組配的衛浴設備運輸至施作場地組裝，具有質輕、耐衝擊、造型美觀、施工簡潔、高防水性等優點。

瓶。

夜色中微微閃爍的，是裝著星沙的小瓶子，看樣子是她在土產店玩一把抓時抓到的其中一瓶。

「那種裝著屍骨的瓶子，有什麼好開心的。」代理老闆一副若無其事的語氣說道。

「屍骨？」由利蹙起眉頭。

「是啊，星沙其實是珊瑚蟲死後剩下類似軀殼的東西。」

照你這麼說，星沙海灘實際上是屍骨海灘了？你爲什麼摧殘夢想都不手下留情？這種事實，就算知道了也不說出口，才是所謂成年人的風範，不是嗎？

「嗚，好噁心。」由利說著捻起自己帶在身上的星沙瓶。然而聽了代理老闆這番話的亞矢卻從口袋掏出自己的星沙瓶，無限憐愛似地包在手掌心。

「我會一直把他們帶在身邊。」

亞矢彷彿望著裝有自己雙親遺骨的骨灰罈似地凝視著星沙瓶，那沉醉的模樣，總覺得帶有一股內心失衡的危險氣味。由利一臉心疼地望著這樣的亞矢。

「因爲生命是脆弱的呀。」

亞矢輕柔地笑了，正是對那些搭訕男送上的笑靨。我每次看到，都有種不由自主被吸進去的感覺。

「因爲生命是脆弱的，我想早點結婚早點懷孕，生很多很多的孩子。連那個時候失去生命的人的份一起，生好多好多個。」

這一刻我突然明白，亞矢爲什麼會故意和搭訕男攪和了。

「莫非亞矢一直用這種方式在找結婚對象？」

我低聲問由利。

「應該說比較像是忍不住就想問問看男生吧。」

噯，能給我我想要的東西嗎？我想要的是，很多的孩子，還有家人，所以和我結婚好嗎？聽到這種話，愈是年紀輕的男性愈會想逃，應該再怎麼問也不會得到她想要的回答。

「不過，也託她這習慣的福，我們才能順利甩開那些奇怪的男生啦。」

能夠填滿亞矢內心那個巨大深邃空洞的王子，何時才會出現？

「好想早點生小孩哦。」

亞矢低聲的自言自語，聽在耳裡讓人心好痛。

「想生就生啊。」

宛如天啓般的一句話忽地降臨。代理老闆一口喝乾杯中僅剩的冰檸檬紅茶，筆直望向亞矢。

「小孩子呀，妳想生幾個就盡量生。」

「咦？」

夜風吹拂著及肩長髮，那有著不可思議顏色的眼瞳在髮絲間若隱若現。

「不過在那之前，妳得先生出妳自己才行。」

「我……生出我自己……？」

「沒錯。因爲妳自己也還是個小孩，對吧？妳一直都是妳父親母親所守護著的、那個清晨的小孩子。」

亞矢內心的時鐘停止在那個時候，所以她才能夠露出宛如嬰孩般的笑靨。

「上午五點四十六分會醒來的話，就從那一刻開始迎向新的一天就好啦。妳心裡一定也很清楚，每天揭開序幕的清晨，都不是那一個清晨，對吧？只是反觀我自己也還沒想通這一點就是了。」代理老闆說著輕輕一笑，「徘徊在沒有出口的時間裡是很痛苦的，不過人只要活著，時間就是不斷流逝的喲。」

徘徊於黑夜與白天之間的代理老闆，他的內心，也有一座停止的時鐘嗎？

「因爲寂寞而空掉的大洞，一定得好好塡起來。不然生出來的孩子只會淪爲悲傷的產物，所以妳一定要讓自己先變強才行。」

「變強……可是我不知道該怎麼做……」亞矢的囁嚅聲音顫抖著。

代理老闆輕撫著她的頭繼續說：

「很簡單，只要把順序顚倒過來就成了。」

「什麼意思？」

「不是以結婚或生小孩爲目的尋找對象，而是尋找到眞正心愛的人再和他結婚，這麼一來，你們生出的孩子就是愛的產物了，皆大歡喜。不是嗎？」

不知不覺連我也聽進了他的這番話。沒錯，不需要以「交往」爲目的尋找對象，只要和喜歡的對象交往就好。

因爲這麼做才是正確的順序。

＊

隔天早晨，化著淡妝的兩人走樓梯下樓來，乖乖地吃了早餐，邊吃邊嬉鬧地聊著：「『午餐肉』和火腿差別在哪裡？」「Asa裡面是海苔嗎？」

「阿浩。」用完餐後，兩人來到櫃檯。

「麻煩幫我們結帳，我們今天回去。」

由利神情寂寞地掏出螢光綠色的錢包。

「是喔，眞可惜，不過再來玩哦。」

我敲著計算機，亞矢衝著我一笑說：

「嗯，我們就是爲了再來玩，所以先回去一趟。」

「咦？」

「我們兩個會努力打工，賺到可以在這裡待更久更久的旅費再來，到時候，妳還會陪我們玩吧？」

到那時候，我可能已經不在這裡了，原本就預計只在這裡打一個暑假的工，結束就回家去。不過……

「當然，等妳們來嘍。不過不可以因爲好賺就去打危險的工哦。」

「又來了，阿浩果然很有男子氣概。」

由利咯咯笑了起來。今日依然是一身俗豔打扮的兩位辣妹，但不知何時，成了我的好妹妹。

中午前，兩人準備離去時，由利邊哭邊猛衝上來緊緊抱住我，我迎著她的衝擊力道，也用力回抱這小小的身軀，她的身子骨好細瘦。

「阿浩，妳是由利理想中的王子哦。」

亞矢竊笑著望向抱成一團的由利和我。

「不不不，人家我可是個柔弱的女孩子耶。」

「由利，最喜歡守護著我、會為我好而罵我的男朋友了。」

「我是『女朋友』好嗎！」

我就這麼在飯店大門前被女孩子親暱地抱著，一旁久米婆婆、仙婆婆，以及其他飯店客人微笑地望著我們。

（……不行這樣啦！）

我還在徵男友耶！我在內心大喊著，一邊決定等一下把這句話加進傳給小咲的簡訊裡。代理老闆昨晚講了那麼帥氣的話，此刻卻不見人影。也是，他想必又回到白天的那個代理老闆了。

望著不斷回頭揮手的兩人遠去，以後再也聽不到那「喀嗒、喀嗒」的聲響了，我不禁有些傷感了起來。這時仙婆婆戳了一下我的背。

「呵浩，很重感情嘛，這是好事哦。」

一旁久米婆婆笑著接口：

「因爲，Ichariba Chode（註）呀。」

Ichariba Chode——一日相識，一生形同手足。

類似「萍水相逢也是前世之緣」的意思。

我想，這一定無關乎是否「正確」。

一如跨越正確與否的界線，我與那兩個孩子緊緊相繫。

*

夜裡，我坐在階梯上讀著小咲傳來的簡訊。

「浩浩，我好像找到我的王子了耶。」

我不禁噗哧笑了出來。

我說小咲，我好像被當成王子了耶。而且說到我身邊出現的男性，只有一個宛如王老先生而非王子的人，連一丁點兒浪漫的碎片也看不到，不過這地方還不賴哦，畢竟Chanpon或Chinbin都是一次端上最大碗的。不懂我在講什麼？不用懂沒關係，妳看了笑笑就好。

我正打著簡訊，一封來自未登錄聯絡人的訊息傳了過來，我一邊拿起擺在一旁的寶特瓶裝

註：原文爲「イチャリバチョーデー」（行逢りば兄弟），沖繩諺語。

香片茶咕嘟咕嘟喝著，一邊打開了新訊息。

穿插大量令人眼花撩亂的表情符號，宛如密碼般的內文寫了滿滿一大篇，是由利和亞矢傳來的。我苦笑著慢慢捲動頁面，看到最後一行寫著：

「阿→浩，最愛妳了♥」

我落下了幾滴淚，不過這絕對不能讓任何人知道。

因爲我可是有著男子氣概的。

第三章

等價交換

夏天進入後半，在沖繩也逐漸嗅得到換季的氣息，氣溫沒有太大變化，但開始偶爾會颳過陣陣帶著溼氣的強風。

「外頭晒的衣物沒問題嗎……？」

我不經意停下手邊的工作，望向窗外。我的右手拿著抹布，左手抓著一瓶家用清潔劑，只要一有空檔，我就忍不住拿起清潔劑東擦西擦，窮酸個性的長女體質依然健在。

從飯店五樓回到一樓，我發現櫃檯旁堆了好幾個大紙箱，是宅急便送來的嗎？但到處都沒看到簽收單。

「那堆行李是什麼啊？」

我問杵在櫃檯旁自動販賣機前的婆婆，看她右手手背上有顆大痣，所以是久米婆婆了。

「那個啊，剛才客人從車子搬下來的。我想想喔，嗯，是一位田中先生。」

「所以就先擺著？」

「嗯——應該擺著就好了吧。」

喀啷，我看向落到自動販賣機取物口的飲料，不禁睜圓了眼，是大罐的可樂。

「那是誰要喝的？」

我在想是不是婆婆的孫子來玩還是怎樣，久米婆婆卻嘻嘻地笑了起來。

「妳在講什麼，當然是我自己要喝的呀。」

「啊……？」

「仙婆婆堅持七喜比較好喝，我則是可樂派的。」

我訝異得說不出話，久米婆婆問道：

「浩浩妳呢？喜歡七喜還是可樂？」

我的人生至今一直相信著那些碳酸飲料對牙齒不好，若要問我喜歡喝的飲料，壓根不會考慮可樂或七喜。

「我是Dr Pepper（註）派的喲。」

代理老闆打著呵欠出現在櫃檯旁。我記得Dr Pepper在碳酸飲料當中，不是出了名的怪口味嗎？

「哇，婆婆妳喝櫻桃可口可樂呀，我也偶爾會來一罐呢。」

「噢，同志。」

望著嘻嘻笑成一團的兩人，我無力地垂下了肩。

（你們兩個是美國人喔！）

Hotel Juicy，今日也充滿了傻呵呵的笑聲。

註：美國出品的碳酸飲料，混有二十三種味道，獨特口味迥異於可樂。

*

之前我在旅遊書上讀到過，沖繩的飲食文化非常特別地帶有美式風格。由於長期與美軍基地同處一塊土地，我想這也是理所當然的變遷；但我不明白的是，爲什麼那霸街頭會有那麼多的本地連鎖漢堡店、冰淇淋店與牛排館？而且上街走一圈會發現，不僅觀光客愛這一味，連本地人也相當捧場。

（……是因爲愛吃肉嗎？還是喜歡油膩的口味？）

這是身爲長壽縣、有著健康形象的沖繩的另一個面貌，而或許正是這極端的落差，讓觀光客覺得魅力十足。

可是——

「噯，我買薯條回來了。」

仙婆婆拎著速食店紙袋回來，立刻與久米婆婆兩人坐上廚房旁的榻榻米席，打開包裝吃了起來。

（……太誇張了。）

眼前的高齡人士一口薯條一口可樂吃得不亦樂乎，徹底推翻了我腦中對於「老人家」的印象，最令我覺得不可思議的是，吃這些垃圾食物爲什麼還能夠健健康康地活到這麼高齡？

「也分我一點啊。」

代理老闆一手拿著櫃檯免費提供的茉莉花茶，另一手直接伸向薯條。

「呵浩要不要也來一起吃？」仙婆婆問我。

我虛脫地搖了搖頭。

「我剛好在寫點東西，你們吃就好。」

我一邊對照訂房表，一邊規畫客房的分配。看到紙上一格格的空白欄位，我莫名感到一絲寂寥，不禁輕嘆了口氣。或許是接近八月底的關係，住客數也降至低迷期。

（慶典結束了啊……）

在忙碌期的飯店打工，應該很多人都避之惟恐不及，但我本來就是一閒下來就心慌的類型，愈忙反而愈樂在其中，從早到晚忙進忙出，累到夜裡沒空胡思亂想倒頭就睡。能夠沒有多餘的時間思考自己的事，心情多麼輕鬆呀。

之前中元連假的時候，櫃檯每天都熱鬧得不得了，等著集合或自由活動的團客、約在門口碰面的散客等等，飯店忙亂成一團，代理老闆卻只是丟下一句：「這種的我沒辦法。」就窩到隔壁酒吧裡不出來了，而且他那家店還選在中元期間暫停營業。

「因為這種人多的時期，即使是莫名其妙的店也會有觀光客跑進來啊。」

「什麼？」

「市區的觀光客一多，就會擴散到周邊來晃蕩，不是嗎？當中就會有些好奇心重、愛冒險的人會闖進來我這種店裡嘛。」

你那裡好歹算是一家店，說客人「闖進來」是怎麼回事？

「雖然大部分只是在門口探一探就走了，當中也是會有膽子大的觀光客或是想自我放逐的年輕人跑進來聊天，妳不覺得那種的很煩嗎？」

聽著代理老闆這番話，我只能默默地皺起眉頭。我明白，我已經充分地明白這個人是什麼樣的個性了。

「那至少幫忙顧電話，麻煩了。」說著我硬是把付了頸繩的公事用手機掛到一臉不情願的代理老闆的脖子上，一個轉身便衝回熱鬧滾滾的飯店裡。從缺毛巾、打破杯子等小問題，到聯絡不上旅行社、飛離島的班機停飛等大問題，源源不絕找上門的意外狀況，每解決一件，我就感到自己的點數又多了一點。如果我是遊戲裡的主角，我的頭上方顯示的「經驗值」肯定是相當大的數字。

與久米婆婆、仙婆婆還有比嘉阿姨合作無間地工作一天下來，我總是能夠睡上一個沉沉的好覺，我甚至自負了起來，覺得自己說不定有著經營飯店的才華呢。

然而現在……

「噢噢，果然薯條還是剛炸好的最好吃了。」

代理老闆吮著指頭悠悠感歎著。

我檢視住宿登記表，目前空房有兩間，其他客房入住的都是很習慣旅遊生活、不須操心的長期住客。於是，那頭名爲「空白時間」的詭異生物又開始探出頭來，乘著慶典過後的寂寥而來的這傢伙，似乎比先前幾次都要來得難纏。

＊

「不好意思，請問一下。」

我循聲看去，只見一名中年男士推開玻璃門走了進來。男士雖然頭頂有些稀疏，一身老式的夏季西裝卻很適合他，感覺是個溫和的人。

「您好，請問有預約訂房嗎？」

「有的，我姓田中，剛才借放的那些行李就是我的。」

這位自稱田中先生的男士一邊以大手帕擦汗，一邊指著櫃檯旁的紙箱小山。我立刻看向訂房表上的空房，沒問題，靠近電梯的大房間是空著的。

「您是來出差的嗎？」

「嗯嗯，我在經手一些古董和舊東西。對了，搬進房間之前，妳要不要看看？」

「呃？不……」

我還沒講完，田中先生已經把最上層的紙箱搬到了地上。好奇心旺盛的兩位婆婆和代理老闆不知何時來到櫃檯旁，正探頭探腦地張望箱內。

「哇，是舊貨耶！」

「不過全都扔在裡頭，會不會撞傷了啊？」

一如久米婆婆與仙婆婆所說，紙箱裡大量的各式舊貨完全沒經過整理。類似掛軸的東西、不知名的公仔、詭異的壺，從裝箱的方式來看，可能裡頭都不是太貴重的物品。

「因爲是剛剛才拿到的貨，都還沒整理啦。」

「剛剛拿到？」

「是啊，聽說有老房子要拆，我就先衝過去把能收的東西都收過來了。」

我在電視上也看過這個行業的介紹。古物商得知哪裡有連房子帶家具即將處理掉，就會像田中先生一樣趕過去現場，把要扔的家具等物整批買下。至於會不會從中撿到眞正的古董，類似一場賭注，不過在拆房子現場自然是沒時間慢慢挑貨。

「這個比去整理收購一般的儲藏室還是收藏品要有趣得多了喲，一想到這些貨裡頭不曉得藏了什麼寶物，不覺得很令人興奮嗎？」

田中先生說著輕手拿起一只小鳥擺飾。

「噢，那個很可愛耶。」

溫柔水藍色的陶瓷小鳥，尺寸不大不小放掌心剛剛好，神情帶點傻氣，可能是上色時筆滑了一下的關係，反而讓它有著惹人憐愛的表情。

「哎呀，小姐妳很有眼光哦。」

突然被稱讚，我有點嚇到。說到我們柿生家，從來就跟古董等高價品無緣，有閒錢買裝飾品，不如讓晚餐多加一道菜要來得實際，我就是在如此的家教中長大的。

「我……有眼光？」

從沒想過把錢花在美與附庸風雅上的我，應該沒有他所謂的眼光，不過被稱讚的感覺還不賴。

「我想這個恐怕是知名陶藝師傅做的哦，只是沒有外箱或署名，才會隨便被混在舊貨當中。」

「所以這個是眞品了？」

「說不定平常沒在留意舊貨的人，反而能夠找出眞正的寶物呢。」田中先生凝視著小鳥靜靜地說道：「總而言之，和我相遇的物品們，經由我的手又和下一個人相遇，所以這個正是等待著緣分的寶箱哦。」

（……好俗，還是該說好冷？）

聽著田中先生這番有點美化過了頭的話語，我不禁在內心吐槽。但看到他對於舊貨一臉珍愛不已的神情，卻又覺得誤會人家的我，內心眞是不純眞。然而這時，代理老闆再度語出驚人：

「可是啊，猛一看只覺得像是垃圾耶，又都髒兮兮的。」

你的腦子裡就沒有「體貼」這個詞彙嗎？此刻的我一定是狠狠瞪著代理老闆，只見他縮起脖子把薯條大口大口放進嘴裡。對，你把嘴巴閉上就對了。

看田中先生抱著沉重的紙箱，我也陪他進了電梯，五樓的一號房是足以容納團客的大房間，田中先生來回兩趟把所有箱子都搬進房裡後，對著幫忙壓住門的我鞠了個躬。

「謝謝妳，我還在想行李這麼多，房間應該會感覺很擠呢。」

「最近剛好訂房沒那麼滿，空得出大一點的房間。」

「這就是這種飯店的好處嘍。」田中先生邊擦著滿頭大汗笑著說道，我也回他滿面笑容。

「那麼請好好休息了。」

我回到櫃檯，那三人已不見蹤影，久米婆婆和仙婆婆應該是吃完點心回家去了，空氣中微微飄著薯條香氣，我不由得想起了由利和亞矢。

（那兩個孩子，有沒有好好吃正餐呢？）

三餐光吃速食的兩名少女。在我認爲薯條或漢堡根本不能算是正餐，該說是點心嗎？廣義地來說，頂多算是「正餐的替代品」。

（不過就是因爲我這麼想，才會老是被笑說像老人吧。）

＊

一早起床，發現外頭正颳著溫熱的強風。我去到戶外抬頭看天，風發出「吼」的聲響掃過耳際，我的髮梢甚至被吹起呈水平狀態。

「因爲就快到颱風季節啦。」

比嘉阿姨把早餐端到我面前。呈蛋包形狀的煎蛋上頭擺了幾片被稱作「午餐肉」的火腿狀罐頭肉片，讓人很想大喊：「這不就是打開罐頭把料倒出來直接端上桌嗎！」的這道餐，其實是名爲「午餐肉煎蛋」的道地沖繩家庭料理。附帶一提，有些人會直接以罐頭製造商的名稱稱呼「午餐肉」，譬如「SPAM」，又或者稱呼英文全名「Luncheon Meat」。

「記得颱風好像主要是集中在九月？」

「是啊，不過也是有可能在前後出現，多一分防災準備就少一分損失嘍。來，湯給妳。」

看向比嘉阿姨端給我的湯碗，我又傻眼了一次，這不就是打開湯廚濃湯罐頭把料倒出來加水稀釋而已嗎！見我一臉訝異，比嘉阿姨苦笑著解釋：

「我跟妳說，午餐肉煎蛋和濃湯，都是沖繩的經典早餐哦，我也覺得這樣似乎有點偷工減料，不過這就是沖繩呀。」

「唔，原來是這麼回事。」

「是啊，不過確實滿多人會忍不住加上一點變化，像是把蔬菜加進濃湯裡，還是在煎蛋的外形上下工夫。」

「是喔……」

這樣的餐點，是在什麼樣的背景下誕生的？從另一個角度想，我甚至覺得沖繩的主食一直是米飯反而有些不可思議。

比起下雨，我更擔心強風，吃完早餐後我連忙上屋頂查看我之前晒的衣物，本來想說讓今天的朝陽把衣服晒乾而一直沒收進來。

「哇！」

一上到強風呼嘯的屋頂，T恤倏地蒙上我的臉，我差點呼吸不過來。就算想避開風，空空蕩蕩的屋頂沒有任何擋風處，我張望四下，只見以重物固定住的晒衣架也微微晃動。

（要是眞的颱風來了，一定很驚人。）

屆時何止晒的衣物，肯定連盆栽都會輕易被吹走，難怪這裡的建築物幾乎都沒有招牌或裝飾，我好像明白爲什麼那霸街上會有那麼多混凝土外牆的大樓了，因爲即使裝設了搶眼的屋頂或招牌，被風吹走也是白搭。沖繩舊式的民宅由於原本屋頂就低不必擔心，但二層樓以上的建築物，讓頂上一片平坦，想來才是最明智的。

任何事物，一定有其背景原因在。要是詳細研究氣候與建築物的關係，應該可以寫成一本論文吧——我望著街景不由得思索了起來。

（啊啊！我就是這個習慣改不掉！做什麼事都想撈夠本是怎樣！）

做三明治時就會把剩餘的吐司邊做成炸點心讓妹妹當零嘴，熨斗要是還有餘溫就再多熨一條手帕，罵弟弟的時候就順便拿打掃廁所當交換條件。每天每天被家事追著跑，很自然養成了勤儉持家的習慣。

一路這麼走來的我，或許壓根沒有享受閒暇的命；但話又說回來，我也無法享受什麼事都不做的空白時間。

（我會不會一輩子就這樣活下去？）

那索性讓迎面而來的風把我一的一切都奪走算了！正想到這，一陣強風猛地捲走我手中的毛巾。

「啊！」

望著乘風而去的白色毛巾，我不禁呆立屋頂，久久無法移步。

*

天氣預報說這次的低氣壓不會形成颱風，但我還是想把該買的東西先買起來，於是中午前便準備上街。今天飯店裡預計入住和退房的客人很少，把櫃檯交代給代理老闆，他應該能撐一陣子。

狹窄的小巷裡，強風不時發出低鳴掃過，溫熱潮溼的風感覺沉重厚實。可能因爲天氣不佳，平日會出現在街角的野貓今天也不見蹤影，唯有保佑消災除厄的石敢當兀自矗立。有著陽光南國形象的沖繩，今日卻不可思議地籠罩在亞洲民間故事中的溼暗氛圍，我要是被鬼怪一口吞下應該也沒人發現吧。

「哎喲，這還不算是颱風哦。」見我一臉很在意天氣的模樣，賣島豆腐（註）的老闆娘對我嘻嘻一笑，指了指上頭說：「因爲妳看，我們這兒就是爲了這種時候才蓋了天棚呀，所以Ne，妳就安心地買菜吧。」

原來如此，以公設市場爲中心延伸出來的這條長長商店街有著拱頂天棚，我一直以爲是爲了遮陽而蓋，原來是爲了避風擋雨。

（好像認識得愈深，映入眼裡的景象也有了不同的感覺。）

註：以沖繩獨特製造方式製成的豆腐，大豆味道尤其香醇。

起初松谷小姐帶我來採買的時候，我只覺得遮著天棚的市場暗暗的很恐怖，攤子上沒見過的亞洲蔬菜，滿口以聽起來不像日語的方言交談著的人們，然而現在的我卻能夠很自然地對當地攤販說：「山苦瓜和醃芥菜(註)，各給我一個。」想到這，不禁有點開心。

我正把生鮮食材收進冰箱，櫃檯有人喊道：

「不好意思！」

我連忙走出去，看到田中先生拿著房間鑰匙杵在櫃檯前，是要外出嗎？

「讓您久等了，鑰匙我幫您保管。」

「呃，不，不是的。」田中先生難以啓齒似地搖了搖頭：「其實……我突然有工作進來……」

「所以要退房嗎？」

我看向月曆，田中先生之前預約了一星期的住宿。但他又搖頭說：

「這次的工作也在沖繩本島，只是離那霸很遠，所以我在想能不能從今天算起取消三天的住宿，行李都不帶去，我一定會回來的。」

我猶豫了起來，不知道該不該請他預付。

（可是我們飯店又沒有寫下這條規定，突然向客人提出要求也很失禮。）

田中先生已經住了兩晚，一直住下去的話，依照正常程序會在退房時結算，不過他都說行李不帶走了，那等他回來再算錢可能也無所謂。我想說是不是和比嘉阿姨商量一下再決定，不巧她人不在，我只好撥了電話給代理店長，卻遲遲沒人接聽。

「不好意思，能不能快一點？我要是不趕快過去，怕會被別的同業搶走。」於是我點頭了。事情緊急，代理老闆應該也能體諒，之後再和他報告就好。

「我明白了，那麼您的行李我們就先幫您保管。」

我一點頭，田中先生似乎鬆了一大口氣。

「眞的很謝謝，不好意思這麼臨時。」

「別客氣，請路上小心。」

「雖然是因爲他人的不幸才有我的工作進來，我也覺得有點過意不去。這次聽說是一位無依無靠的老人家往生了，他的遠房親戚委託業者處理掉房子和所有的物品，所以不快一點過去的話，東西很可能會被業者全扔了。」田中先生神色寂寥地蹙起眉說：「被人家說『那種東西就全扔了吧』，很難受的。」

「嗯，眞的會很寂寥。我是不太懂古董，不過還能用的東西，沒用到最後一刻都捨不得丟掉呀。」我點著頭回應。

田中先生一聽，不知怎的表情一變，簡直像是被什麼嚇到的表情。

「呃，我說了什麼奇怪的話嗎？」

「沒有啦，我只是覺得現在的年輕人很少會有妳這種想法，我這個年紀的人倒還說得過

註：原文爲「チキナー」。

去。」

對啦對啦，反正我就是有著老靈魂的年輕人。光是穿破了的襪子要不要丟，我都可以猶豫上一個小時，最後還是拿去當擦瓦斯爐的抹布。我暗暗嘆了一大口氣。

「對了，差點忘了東西。」田中先生一敲額頭，慌慌張張地又衝回電梯。我等著他下樓時，不經意想起了人在東京的小咲。小咲的父親原本是藝術家，後來在經營畫廊，她的母親也是非常風雅的人。

（她家的人應該會買古物來把玩收藏吧。）

至於我家裡的古物，大概就只有爺爺小時候玩的鐵陀螺和奶奶年輕時候的照片了。畢竟看歲數，爺爺奶奶自然是遙遙領先我們這些後輩。

下樓來的田中先生再度把鑰匙還給我，我站起來準備送客。

「不好意思讓妳久等了。」

「不會的。您的行李我們會好好幫您保管，請路上小心。」

「謝謝。」

我送田中先生出飯店，順道來到外頭，見他匆匆忙忙跳上事先開來停在飯店大門口的輕便廂型車，那張冒著汗的笑臉不知怎的有些滑稽，我邊竊笑著邊朝他揮手。

我可能眞的很適合在飯店工作呢。

＊

「妳找我？」

田中先生出發後過了一陣子，代理老闆啪噠啪噠地趿著海灘鞋走進櫃檯。

「是啊，三十分鐘前找過。」

接著我把田中先生的事告訴代理老闆，他哼了一聲笑道：

「整理遺物啊，那就祝他挖得到寶了。」

幹嘛講話這麼酸。我又失望了，果然白天跟這個人講什麼都是白搭。

午後，我在櫃檯寫著東西，大門突然打開。抬頭一看，一名女客喘著氣站在門口。

「怎麼了嗎？」

我一問，女子撩起頭髮大大地吁了口氣。

「有奇怪的人跟著我。那個男的戴了帽子和太陽眼鏡，看不到長相，體形很高大，有點恐怖。」

是色狼嗎？飯店這一帶算是比較治安比較好的區域，但久久還是偶爾會出現奇怪的傢伙。

「妳在哪裡被跟上的？」

「好像在國際通就被跟了，我一直到彎進巷子才發現。因爲那個男的個頭很大，巷子裡人少反而醒目，我有試著甩開他，總之，太恐怖了。」

我拿了茉莉花茶給女子喝，聽說這種茶有安定神經的效果。

「那個人一路跟到飯店前面耶，不知道走了沒。」

「他的穿著打扮呢？」

「藍色襯衫，搭了休閒褲。」

我站到柱子暗處偷偷看向外頭，沒看到人，於是我先把女子送到客房門口，回一樓再度張望飯店前方，發現對面杵著一名身穿藍色襯衫的男子，由於戴著全黑的太陽眼鏡，看不出他的表情，我不寒而慄，立刻聯絡代理老闆。

「色狼？在哪？」

「剛剛還站在那裡啊。」

以代理老闆平日的表現，他已經算是很快趕來處理了，卻沒堵到人。大概是對方看到飯店有男性工作人員就逃走了吧。總之我把男人的穿著特徵記下來，貼到櫃檯裡。

幾小時後，日暮低垂時，男人再度現身，但不知爲何打扮和稍早不同，是他刻意變裝嗎？只見他一身T恤搭牛仔褲的打扮，鬼鬼祟祟在飯店周邊打轉。

（要是衝進來怎麼辦？可是現階段他又什麼事都沒做……）

我緊緊握著手機，死命盯著男人觀察，結果我發現一件驚人的事——男人個頭變矮了，稍早出現時他的頭還快頂到對門的屋簷，此刻卻矮了一大截。

（所以是不同人？那爲什麼兩個色狼都盯上我們家女客？）

男人帽子戴得很深，同樣看不清長相，但怎麼想都覺得不大可能是兩個色狼鎖定同一個目標。這麼說雖然有點失禮，那位女客只是很一般的女性，不是那種會同時被兩個男人盯上的類型。

（那這兩個人的目的究竟是什麼？）

我滿心的不安，然而這個男人同樣在打轉了一會兒之後，突地消失了蹤影。

「搞什麼嘛！眞的是。」

我試圖以發怒驅趕恐懼，故意大聲罵出來，然後猛地從座位站起，跑去擦拭已經很乾淨的窗玻璃。

但令人難以置信的是，之後又陸續出現兩個行蹤詭異的男人。

＊

這是我第一次覺得代理老闆患有失眠症眞是太好了。

「對，十點多的時候出現過一個，十二點過後又來了一個，不過一樣什麼事都沒做就離開了。」

一大清早，我趁著報告業務的時候，順便把狀況告訴了腦袋還殘留些許夜裡的清醒的代理老闆。但我說完自己又察覺了疑點，爲什麼他們每個人都跑來飯店前方了，卻什麼事都沒做就離開？

（雖然是該慶幸他們什麼事都沒做啦。）

「要是像上次那樣又遇到危險狀況，記得來叫我，我會準備好火焰瓶的。」

留下這句令人冒冷汗的話，代理老闆便回去隔壁的店裡睡覺了。總之萬事小心爲上，我決定今天一整天都把手機掛在脖子上。

一如當地人所說，天氣逐漸轉爲厚重悶溼的陰天，新聞報導說低氣壓正緩慢通過沖繩本島，但飛機依然正常起降，我鬆了一口氣。接下來會因爲氣候不穩而常有班機機停飛，加訂留宿的客人想必會增多，身爲飯店人員必須時時掌握最新的交通狀況。

「太好了，要是星期六沒辦法趕回去很麻煩的，因爲妳看，度完假回去總得再休息個一天才有力氣上班嘛。」

一名上班族的年輕女客說著，「啪嚓」一聲關上了包包，那一看就曉得是名牌，幾萬圓跑不掉。

（住廉價飯店，然後手上拿的是價格等於住宿費好幾倍的皮包，不覺得怪嗎？）

「就算再怎麼想要名牌包，這種用錢方式也太偏激了吧。」我忍不住嘀咕，比嘉阿姨聽了笑道：

「我想那個名牌包應該是在這裡買的。」因爲那霸有全日本唯一的路面免稅店，可以便宜入手名牌精品。「甚至有人是衝著免稅店來沖繩的哦。」

「話是這麼說，可是總覺得哪裡不太對。」

有句話叫「各安其分」，難道現在已經沒人在用這個詞了？又或者錢是人家的，你管人家怎麼花？

「那麼如果那個皮包是仿冒品，妳就覺得ＯＫ嗎？」

比嘉阿姨從圍裙口袋拿出黑糖糖果放進口中。

「唔——也不是這麼說啦。」

我想或許癥結是出在，我無法以那種標準看待事物的價值，所以我也不認同仿冒品，畢竟那是違法的東西。

「名牌皮包啊，對我而言應該是類似藝術品般的存在。」

「妳又在講什麼深奧的話了？」比嘉阿姨微鼓著頰偏起頭。

「我說的是，把錢花在看不見的價值上頭呀。因爲我是很實際的人，忍不住會想要是手上有那筆買名牌包的錢，不曉得都可以買幾個普通的包包了。」

「這麼說是沒錯。」

「而且如果是自己很喜歡的設計，就算不是名牌也無所謂。」

「這我也明白。可是啊，」比嘉阿姨啜了一口香片茶，「照妳的說法，假如妳很喜歡的設計款只有名牌店推出，妳不就不得不買名牌包了？」

「呃，的確……」

被指出盲點，我當場語塞。沒錯，會買名牌包的人當中說不定也包括了純粹出於喜歡設計而買。我因爲打從一開始就認定「名牌是不需要的奢侈品」，反而又被自己的價值觀給束縛住。

「雖然名牌包的價位是不是妳所能接受的，又是另一回事了。」

「嗯，那部分就是每個人自由心證嘍。」

我一直認爲東西有其定價是理所當然的，然而世上同時存在無法以價值估量的事物，那麼面對這些事物時，我又該以什麼樣的價值標準去選擇？

（啊啊，我還太嫩了啊！）

我邊吃著比嘉阿姨給我的糖果，沮喪地垂下了頭。

＊

我在樓上整理客房時，手機響了，我放下手中的飯店使用手冊，接起電話。

「您好，這裡是Hotel Juicy。」

對方劈頭便激動不已地說著什麼，但我完全聽不懂。

「喂？不好意思，能不能請您講慢一點……」

我話聲剛落，這才反應過來對方講的是英語。不妙，我英語非常爛，都打算好畢業旅行時遇到要講英文的狀況都交給小咲了。

「呃，是講『普利斯』嗎？斯漏．斯闢可，普利斯？」

總之硬著頭皮講講看，不知道對方能不能聽懂，當我在那兒「呃——啊——」了老半天，

「噗嚕」一聲，對方掛斷了電話。

（什麼嘛！）

如果是打來訂房的，應該不會這麼氣沖沖；如果是打來客訴的，我來飯店到現在還沒遇過講英語的住客。雖然Hotel Juicy因爲便宜，有很多外籍客人，但大多是台灣或韓國等亞洲人，幾乎沒有來自歐美國家的。一方面也是因爲同樣位於這棟大樓內的『南海旅行社』提供的套裝行程是主攻亞洲客人的關係。

所以一定是打錯電話，我才剛得出結論，下一秒手機再度響起。一接起來，我不確定是不是跟方才同一個人，但這位同樣不斷嚷嚷著什麼。

（肯定是和哪支電話號碼搞混了啦！）

我無計可施，決定先拿著手機衝下去一樓，說不定南海旅行社的人會講英語。

慌慌張張下到一樓櫃檯，一名拎著紙袋的男士剛好走進大門。

「呃，歡迎光……臨。」

我突然結巴是因爲，眼前站著的是一名外國人，還是皮膚白到不行的白種人。

（而且個頭好大，還有他在生氣嗎？）

隔著櫃檯與我對峙的白人男士，身高少說也有一百八十公分，正低頭俯視著我。莫非是訂了房的客人？我連忙看向手邊的訂房表，但果然沒有可能的姓名，慘的是我手中握著的手機又開始響起那令人抓狂的鈴聲。

（『請問有什麼事』的英語要怎麼講啦！）

煩死了，爲什麼學校學的英語偏偏在這種時候一點也派不上用場？加上這名男士語氣非常激動，我更是有聽沒有懂。究竟該怎麼辦才好？想用手機打給代理老闆求救，手機又正響個不停。

手足無措的我，氣急敗壞的男士，簡直就是窮途末路！這時仙婆婆居然悠悠地晃了出來。

「呵浩，什麼事吵吵鬧鬧的？」

「沒事！別過來！」

然而仙婆婆完全沒理會我的勸退，小快步走了過來。眞是的，這下不我就只能站出去當擋箭牌了嗎？

「仙婆婆，站到我身後……」

「花特？又來了？」

「啊？」

「咖姆盪，好嗎？普利斯．偷可．吐．密。ＯＫ？」

我想那應該是英語，吧？因爲男士旋即有了反應，開始對著仙婆婆滔滔不絕。

接下來只見仙婆婆偶或穿插幾句回應：「喔，理阿哩？」「嗽——嗽——」邊點頭邊聆聽男士的話語。

（原來沖繩深受美國影響的，不止飲食文化……）

我望著從未覺得如此可靠的婆婆的側臉，安心地吁了口氣，語言果然是和平的武器。

「好好好，我明白了。呵浩。」

「仙婆婆，謝謝妳，眞的幫了大忙。這位先生說了什麼？」

「他啊，說他被騙了。」

「被騙？」

什麼意思？我不由得偏起了頭。因爲別說什麼騙不騙了，至少從我來這家飯店工作，就沒見過這位仁兄入住本飯店。

「是啊，好像是騙他的那個人把這裡的地址告訴他的。」

「啊？那個人是誰？」

我訝異地問道。男士依然臭著臉，聳了聳肩。

「他說是一位叫鈴木先生的人。」

「鈴木先生嗎？」

我還是想不出是哪位，因爲姓這個菜市場姓氏的客人之多，光我來這邊接櫃檯之後就出現過兩位鈴木。若是翻出從前的住宿登記表，少說也找得出十位姓鈴木的。

「那位鈴木先生把東西賣給這位先生，跟他說是古董。」

仙婆婆要男士把紙袋裡的東西拿出來，那是一塊在中國特產展之類的場合常見的裱框，正反兩面有著不同圖樣的刺繡。

「這個是梅德．影．踹那，的吧？」

因爲上頭清清楚楚繡了個拉麵碗的圖案。

「沒錯沒錯，可是那個鈴木先生卻跟他說這是日本的古物，眞是令人同情吶。」

無法區分日本和中國的差別，肯定不是這位白人先生的錯，因爲要是有人拿了美國和英國的陶器擺在一起要誆我，我也肯定會當場上當。

我請仙婆婆幫忙翻譯，對男士說，我們也覺得很遺憾，但是本飯店裡沒有叫這個名字的人，我們也無法負責，很抱歉讓他白跑一趟。男士這才好不容易被安撫離開了。

看樣子打電話來的人也是爲了同樣的事情，於是我照著仙婆婆教我的英語，機械式地一遍遍對打來的人說明。

「啊啊，嚇死我了。」

騷動終於告一段落，我重重地坐進沙發裡，一股不好的預感卻緩緩湧上心頭。買賣古董、有著菜市場姓氏的人。莫非……不，我絕對不想相信，可是……

「該不會是……田中先生吧？」

想起那張好好先生的笑臉，我不禁仰頭看向天花板。

＊

然後那個「該不會是」，旋即得到了證明。

沒多久，又有一名白人男性一臉困惑地來到飯店，透過仙婆婆的翻譯得知，這位先生昨天下午在國道沿線的車庫市集裡，向一名自稱姓鈴木的古物商買了東西。

我問那位鈴木是什麼樣的人，仙婆婆問完後對我說：

「他說那個人戴著太陽眼鏡，頭髮稀疏，身穿舊舊的夏季西裝。」

這下錯不了了，我有股衝動想用拳頭敲自己的頭。

「他向那個鈴木買了什麼？」

我一問，白人男士從雙肩背包裡拿出一團以報紙包的東西，窸窸窣窣地打開來，裡頭是一尊小小的石像，散發異國風情的造形，總覺得似曾相識，我到底是在哪裡見到過？

「唉呀，這我在燒肉店見過喲。」

聽到仙婆婆這麼說，我一拍膝蓋。

「是『石頭爺』！就是類似復活島摩艾的韓國石像。」

「但是那位鈴木先生對他說這是日本的古物，所以他才買的，是吧？」

白人男士點點頭。

「鈴木先生還說，依他研判這應該是日本古代遺跡挖出來的東西。」

這是詐騙，如假包換的詐騙。我內心仍對於那位住客存有一絲信任，但擺在眼前的卻是悲哀的不爭事實。畢竟昨天是大陰天，沒必要戴太陽眼鏡，身處車庫裡又更不需要了。

「能讓我看看寫了我們飯店地址的那張店卡嗎？」

白人男士於是從錢包拿出一張名片大小的紙片，正面印著「鈴木古物店／負責人．鈴木淳二」，一翻過背面，只見一行手寫字寫上我們飯店的地址，很明顯是個來路不明的商家。

（我居然讓詐騙歹徒住進了我們飯店！）

雖說不是我的錯，但難道我沒辦法阻止鈴木？想到這，對於面前的白人男士，我滿是歉意。

「眞的非常抱歉，如果我們事先留意到，就不會發生這種事了……」

見我一臉沮喪與自責，白人男士露出「別放心上」的表情。

「他說，雖然他應該是被騙了，但是其實沒花多少錢。而且仔細看看這石像也滿可愛的，他覺得這個價錢能接受，所以呵浩妳不用放心上。」

覺得這個價錢能接受。聽到這句話，我不禁抬起頭，眼前衝著我微笑的白人男士，有著非常溫柔的表情。

（不曉得英語會話補習班的學費大概多少？）

我邊想著這種事，帶著溫暖的心情回應他滿面的笑容。然而下一秒，我的腦中警鈴響起——說到錢的事！

「他還沒付住宿費！」

兩人錯愕地看向我。

「他預約了一星期的住宿，可是只住了兩晚，跟我說他行李放著人要出去幾天，我就答應他住宿費回來再付了！」

然而田中，不，鈴木是騙子的話……我立刻翻開住宿登記表，找出他留下的手機號碼撥了過去，但想也知道打不通。

「五樓！他的行李還在五樓！」

氣急敗壞的我一把抓起總鑰匙便奔出櫃檯，連電梯都不想等，直接爬樓梯一口氣衝上了五樓。我以顫抖的手拿鑰匙打開房門，進到悶熱的房內，目標的紙箱映入眼簾。

我打開掩著的箱蓋，看向箱內，只見一團團的報紙，所以裡頭包的是陶器？我想把紙箱搬到地上好好翻個仔細，於是伸手抱住紙箱，想說應該很重而使勁一抬，沒想到我的雙手連同箱子倏地舉向空中。

「咦？……空的？」

滿心的羞慚與憤怒讓我緊緊咬住了脣，我也被他騙了。

*

「別太沮喪。」雖然我聽不懂英語，從語氣的感覺，我曉得對方如此安慰我。我對著這位溫柔的白人深深鞠躬，目送高大的背影離去。

「沒事了啦，又不是呵浩的錯。」

仙婆婆那滿是皺紋的手輕輕握上我的手，乾爽的手心正撫慰我。

「仙婆婆，謝謝妳……」

即使緊咬著脣，不甘心的淚水還是落了下來。我一味接受他人的溫情對待，卻無力報答。

總之先盡我所能地搜集資訊吧。我決定從那些出現在飯店周邊的可疑人士下手，因爲仔細回想，這些人是在鈴木離開飯店之後出現的，換言之，這些人也都是詐騙的被害人了。
遺憾的是，那些可疑人士沒再出現。失去所有線索的我放眼望著街角，完全無計可施。我該怎麼辦？
當時在鈴木的催促之下，我沒經過任何人的同意，便擅自答應鈴木不必預付住宿費。如果那時候我多堅持一下，等代理老闆來再處理，代理老闆說不定會察覺鈴木的言行舉止有異，但是我卻沒有那麼做。
兩晚的住宿費不是問題，我現在就賠得起，飯店的信譽，卻是金錢買不到的。自己居然捅出這麼大的樓子，我震驚得話都說不出來。
「怎麼辦？怎麼辦？」
我邊以拳頭猛敲著自己的腦袋，垂頭喪氣地朝隔壁酒吧慢慢走去。

＊

「代理老闆，你在嗎？我是柿生。」
暗處傳出懶洋洋的回應。
「在是在，啥事？」
「呃，能不能談一下？我犯了很大的錯誤。」
「什麼啦？」

傍晚時分幽暗的店裡，我與看不見的對方對話著，而或許是這個原因，我一邊說明事情的來龍去脈，情緒慢慢湧上，聲音開始顫抖。

「……眞的，很對不起。我應該先聯絡你的，卻自作主張地相信了那個人，現在住宿費都拿不回來了。」

不能哭！絕對不能哭！我的淚水不能因爲可惡的詐騙歹徒而流！

「那兩天份的住宿費，請從我的薪水裡扣掉。可是飯店的信譽，我不知道要怎麼做才能挽回，所以……眞的眞的非常對不起！」

我朝著代理老闆先前出聲的方向，深深地鞠躬道歉。這時桌旁的暗處，代理老闆緩緩起身，只見他皺著眉臭著一張臉，這也是理所當然的，因爲我犯了那麼大的錯。

「又無所謂，反正我們飯店本來就很少有歐美的客人。」

「不能無所謂！至少請用減薪處罰我吧！否則我會一直自責，幹不下去的。」

代理老闆一聽，唰啦唰啦地搔著頭說：

「哎，妳眞的很麻煩耶。」

「……是。對不起。」

「妳要是眞那麼想的話，去聯絡一下比嘉阿姨，請她把車開來。」

「咦？」

車？這家飯店有公用車？我怎麼從沒見到過？

「我忘了妳的履歷表上頭有沒有寫說有駕照？」

「啊，有的，我寫了。」

我不由得用力盯著代理老闆的臉看。嗯，這個表情看來此刻還不是夜裡的他，卻說出了如此實際的話，眞是難得，是因爲太陽快下山了嗎？我懷著滿腹疑惑，走出酒吧去打電話給比嘉阿姨。

Hotel Juicy的公用車，是一輛被海風摧殘到破破爛爛的輕便廂型車

「來，這是鑰匙。還有，手煞車不太靈光，車子盡量不要停在陡坡上哦。」

把車開來飯店的比嘉阿姨將鑰匙交給我之後，便要朝飯店入口走去。

「咦？比嘉阿姨妳今天的班不是已經結束了嗎？」

「沒有什麼結束不結束的，沒辦法呀，妳和代理老闆要外出，客人總不能沒人照顧。」

爲什麼現在的狀況是我和代理老闆要外出？我正一頭霧水，車內傳來催促。

「準備好了就快點好嗎？我又不會開車，再等下去我都要沒命了啦。」

原來如此，原來是這樣。「我馬上過去！」我一回完，比嘉阿姨遞給我一個溫熱的小包和寶特瓶裝的香片茶。

「那個人呀，只要肚子塡飽心情就會好了。」

「謝謝妳！」

比嘉阿姨明明是突然被叫回來加班顧櫃檯，卻連細節都照顧得如此周到，我在心裡暗暗起誓，有朝一日定要回報這份恩情。包括久米婆婆、仙婆婆，還有方才那位溫柔的外國人，我的

報恩清單愈來愈長了。

話說回來，其實這是我第一次駕駛輕便廂型車，我坐上駕駛座，確認視野區域，嗯，這輛車比我想像得要高，但不至於駕駛不來。

「請問我們要開去哪裡？」

我把比嘉阿姨的愛心小包遞給大剌剌癱在副駕駛座上的代理老闆。

「走國道五十八號，到伊佐濱污水處理廠再叫我，地圖夾在那上面。」

代理老闆語氣粗魯地說道，一邊窸窸窣窣地打開小包，顯然沒打算對我仔細說明。我從擋風玻璃上方抽出夾著的地圖來看，伊佐濱位於北谷町的南方，可是究竟爲什麼要去污水處理廠？

「嗚哇！這不是Onipo（註一）嗎！不愧是比嘉阿姨，眞機伶。」

代理老闆突然大喊出聲，嚇得我差點沒鬆開握著方向盤的手。

「請不要嚇人好嗎？Onipo是什麼？」

又是陌生的單詞，想來也是本地的方言了，Chinbin呀Popo（註二）呀，沖繩的許多點心都有著不可思議的名字。

「妳不知道Onipo？就是夾了午餐肉煎蛋的飯糰呀。」

註一：原文爲「おにポー」，內餡爲午餐肉與煎蛋的飯糰，一般以夾三明治的方式料理，外觀呈四方形。

註二：原文爲「ポーポー」，沖繩代表點心之一，麵粉拌入雞蛋攪拌後烤薄如法式薄餅，塗上油味噌卷起。

代理老闆開心地拿起Onipo大口咬下。宛如三明治的扁平狀飯糰，我突然想起之前由利和亞矢沒動過的早餐，好像就是被比嘉阿姨拿來做成類似這種的飯糰。

「好！好！吃——！」

代理老闆搖下手動式的車窗，朝著外頭大喊。流洩進車內的風，開始帶有微微的海潮香氣，我們正朝濱海道路駛去。

「這東西便利商店也有耶，妳居然沒吃過，眞是太可憐了。沒辦法，分妳一個吧。」

代理老闆自顧自地發表感想，說完遞給我一個Onipo。

「……謝謝。」

其實我完全沒食慾，但還是在等紅綠燈的時候咬了一口，竟是出乎意料地美味，海苔和白飯和煎蛋的甘甜，由鹹味的午餐肉巧妙地平衡口味，扁平的形狀也很適合單手拿著吃，非常貼心。這些食材明明和早餐是一樣的，不知爲何卻覺得這道點心的完成度比較高。

（果然有所謂的招牌料理。）

駛上國道後，眼前開展的是夕暮的海岸線，遠方水平線與雲朵之間閃耀著宛如極光的深橘色光簾，我一瞬間忘卻了稍早的挫折，出神地望著這番景象。

「好美喔。」

我不禁低聲讚歎，代理老闆難得有了反應，點著頭對我說：

「接下來一路到目的地都是海岸線，妳就盡情欣賞吧，我要睡一下。」

代理老闆說完，一口喝乾香片茶之後，便盤起胳膊閉上眼了。我於是接受他的建議，盡情享受我來那霸之後的初次海岸兜風。

*

抵達污水處理廠時，天色已完全暗了下來。我叫醒打著鼾的代理老闆，把車停到路肩。

「代理老闆，到了哦。」

代理老闆恍惚地半睜開眼，坐直身子問道：

「這裡是伊佐濱？」

「是的。」

「那沿著國道再往前開一段，可是別超過普天間川哦。然後會到一個很熱鬧的地方，開進去之前那一帶有地方可以停車，車停了再叫我。」

很熱鬧的地方？代理老闆的指示也太模糊了，我滿懷不安地再度發動引擎，往前開真的會出現鬧區嗎？

不過我的擔心旋即證明了只是杞人憂天，前方路邊開始出現成排攤販，夜色中，燈泡的黃色燈火逐一浮現。再開進去恐怕沒地方停車，於是我轉而尋找有其他車輛停放的角落。

確認停車處是平地之後，我使出渾身的力氣拉起手煞車，要是我們不在時車子出了什麼麻煩就糗了。

「那走吧。」

代理老闆大大地伸了個懶腰之後下了車，我也連忙下車追上他。

「呃，請問這裡是哪裡？」

攤販間傳出的拉丁樂曲，發電機的馬達聲響，愈往裡頭走愈多攤販聚集，幾乎掩埋了道路，不知不覺周遭已宛如慶典般熱鬧滾滾。

「這裡？這裡是Hamby。Hamby Night Market。」

代理老闆邊走邊逛，原創設計的T恤、西洋老電影海報，有占卜攤、腳底按摩攤，賣吃的攤子包括塔可餅和甜甜圈等西式餐點，也有蓋飯、便當、炸雞塊等和式料理。

「Night Market是什麼？」

由於聚集的攤販種類五花八門，這究竟是什麼慶典，我完全沒頭緒。代理老闆途中買了兩杯冰咖啡，遞了一杯給我。嗯？也就是說，莫非？

「不要嗎？妳一路開車過來應該口渴了。」

代理老闆迎面盯著我問道，我心頭不禁微微一驚，那是彷彿能直直看透我內心、有著不可思議顏色的眼瞳。

「還是妳比較想喝咖啡歐蕾？」見我一直沒吭聲，代理老闆偏起頭問我。這個語氣，加上這份貼心，與白天的他判若兩人。

「不要的話我就自己喝掉嘍。」

患有失眠症的代理老闆，白天時總是放空，一副馬虎隨便的態度，入夜則搖身一變成了可靠、思路清晰的人。此刻夜間版的代理老闆正滿臉笑容地站在我面前，我想變化應該是發生在方才車內睡覺的時間裡，總之我眞是太走運了。

「我要，謝謝。」

望著伸長了手的我，代理老闆一臉滿足地點點頭。

「回答妳剛剛的問題。Hamby Night Market是類似自由市集的夜市，每週六日從白天營業到晚上十一點左右，一個攤位租金只要一千五百圓，誰都可以簡單擺攤。」

「自由市集啊。」

「想說妳來逛逛會不會心情好一點嘍。」

夜風吹拂著代理老闆的及肩長髮，爲什麼這個人要如此直勾勾地看著我？明明白天那一對矇矓的眼睛老是藏在簾子般的劉海後方不知看向哪裡。

「嗯，謝謝。」

出乎意料的禮物，讓我的胸口不禁熱了起來。啊啊，這下我的報恩清單上又多一個人了。

「妳來沖繩好像都還沒去觀光，偶爾像這樣出來走走也不賴，對吧？這裡像個國際大熔爐似的，不覺得很有意思嗎？」

沒錯，熱鬧的夜市裡混著各式各樣的人種，白人、黑人、亞洲人，以及極少數的印度人。而且最有意思的是，這些人們不分買方賣方，包括日本人在內，所有人都自在地交流著，或買東西或賣東西。

「眞是難得一見。」

「我想這正是炒什錦文化的極致表現。」

不過邊走邊觀察，我發現比例最高的還是日本人，白種人其次，而且這些白種人十之八九應該都是美國人。

「果然美軍的駐在還是有一定的影響？」

販賣手工蛋糕的美國胖大嬸朝我微笑，我一邊以笑臉回應她一邊環顧四下。

「是啊，雖然基地和居民之間的摩擦頻傳，我覺得像這樣的隨興雜處感覺，才是所謂的世界，因爲這世上不是所有問題都能夠清楚切割成非黑即白的。」

代理老闆說著，開始物色二手牛仔褲，他看中了一條傷痕累累破破爛爛的長褲，確認尺寸之後便付錢了，價格竟然只要一百圓。

「太好了，我才在擔心缺秋天的衣物呢。」

「天氣還這麼暖和，你已經在準備秋天的衣服了？」

「話是這麼說，可是在這裡住久了，對氣溫的感覺也自有一套規律出來，季節到了還是會想防寒呀。」

我們邊逛攤子邊前進，走了一會兒，夜市的風貌有了變化，賣吃的攤子變少，賣物品的攤子變多了，我看向豎立轉角的觀光指南看板，上頭標示這個夜市分爲三個區域。

「這裡開始是另一個區域？」

「沒錯，剛才我們走過的是Hamby Night Market和Hamby Family Market，在這兩區擺攤都需要租金，到了這裡則是自由區，不收擺攤費的。」

難怪感覺氣氛更接近一般的自由市集，至於比較少賣吃的攤子，是因爲需要一定的設備或執照的關係吧。我逛著手作首飾的攤子，代理老闆突然苦笑著拍了拍我的肩。

「柿生小姐，妳還不明白我們爲什麼要來這裡嗎？」

「咦？呃，不明白。」

「感受一下慶典氣氛，讓心情好一點當然很好，可是，妳不是還有件耿耿於懷的事沒處理？」

「耿耿於懷的事……？」

「譬如某位只能在車庫市集之類免租金的地點擺攤營業的仁兄的下落呀。」

「啊！」

對！是田中，不，鈴木的事。

「他惹出的事剛發生沒多久，人應該還沒走遠，畢竟他是賣古物的，人煙稀少的地點沒辦法做生意。而且，」代理老闆張望著四下說道：「這裡顯然有很多鈴木的獵物候選人。」

「獵物候選人？你是說容易被詐騙的人嗎？」

「唔——有點對又有點不對。」

「所以我不是說我很不擅長解謎嗎！」聽到我的抱怨，代理老闆看向我笑了，但下一秒，他的神情倏地嚴肅了起來。

「找到了。」

「咦？在哪？」

「再過去兩個攤子，他打開麵包車的後車廂在營業。」

我刻意別開臉，以眼角餘光瞄向那個方向，發現確實有一個賣古物類物品的店家。顧店的男士戴著大聯盟棒球帽，戴得很深，顯然正是鈴木。

「那傢伙……還在那邊給我悠哉地開店！」

一把火起的我忍不住正面迎向鈴木的店，氣勢洶洶地朝他走去。鈴木看到我，一開始像在思索什麼似地偏起頭，接著露出一臉驚訝。

「喂！你這個人！」

我站到鈴木的店前方，但他只是嘻嘻笑著，這人的神經究竟多大條！

「哎呀呀，歡迎光臨，又見到妳了呢。」

「『又見到妳了』個頭啦！能麻煩你付清住宿費嗎？」

鈴木一聽，露出一臉不解偏著頭說：

「噢，妳說住宿費啊，非得預付不可嗎？不過請不用擔心哦，我之後會付清的，因爲我還要回飯店去呀。」

直冒汗的鈴木堆起宛如福神的笑臉，但我不會再被這副笑容騙了。

「你再扯謊嘛！你留在客房裡的紙箱是空的，打電話也聯絡不到人，還有一堆上你的當買了假貨的人衝來飯店抱怨！」

「不不，我不知道發生那種事啊，究竟是怎麼回事呢？」

你是想裝傻裝到底就是了？聽到他的說詞，我更是血衝腦門。

「你爲什麼要利用我們飯店的地址去做壞事！」

「做壞事？冤枉呀，我只是來出差進貨，人在旅途中所以把投宿地點當作臨時的聯絡地址。至於手機，很抱歉因爲不小心被我摔壞了，我趕著買了新的應急，聯絡不上我也是沒辦法的事嘛。」

聽著鈴木滔滔不絕的辯解，我終於忍不住動手。

「不要再自說自話圓謊了！」

我一把揪住鈴木的衣襟，原本坐著的他猛地被我一扯站了起來，而且他似乎也沒料到我會動手，臉色登時大變。就在這個時間點，代理老闆介入了。

「柿生小姐，要是不適時停手，會傷到人哦。」

我沒打算揍人，但幸運的是，鈴木似乎誤會了代理老闆的意思。

「不要阻止我。到了這個地步，我非聽到他親口道歉不可！」

聽我這麼一說，鈴木一臉畏懼地略往後退。我看起來是那麼暴力的人嗎？雖然順利達到恫嚇的效果，對一名女孩子來說實在高興不起來。隨著失望的情緒，我的怒火也稍微減弱。

相較之下，鈴木卻是冒著汗忙不迭地辯解：

「我道歉我道歉！我當然願意道歉！呃，眞的非常抱歉給你們添麻煩了。手機壞了害你們聯絡不上我，確實是我的錯。我也承認我和顧客之間有認知上的差異，還有因爲這樣對方找上貴飯店抱怨，這一點我也道歉。當然，我會付清住宿費，因爲我眞的原本就打算要回去再付呀。」

鈴木說著，從掛在脖子上的袋子裡掏出錢來用力塞給我。

「你多給了。」

我正要把一張鈔票還給他，一旁有隻手伸了過來。

「收下吧，就當精神賠償費。」

「咦？」

太誇張了。我的確很憤怒，但是以不正當手段取得多於應付金額的住宿費，是身爲飯店從業人員絕對不該有的行爲，否則我們不就變得和鈴木一樣無恥了？虧我還一直認爲夜裡的代理老闆是個認眞有擔當的人，是我看走眼了。

「不虧是飯店負責人，眞是明事理，大家好辦事。」

哈著腰鞠躬的鈴木說著又塞了張小額鈔票到代理老闆的手裡。我眞是不敢相信，這是什麼詭異的展開！

「好說。不過麻煩不要再找上我們飯店搞這種事了，因爲本飯店有個直腸子的孩子在。」

這下根本什麼都沒解決啊！我錯愕之下手一鬆，鈴木一副若無其事的神情坐了回去。

「通常遇到這種狀況不是都會拔腿就逃嗎？」我太過震驚，不由得把心裡想的話直接說了出來。鈴木一聽，嘻嘻笑了。

「因爲我沒有說謊呀，我既沒有欺騙客人，現在也只是付了由於認知誤會而產生的住宿費用，我有什麼必要逃走呢？」

「你說什麼？」

有句成語叫對牛彈什麼的掠過我的腦海。

「會對這些日本舊東西感興趣的，大多是外國人嘛，難免有時候會因爲語言溝通出問題而產生認知上的誤會嘍。」

不，你是個騙子，百分之百是你故意讓誤會產生的。

「我只是對客人說，這些東西很像是日本的遺址裡挖出來的東西，說不定是有價値的，就是有些客人會誤會這話的意思。」

鈴木一副「我也很傷腦筋呢」的表情微微偏起頭。看到微禿的大叔做出這種動作，我處於絕對零度的心也不會有絲毫升溫。

「你沒有幹出什麼引導別人誤會的骯髒事吧？」

代理老闆一問，鈴木用力點頭：

「那是當然的。像昨天啊，有個年輕人說想買日本的禮物送給美國的奶奶，我就便宜賣了一尊啣著鮭魚的熊木雕給他，幾乎沒賺頭耶。」

他說的顯然是北海道的土產，雖然以大範圍來說確實算是日本的禮物。

（我知道了，鈴木的詐騙手法就是巧妙地利用一層堆一層的「說不定」。）

說不定是眞品，說不定會再回來，說不定搞錯了。只要講的人講得巧妙，要誤會就是聽的人的事了。但不管怎麼說，他的手段惡劣就是惡劣。眼前努力堆著笑臉的鈴木，鼻頭泛著油光，在攤販的光線照射下閃閃發亮。

我環視身旁，發現不知何時夜市裡人變多了，甚至有人開始靠近我們三人圍觀。有日本人、美國人，和像是中國人的，不分國籍每個人都一臉看好戲的神情。好奇心讓他們聚到同一處，有人滿心期待，有人繃緊神經，有人只是湊熱鬧。人啊，說不定其實出乎意料地單純。

而且仔細一看，站在最前排的白人男士一手拿著寶特瓶裝香片茶，邊吃著Chinbin。

（婆婆都在吃薯條配可樂了，你們如假包換的美國人在吃什麼？）

無關國籍，只要共處一處，就算不願意，也會逐漸融混。塔可餅的配料配上白飯，飯糰裡加進午餐肉，然而最狡猾的是，這些日不日西不西的混種食物卻非常美味，令人完全忘記它們是融混而來的。

附帶一提，在白人男士身旁站著一名額頭有著紅印的印度女子，她正邊喝著沖繩產的ORION啤酒，邊啃著熱狗，啊啊，眞的是混到最高點了。

「……好怪。」

令人訝異的是，我居然噗哧笑了出來。

「對呀，很怪吧？眞的常會發生認知上的誤會呢。」

毫無羞恥心又很敢講的鈴木莫名戳中我的笑點，我又忍不住笑出聲。這時代理老闆從塑膠袋拿出類似派的點心遞給我和鈴木。

「這個是？」

「南美的點心，餡餃（註）。我在想你是不是差不多該乖乖閉嘴吃東西了。」

「那眞是多謝了。」

鈴木笑咪咪地接下點心，我則是很直接反應地拿到手上，沒想太多便咬了一口。餡餃的內餡是起司和菠菜，口味大眾非常美味，我默默地吃了好一會兒，最後舔著手指沾到的油時，代理老闆拍了一下我的背。

「好啦，差不多該走了？」

「嗯，好。」

之後冷靜想想，或許我應該把鈴木扭送警局，或是聯絡那些來飯店投訴的被害人，讓他們找鈴木退錢。可是不知爲何，當下我只是很自然地點了頭跟著代理老闆離開了，或許是擔心一旦把話說絕，高昂的情緒會瞬間冷掉吧。

圍觀的群眾如潮水退去，我和代理老闆再度融進逛夜市的人群中。賣絨毛玩偶的、吃冰的、跳舞的，每個人都隨心所欲地做自己想做的事，空氣裡卻奇妙地存在一股平和，是因爲我仍和大家同處在名爲慶典的漩渦之中嗎？

*

話說回來，Hamby夜市簡直就是爲了患有失眠症的代理老闆而存在，證據就是，飲料店的小哥也說晚上七點只是序曲，「沒錯，最熱鬧的時段大概在晚上九點左右，不過大家到十一點都還營業哦。」

明明是個本質健全的自由市集，爲什麼會營業到那麼晚？我不明白。眼前走過一名小孩

註：原文爲Empanada，南美家常點心，帶點辛香味的肉餡包在酥皮內，外觀呈餃子形狀。

子，要是對本地的孩子說不准玩到入夜，應該講不聽吧。

「這就是所謂『夜型社會』？」我問。

一手拿著Dr Pepper的代理老闆輕輕點頭。

「因爲這裡氣溫高，要是從一早就開始玩擺攤遊戲，應該會體力不支吧。」

說的有理。爲了避開強烈的日照，選在太陽下山後擺攤或許才是明智的。

「而且天熱食物就容易壞，所以這裡很盛行油炸食品，速食可能也是因此很快地被這裡的人們接受。還有午餐肉煎蛋用到的『Spam』，我想也是因爲罐頭能夠久放的關係而受到沖繩人的喜愛。」

「原來如此。」

從氣候的角度來分析沖繩飲食之所以美國化的原因，輕易地就能解釋了。我不由得思忖，寫一篇「從飲食文化看沖繩」之類的論文想來不錯。

（我這個窮酸性格，一定一輩子都改不掉了。）

不過改不掉也無所謂，我帶著介於自暴自棄與解放之間的心情，伸了個懶腰。

走在夜風吹拂中，我一口喝乾跟著代理老闆一起買的Dr Pepper。嗯，果然有股怪味。

不過在回程的車上，我才得知鈴木事件的另一面。

「你說的獵物候選人，是指美國人嗎……？」

「是啊，因爲在Hamby，繼日本人之後第二多的就是美國籍的白人了，對吧？」

沒錯，包括一開始氣呼呼衝來飯店的外國人，和後來那位非常溫柔的男士，都是白人。也就是說，鈴木是看準獵物才下手？

「可是爲什麼只鎖定白人？美國人當中也有其他人種呀？」

我想起了在專賣雷鬼樂的ＣＤ攤子前方跳著舞的黑人姊姊。代理老闆任由吹入車窗的風吹亂頭髮，瞇細了眼說：

「雖然只是概略有這種形象，感覺美國人好像特別喜歡異國風情的東西，是吧？」

「嗯嗯，他們好像對於傳統、歷史之類的很感興趣。」

「然後呢，雖然這麼說非常失禮，從前因爲種族歧視問題，美軍的高階大多是白人。能明白嗎？」

很難懂，但不難想像。

「於是針對那些想必會爽快買下日本土產的大人物，就有些人在做類似鈴木的生意，把佛像之類的古物高價賣出。在從前的說法，就是以ＧＨＱ（註）爲對象的『軍官詐騙』。」

在我腦中浮現的是「金光」二字，不過不是，他說的是「軍官」。

「可是要是後來被發現是詐騙，應該會鬧得很大吧？」

註：第二次世界大戰結束後，美國政府爲執行「單獨占領日本」的政策，命麥克阿瑟將軍以「駐日盟軍總司令」（Supreme Command of Allies in the Pacific）名義在日本東京都建立盟軍最高司令官總司令部（General Headquarters），在日本通稱「ＧＨＱ」。

代理老闆輕輕搖頭。

「剛好相反喲，正因為背負著國家的顏面不想惹事，反而不會深入追究。」

「啊，因為怕引起國際糾紛嗎？」

「沒錯，一旦鬧上法庭，媒體自然會注意到。再加上駐沖繩的美軍本來就一直不受本地居民歡迎，要是為了區區幾萬圓的詐騙提告，反美的媒體肯定會毫不留情地大肆報導。」

「原來如此，這些騙子想得眞周到。」

我不禁有些佩服他們，又旋即吐自己的槽——不行不行，再怎麼說詐騙都是不對的。

「還有要是被報導傳出去說，自己被騙買下的是亞洲的土產，顏面完全掃地吧，連試圖辯解『我本來就分不出日本和中國哪裡不一樣』都很丟臉吶。」

嗯，這一點就有些值得同情了，但我不知怎的卻笑了出來。怪了，我是對於犯罪如此寬大的人嗎？

「不過要是一直幹這種勾當，不會哪一天遭到報復嗎？」

前方出現「往那霸」的標誌，我一切方向盤，告別了海岸線。

「應該沒問題吧，就剛才看到的那些貨，都不是什麼高價品，買家就算發現被騙也通常懶得追究。實例就是出現在我們飯店周圍的那些人，妳看他們也頂多是想來看看鈴木的車開回來了沒，有車的話再找人嘍。」

原來如此，那些人之所以沒有進飯店來詢問，是因為他們在確認外頭停的車子。

「當中可能也有些人因為不會說日語而猶豫要不要進飯店，如果是這種程度就放棄，表示他們被騙掏出的金額也不是多大數目了。哎呀，只要被騙的人自己覺得價錢能接受就無所謂嘍。」

其實沒花多少錢，覺得這個價錢能接受。──那位溫柔的白人男士確實也曾這麼說。不過話說回來，鈴木竟然考慮得如此周詳，顯然是個相當高明的騙子。

（就說不行！不能認同這種行爲！）

我下意識地一踩油門，代理老闆驚訝地看向我。

「柿生小姐，妳很久沒開車了嗎？」

「是啊，剛拿到駕照那陣子常開，可是最近這半年幾乎都沒碰過。」

「所以妳很緊張？」

「是，我又是第一次開這個車種，剛才去程還滿緊張的。」

我一邊留意著不要開進窄巷，朝飯店方向駛去。因爲我對會車沒信心，一定要有雙線道的馬路才行。

「會緊張就好。」

「什麼？」

聽不懂。我瞥了代理老闆一眼。

「不是常有人說嗎？開車最危險的就是開慣了的時候，所以開不慣反而安全。」

什麼跟什麼？照你這麼說，考到駕照後從來不開車的人，一旦上路也是安全的嘍？我又差點笑出來，這時突然想到一件事。

（對耶，這次的事件，正是因爲我已經習慣飯店的工作才引起的。）

當鈴木說他要留下行李外出幾天時，如果是還不習慣飯店工作的我，肯定會先問過其他同事再做決定，但我卻憑一己的判斷擅自做了主，才導致這次的事件。

「所以每天都得抱著站上起跑線的心情才行啊。」

我嘀咕著警惕自己，代理老闆聽到了，皺起眉頭。

「妳說起跑線是賽車的嗎？我比較希望妳不要像剛才那樣突然猛踩油門啦。」

「你說的那不就是每天都要衝衝衝？不是啦！」

我在腦中描繪著飛馳的賽車，笑容終於忍不住浮上我的臉。一駛離起跑線便加速到極限，雖然跑直線路段很強，但衝到彎道卻由於無法減速而翻車，正是我的寫照。我想我恐怕只會不停地猛衝，直到學會轉彎的那一天爲止。

不過就算不會轉彎，我也會繼續前進，因爲我只有「前進」這唯一的才能了。

*

隔天，我整理鈴木留下的紙箱時，發現一個以報紙包了數層的小包，就擺在洗臉台的鏡子前方。我拿著回到櫃檯，小心翼翼地打開，出現了一只陶瓷的水藍色小鳥。

「很可愛嘛。」

正值廚房的休息時間，比嘉阿姨過來櫃檯探向我的手邊說道。我望著鳥兒那像是上色時筆滑了一下造成的傻氣表情，沒錯，這只陶瓷小鳥正是我先前在鈴木面前稱讚過可愛的古物。

「他是故意留給我的嗎？」

是謝禮？還是賠禮？我無從得知鈴木的心意，但這肯定是留給我的訊息，總之我就心懷感謝地收下了。

（等一下！不是收下，是寄放！）

我搖著頭。自從遇到了鈴木，我發現自己的道德觀好像有變薄弱的傾向。比嘉阿姨指著小鳥對我說：

「是青鳥耶，會帶來好運哦。」

「妳是說幸福的青鳥嗎？」

「是呀，所以得好好珍惜才行。」

眞正的青鳥，其實就在你身邊。想起這段話，我傳了簡訊給小咲。

「小咲妳的王子好像出現了啊，我則是發現了青鳥，雖然有張傻呼呼的臉蛋就是了。」

是騙子留給我的禮物，搞不好是偷來的也說不定，想到背負著不明來歷的青鳥應該很難招來幸福，我又忍不住想笑了。

我是怎麼了？

附帶一提，金額是零圓，不過我覺得我能接受這個價錢。

第四章

暴風雨中的旅人們

眞的只是一時興起，覺得好玩而做出的小小行動，之後竟導致後悔莫及的悲慘下場，那時的我，想都沒想過會有這種事。

「噢，有了有了。」

我盯著電腦畫面，嘿嘿地笑了。這裡是位於那霸國際通上的一家網咖，本人，柿生浩美，依然在沖繩的廉價飯店「Hotel Juicy」打工。沒錯，即使是在觀光客人數銳減的這個時期。

「沖繩明天進入暴風圈啊。」

我把一週天氣預報和航空公司的班機狀況全部查過一遍，接著傳簡訊給朋友。傳完之後喝著冰紅茶一邊思索，買的時數還有剩一些，拿來幹什麼好呢？

「啊，對了。」

我突然想到，於是在搜尋框裡打上「Hotel Juicy」。一按下搜尋，瞬間跑出數百筆搜尋結果，由於近年個人部落格盛行，包含「沖繩遊記」之類關鍵字的部落文章數量相當可觀。

「噢？沒想到還小有名氣嘛。」

明明沒必要，我卻不由得瀏覽了起來，因為當看到客人的感想是「我每次去都住那裡」、「早餐非常好吃」，眞的很開心，結果就這麼停不下來一筆接著一筆看下去了。看了幾筆之後，我連到了某個網頁。

那是一個網路公布欄，主題是「早知道就不去住的這種飯店和那種飯店」，也就是大家把不愉快的住宿經驗上網公開，而當然Hotel Juicy也在「早知道就不去住」的黑名單之列。

被指出的缺點像是「雖然有付早餐，居然只是陽春的煎蛋加午餐肉」，或是「竟然叫高齡老人家負責打掃客房，實在太殘忍了」。

（拜託，煎蛋加午餐肉可是道道地地的沖繩料理「午餐肉煎蛋」耶！還有，久米婆婆和仙婆婆身子都還很強健，只是想工作才來幫忙打掃的！不，那根本就是她們的消遣啊！）

我在網咖的電腦前不禁握緊了拳頭，氣得發抖，正想留言反駁，轉接飯店櫃檯電話的公事用手機響了起來，我只好作罷，但不愉快的心情卻帶著沙沙的觸感留在我心上。

（算了，所謂個人感想，有一百個人就有一百種感想，要在意也在意不完的。）

我離開網咖後稍微冷靜了下來，但還是覺得不甘心。既然如此，那至少我在飯店工作的這段期間，一定要讓每位住客心裡都留下美好的感想！我重整心情，暗自立下了目標。

＊

第二天清晨，我在強風的聲響中睜開了眼。

拿起枕邊的手機一看，時間是六點。平常這個時候燦爛的陽光早已灑進室內，今日窗邊卻一片陰暗，我透過薄窗簾看向外頭，只見雨點不斷迎面打在窗上。

「終於來了啊。」

我啪地一拍雙頰，挺直背脊。夏末的沖繩由於多颱，又被稱爲「颱風銀座」，正是一年當中氣候變化最激烈、最麻煩的時期。天氣預報一直警告颱風快來了、颱風快來了，眞的來了我反而鬆了口氣，因爲我是那種與其在後方備戰，寧可鑼聲響起奔赴戰場才安心的類型。

我一如平日在餐廳準備早餐餐具時，伴隨著巨大聲響，比嘉阿姨從後門進來了。

「啊啊，眞是受不了，一大早就被雨淋得像是剛洗完澡一樣。」比嘉阿姨邊拿浴巾擦頭髮邊嘀咕，「撐傘傘會開花，可是穿雨衣又悶熱到不行。」

「乾脆穿泳衣出門如何？」

「妳在講什麼，我挺著這個肚子最好是有辦法穿泳衣走在路上啦。」比嘉阿姨指著自己圓滾滾的小腹，豪爽地笑了，「總之，最安全的方式就是不要出門，記住這點就對了。」

聽著風的低鳴，比嘉阿姨縮起肩一邊把蛋打進平底鍋。我望著她一向俐落的動作，感到難以言喻的安心。

整個上午風雨維持著一定的強度，也算是一種平靜。然而過了中午，風勢卻突然一變，只有非常短暫的時間感覺似乎無風無雨，之後旋即颳起恐怕足以橫掃一切的強風。

「哎呀，這次滿強的哦。」

「是啊。」

久米婆婆和仙婆婆正準備下班回家，兩人一邊聽著風聲互相點了點頭。

「呵浩。」

「有。」

「我們兩個明天應該不會過來哦。」

「啊，知道了，這種天氣還是別出門的好。」

其實她們兩位老人家今天回家的路上就夠令人擔心了，「婆婆妳們回家路上一切小心，慢慢走哦。」聽我一叮嚀，兩人嘻嘻地笑了。

「我們比浩浩習慣多了啦，妳看，我們鞋底還有防滑咧。」

久米婆婆笑著把便鞋的鞋底亮給我看。

「我們反而比較擔心呵浩妳呀。」

「我嗎？」

「是啊，這種天氣還會持續幾天，總之妳要是有什麼事就馬上找代理老闆哦。」

「代理老闆？」

要我找比嘉阿姨求救，我還能理解，爲什麼會提到代理老闆？我一頭霧水，仙婆婆邊攤開時髦小圓點圖樣的雨衣邊回我：

「那個人啊，只有在這個季節特別可靠。」

「沒錯沒錯。」身旁的久米婆婆也點著頭。

穿著同款雨衣的兩人，簡直就像兩尊等身大的晴天娃娃。

「『只有在這個季節』是……」什麼意思？

我還沒問完，櫃檯電話響起，我過去接起電話。久米婆婆和仙婆婆朝我輕輕揮手便走出飯店，我望著兩人小小的背影，也輕揮了揮手。

「好的。不不不，別這麼說，天氣好壞誰都沒辦法控制呀。」

果然是取消訂房的電話。早上的新聞也報了，今天除了清晨的班機，其餘全部停飛，這位原本預計今天入住的客人只得繼續留在宮古島無法過來。根據天氣預報，這幾天都還會是風雨交加的天氣。

我翻開櫃檯的訂房表，總之先確認飯店的入住狀況。目前只有兩名二十多歲的男性，以及一名三十多歲的女性。這位女客原本預計今天退房，看來勢必要繼續留宿了，我正打算內線聯絡，女客剛好下來櫃檯。

「我剛剛跟航空公司確認班機，果然今天停飛呀。」

「是的，所以您要繼續住嗎？」

「嗯，麻煩妳了，不過這下突然沒事可做了呢。」

女客顯然很習慣旅行，只見她拿了擺在櫃檯邊自由借閱的時代小說文庫本便回房去。我接著打電話向剩下兩位男客確認，他們也同樣決定繼續留宿，這麼一來就確定住客人數沒有變動了。我頓時閒了下來，便又拿起清潔用具東擦西擦的，這時比嘉阿姨喊我說午餐好了。

一坐上餐桌，眼前的什錦炒素麵（註）正冒著熱氣，這是把煮好的麵條加蔬菜和肉一起炒的料理，與山苦瓜炒什錦和沖繩排骨麵同樣是沖繩料理的招牌菜色，但是……

「爲什麼……這裡面也加了午餐肉？」

我低聲嘀咕著。我絕對不是對口味有意見，而且我覺得午餐肉反而能爲清淡的麵條增添美味，是絕妙的搭配。只不過用一般的豬肉不也行得通嗎？

（是說午餐肉也出現得太頻繁了！）

我以筷子夾起午餐肉直盯著瞧，比嘉阿姨突然咚地擺了個東西到我面前，是一罐鮪魚罐頭。

「這道料理也是可以用這個取代午餐肉啦。」

「妳的意思是，料的部分是可以隨機應變的？」

「沒錯，原本在我們這邊，這道菜就是儲備糧食。」

「儲備糧食？」

呃，就是地震等天災時的存糧嗎？可是這道菜是過火炒過的，感覺比印象中的存糧豪華多了。

「是呀，像是今天這種颱風天，好幾天沒辦法出門採買的時候，主婦就會做這道料理，所以料的部分就用罐頭，蔬菜就看當時家裡還剩什麼。」

「哦，原來如此。」

麵條和罐頭，運用可長時間存放的食材料理出的儲備糧食，這正是這道什錦炒素麵的眞面目。

「我想橫豎要煮，今天這種天氣來吃最對味嘍。」

比嘉阿姨咯咯笑著把鮪魚罐頭收回櫃子裡，我邊聽著呼呼作響的風聲邊吃著什錦炒素麵，

註：原文爲「ソーメンチャンプルー」，沖繩「炒雜燴」料理的一種，主料爲素麵。

果然非常有臨場感。

＊

午後，比嘉阿姨也早早回去了，沒有入住或退房的事務要處理，我再度閒了下來。想要打掃客房，久米婆婆和仙婆婆又提早把能打掃的部分都處理好了，結果我能做的事頂多是把櫃檯的茶包補滿。

（啊，眞討厭無所事事。）

一閒下來就容易胡思亂想，太恐怖了。將來的事、找工作的事、來到沖繩之後一直被我拋在腦後的對於未來的不安，以及可能的話我完全不想思考的、暑假的結束。

我坐到沙發邊上，不經意望向玻璃窗外，平常人煙稀少的巷內風景，在暴雨中模糊成了一幅水墨畫。隨著風向的改變，大雨宛如水噴槍強力沖刷著窗面，我不禁有股錯覺，彷彿這整棟建築物正待在自動洗車機裡頭。

（要是能夠把這棟樓，連同我，徹底地洗滌一番就好了。）

如果能夠被超越一己能力的某樣巨大存在徹頭徹尾地搓揉洗淨一次，心裡會不會多少暢快一些？想著這種事，不知怎的開始有點睏。

（因爲平常都沒在想這些事……）

不知不覺，坐在沙發上的我就這麼進入了忘我的境界裡徘徊。這時，突然有道聲音從天而降。

「柿生小姐。我說柿生小姐！」

「啊，是！」

我慌張地抬起臉一看，身旁站著的是代理老闆。

「今天不是颱風天嗎？所以我把這個拿來了。」

代理老闆說著遞給我一張紙，我一看，是隔壁咖啡廳兼酒吧的菜單。

「這個是要……？」

「我想住客應該沒辦法出去找晚餐吃，隔壁可以出餐外送，所以妳去跟他們點餐吧。」

我不禁懷疑自己的耳朵。沉穩的語氣，再實際不過的絕佳提案，眼前這位不是白天的代理老闆，也就是說……

（等等，已經入夜了嗎？我睡了那麼久？）

可是牆上的時鐘顯示下午三點，我的手表也是一樣的時刻，看來時鐘沒壞。我忽地想起久米婆婆和仙婆婆先前說的。

（「只有在這個季節特別可靠」，也就是說，這個人在颱風天的白天也有顆清楚的腦袋？）

我望著代理老闆那難得一見的理智神情，有種不可思議的感覺。莫非颱風一來，代理老闆體內的時鐘也亂了步調？

我前往住客的客房，一一敲門告知可以點餐外送一事，客人都開心不已，於是我當場點了餐，帶回一樓向在櫃檯喝著茶的代理老闆報告。

「塔可飯一份，BLT三明治（註）一份，還有義大利麵一份。飲料包括石榴汁一杯，冰咖啡兩杯。就這些了。」

「收到。那大概七點時會出餐，妳再抓時間過來拿吧，用餐地點就讓他們在餐廳吃，和早餐在同樣地點應該比較好認。」

「說的也是。」

什麼嘛，如此條理清晰的訊息傳達，簡直和一般的飯店打工人員沒兩樣，我帶著滿心的感動深深地點了頭。

「噢，對，差點忘了。」

「怎麼了？」

「柿生小姐妳呢？要吃什麼？妳應該也懶得外出吧？」代理老闆說。

眞是難以置信，明明還是白天，他卻如此體貼入微。

「啊，好，那麻煩請給我墨西哥捲餅和冰咖啡。之前在屋頂吃到的眞的太美味了。」

代理老闆一聽，很開心地笑了。

「那就待會兒見了。妳的墨西哥捲餅我會加很多豪華的料，敬請期待。」

我望著代理老闆離去的背影，覺得自己像是遇上幽靈似的，我應該是見到了什麼了不得的東西了。

然而與此同時，我內心最偏僻的角落正悄悄冒出一個聲音。

「不過好無趣喔。」

嗚哇！笨蛋笨蛋！現在不是在討論這個人有趣無趣的時候，好嗎！

＊

我在七點前來到隔壁的店，餐點已經一盤盤包著保鮮膜，連同飲料擺在端盤上。

「飲料的冰塊，妳到餐廳那邊再加進去，不然飲料很快就稀釋掉了。」

代理老闆再度說出一般有常識的人會說的話，把端盤遞給了我。

「謝……謝你。」

總覺得很怪，我微微低頭道謝之後走出了店門。自從來到沖繩，一直被詭異的人事物耍得團團轉，一旦面對平凡無奇的狀況反而覺得不太習慣。

（不過這才是一家飯店原本該有的樣子。）

我回到飯店餐廳，邊排著餐具邊試著說服自己。不這麼做的話，恐怕連我的認知也會亂成一團了。

「噢，晚餐已經好了呀？」

註：培根生菜番茄三明治（Bacon, Lettuce, Tomato）。

第一位出現在餐廳的是名叫馬場的年輕男子，我記得他在住宿登記表上寫著二十四歲，職業欄填「無」，是個感覺很有個性的人。留著一頭牙買加辮子頭束在腦後，T恤上印著紅、黃、綠Rasta Color（註一）的圖案。

若是從前的我，對於這類的打扮風格應該是敬而遠之，但現在看慣了代理老闆那身邋遢的穿著，再看到別人只要有用點心思打扮，我都覺得是盛裝了。

「您要開動了嗎？」

「不不，一個人吃有點寂寞，等其他人到了再一起開動好了。」

馬場先生說著拿起冰咖啡就座，就在這時傳來另一道腳步聲。

「請問晚餐是在這裡吃嗎？」

「是的，請進請進。」

進餐廳的是稍早來過櫃檯的女客，她叫小野寺，三十二歲上班族，似乎很習慣獨自旅行。散發著一股穩重的氛圍，身穿雅致的小可愛搭微皺的棉質長裙，氣質非常成熟。

「妳好。」

「噢，你好。」

馬場先生先打了招呼，小野寺小姐回應之後，在他斜對面坐下。

「所以，還剩……」

我正試著想起最後一位住客的名字，有個人慌慌張張地衝進餐廳。

「對不起對不起，我是矢田，抱歉遲到了！」

對，這人叫矢田，二十一歲大學生，很一般的髮型，穿著也只是常見的T恤搭短褲。與先到的兩人相比，他顯然很少旅行，因爲他穿的T恤上印著西薩獅和八重山方言版的「歡迎光臨」(註二)字樣，話說回來買這種T恤也需要相當的勇氣。

「現在才七點五分，沒有遲到呀，請坐請坐。」

我請矢田先生入座，他卻只是在餐桌旁繞呀繞躊躇著。

「呃，該坐哪呢……？」

「都可以哦。」

「啊，謝謝，呃……」

見矢田先生決定不下要坐女性還是男性旁邊，馬場先生朝他招了招手。

「坐我旁邊吧。」

「喔，謝謝。」

矢田先生終於入座後，三人互相報上姓名，我趁這時送上各人的餐點。

「今天的天氣很驚人喔。」

小野寺小姐語氣自然地對一臉緊張的矢田先生開了口。

「啊，是，相當驚人。我之前就聽說過，沖繩的颱風威力很『非日常』呀。」

註一：象徵三〇年代黑人社會運動的經典色彩搭配，紅色代表血，黃色代表太陽，綠色代表大自然。

註二：原文爲「おーりとーり」。

「我還算滿常來沖繩的，不過很久沒在那霸遇上這麼劇烈的颱風了。」馬場先生說。

小野寺小姐也點頭道：

「的確，想想之前即使遇到颱風，都還有辦法走去國際通逛街呢。」

「兩位都很熟悉這兒嘛，就是所謂的『沖繩病』(註)嗎？」矢田先生笑嘻嘻地以吸管喝著石榴汁問道。

「唔——也沒那麼嚴重啦……」

我上完餐之後，馬場先生突然看著我說：

「嗯，妳是……柿生小姐吧？要不要坐下來一起用餐？反正今天飯店裡就我們這些人了。」

「呃……」可是，飯店員工可以和客人同桌用餐嗎？

「妳就坐下來一起吃吧，反正大家都是單點自己的餐點，妳也不用忙著招呼我們。」

聽小野寺小姐這麼一說，我有點動心了。想想我這段時間以來，幾乎都是獨自一人吃晚餐。而來沖繩之前，明明我每天晚上都是和家人圍著戰場般的餐桌一同進餐的。

「那，唯獨今晚，我就恭敬不容從命了。」

於是我端了自己的餐點，坐到小野寺小姐的身旁。

＊

大家才剛開動，矢田先生張望過一遍所有人的餐點之後說道：
「唉，我眞是的。」
「怎麼了？餐點上錯了嗎？」
我一問，矢田先生搖了搖頭。
「不是的，我只是覺得自己好遜。」
「嗯？」
沒人聽懂矢田先生這話的意思，馬場先生和小野寺小姐對看一眼，兩人都露出一臉不可思議。
「請問怎麼了嗎？」
我又問一次，矢田先生指著每個人的餐點說：
「妳看嘛，馬場先生點的是義大利麵配冰咖啡，小野寺小姐點的是ＢＬＴ三明治和冰咖啡，是吧？」

註：戲稱深深爲沖繩魅力傾倒的人們如同罹患此疾病，症狀爲時常想造訪沖繩，想吃沖繩料理，想聽沖繩民謠，想定居在沖繩等等。

「哪裡不對嗎……？」

小野寺小姐邊嚼著三明治附的西式醃蔬菜，看向矢田先生的餐點。他點的是塔可飯和石榴汁。

「所以看嘛，只有我的是觀光客才會點的沖繩料理，而兩位可能都是單純地想吃什麼就點什麼。我想說難得來沖繩一趟，所以點了這些，眞的是太遜了。」

「……喔。」

何必在意別人，自己想吃什麼就吃什麼不就好了。但對方畢竟是客人，這種話我說不出口。

「不過我之所以點義大利麵是因爲已經來一個星期了，開始想吃點西式食物，如此而已。」

馬場先生以叉子捲著色澤溫潤的義大利麵笑著說道，小野寺小姐聽了也微微點頭，接著輕嘆了口氣說：

「我也是，直到昨天餐餐都是吃沖繩料理。本來按照計畫，現在我應該是在東京的咖啡店裡吃著久違的貝果啊。」

「卻因爲颱風？」

「對，全泡湯了。虧我爲了回去能夠深深感受那美味，在旅程中還一直忍著不碰麵包和咖啡呢。」

的確，這裡的街上明明有賣各式各樣的西式餐點，麵包店卻不像東京那麼普遍，爲什麼喔？我吃著我的墨西哥捲餅偏起了頭。嗯，餅皮酥香，內餡嗆辣，非常好吃，主料應該是雞肉吧。

餐桌旁，大家和樂融融地回到天氣的話題，我也放心了下來吃光第一卷捲餅，然而聽到馬場先生接下來說的話，我一口冰咖啡差點沒噴出來。

「對了，我從剛剛就很在意，你那件T恤是怎麼回事？」

可以這樣問出口嗎？可以這樣吐槽嗎？

「咦？喔喔，這個啊。」

小野寺小姐和我也都頗在意那件T恤，只是沒提而已，何況矢田先生似乎對於身爲旅行新手的自己有些自卑，這更是不該問出口的問題。

然而出乎意料的是，矢田先生嘻嘻一笑，得意地指著T恤上的西薩獅說：

「這圖樣擺明了告訴大家『我是觀光客』，對吧？其實啊，這是我在這裡的朋友送我的。」

「喔？是喔。」

馬場先生有些意外，縮起了肩。

「昨天我爲了躲雨跑進拱頂商店街裡，進了一家小店點了香檬果汁。喔，雖然叫做店，感覺比較像是露天攤子啦。我喝著飲料，和隔壁桌的人聊了起來，結果相談甚歡，聊到最後還和店裡的人一起去喝酒呢。然後解散的時候，他們說反正我淋溼的襯衫到明天也不會乾，就送我這個了。」

「的確，這裡的人大多很好客。」

聽到小野寺小姐這麼說，矢田先生一臉得意地點著頭。

「就是說啊，而且，他們還一口氣給了我兩件哦，說是不好賣，當颱風天的備用衣物剛好。」

原來如此，確實很像這裡的人們會幹的事。要是我遇到這種狀況，久米婆婆和仙婆婆一定會邊叮嚀著「淋溼了就不好了」，然後把她們那時髦的雨衣塞給我穿。

「我很感謝他們的心意，當然要穿嘍，所以我不顧他人眼光，大剌剌地把這個醒目的花樣穿上身了。」

「這樣啊，『大剌剌地』。」

「沒錯，『大剌剌地』穿出來見人。」

「什麼嘛，害我白在意了。」

「就是說呀。」

本來以爲是地雷的T恤之謎解開了，圍著餐桌的一群人終於笑了開來，這時，矢田先生或許是因爲心情輕鬆了下來，開始開心地述說他此行的目的。

＊

「其實我在寫部落格哦。」

「噢，所以你有自己的網頁？」

「是呀。然後呢，裡頭有個分類是遊記，意外地很多人瀏覽，點閱數幾乎都集中在那裡。」

部落格。聽到這個詞彙，我不由得身子微微一僵，先前在網咖看到的那個網路公布欄帶來不愉快的回憶，再度浮上腦海。

「一定是我的失敗經驗太蠢而招來的人氣吧。」

聽到矢田先生這麼說，我又更繃緊神經了。

所謂旅遊的失敗經驗，在事後回味的確會覺得有趣，對於即將前往該地旅行的人或許也有一定的幫助。可是想到有些人毫不猶豫地把飯店名稱公布在網路上，我只覺得他們的這種行爲是威脅。

「通常會去瀏覽別人的遊記，除了想看經驗分享，要蒐集旅遊地資料的時候也會搜尋到哦。」

馬場先生說，他自己旅行之前都會以旅遊地名爲關鍵字搜尋相關資料做足功課。

「尤其是海外旅遊的話更需要了，因爲要是亂逛逛到旅遊導覽書上沒介紹的街道就傷腦筋啦。」馬場先生接著列舉出好幾個南美和北美的城市名稱。

「你很喜歡旅行嗎？」

「是啊，我的人生將近一半都在旅行，打工存夠了錢就辭掉工作出發，大概都是這個模式。」

難怪他在住宿登記表上的職業欄塡了「無」，某個角度來看確實是非常瀟灑的旅行方式，我不由得佩服了起來。另一方面，我竟然沒想吐槽說「你應該先認眞想想自己的未來吧」，看來我果然已經深受這片土地的影響。

「人生的大半都在旅行啊，這種『把非日常當日常』的感覺，眞是太酷了！」

矢田先生一臉佩服，以崇拜的眼神盯著馬場先生看。但或許是那視線令人感覺不適，馬場先生悄悄地轉移了話題。

「看起來小野寺小姐妳也很喜歡旅行？常來沖繩嗎？」

「咦？喔，還好啦。我對於旅行還不到熱中的程度，只是個單純喜歡海外旅行的上班族，然後有一天突然發現一個人旅行的樂趣，如此而已。」

「這樣啊。」

「嗯，該怎麼說呢？後來開始覺得集體行動很麻煩，因爲要是跟一群人出遊，就沒辦法隨心所欲去自己想去的地方了呀。」

我邊吃著第二卷捲餅，不由得點頭同意，我很能體會小野寺小姐的心情。

（如果跟一群人出遊還能夠各自玩各自的倒是無所謂，但跟團的話通常不太可能隨心所欲。）

細細嚼著捲餅，這卷的主料有著不同於雞肉的口感，煎得微焦的香味，柔軟的嚼勁，重鹹的口味……

（又是午餐肉！）

代理老闆所謂「豪華的料」竟然是午餐肉，我失望不已。不，東西本身很好吃，的確很適合當作捲餅的主料，肉片煎得微焦的邊緣也非常美味，可是，不過……

（會不會太常讓我吃到午餐肉了！）

我的腦中浮現「午餐肉酷刑」一詞，但矢田先生沒理會我的內心戲，一逕以尊敬的眼神凝視著小野寺小姐。

「喜歡一個人旅行的女性，這正是旅遊達人呀！哎呀呀，能夠遇到像兩位這樣的旅遊大前輩，我眞是太開心了，今晚的事我一定要寫在部落格上。」

然而小野寺小姐當場潑了他冷水。

「很抱歉，請不要提到我的部分。」

「咦？爲什麼？我不會公開眞實姓名呀。」

「不是那個問題，我曾經因爲網路文章有過不愉快的經驗，不好意思。」

小野寺小姐說著站了起來。

「多謝招待，我先回房了。」

她把自己的餐具放回端盤上，一轉頭便離開了餐廳。矢田先生一臉錯愕地望著她的背影離去之後，回頭問馬場先生和我。

「請問我說了什麼不該說的話嗎？」

「沒有啦，您沒說什麼，只是……」

馬場先生巧妙地接口道：

「只不過你突然說要把認識的經過寫上部落格，通常女性都會能避就避呀。」

「啊，是這樣喔？」

矢田先生似乎眞的沒料到這一點，一頭霧水地偏起了頭。莫非這個人腦袋裡沒多少想像力？但即便如此，這種事只要稍微站在對方的立場想想就該明白的，於是我不由得以曉以大義的口吻開口了：

「現今很多人對於個人資料相當敏感，就連我們的住宿登記表，客人都不太願意塡了。而女性的這種傾向又更嚴重，畢竟無法控制會不會哪個環節出錯，被奇怪的人盯上呀。」

「……是喔。」

矢田先生依舊一副無法釋懷的神情瞥了我一眼，這時我才驚覺自己犯了錯。

（……我一定會被他寫成是「愛說教的飯店員工」啊！）

我再度陷入絕望，這時不知誰的手機響起。

「啊，抱歉，是我的。」

說著接起手機的是馬場先生，他把臉轉朝一旁低聲回著「哈囉」、「ＯＫ呀」，看樣子是朋友打來的。

「我這邊的朋友說颱風天太閒了，約我明天去跟他們打麻將。」馬場先生掛上電話後，對我和矢田先生苦笑著說道：「他們說反正颱風天也沒辦法做生意，乾脆玩上一整天。果然這邊的人性子很悠哉啊，還是該說氣度很大呢？」

「眞的是。」我笑著回道。

但矢田先生卻板著臉嘀咕：

「眞是可惜了現成的商機啊。」

「咦？」

「我說，其他店都不開門做生意的時候正是賺錢的大好時機呀。因爲我是念商管的，特別在意這種事。」

「不過，颱風天又沒辦法做什麼事……」矢田先生不服氣地說道。

他語氣強硬地堵住我的話：

「像我今天交到的朋友，我也是這麼對他們說的。結果他們很感謝我的建議，還說明天要帶我去一處很特別的遺跡玩呢。」

「……是喔。」

「他們說那個遺跡平常很熱門，總是有觀光客大排長龍，但這種天氣的話一定沒什麼人。」

我已經完全聽不懂矢田先生想說什麼了，以視線望向馬場先生求救，他見狀，嘻嘻一笑聳了聳肩說：

「哇，矢田先生你眞厲害，能夠讓這裡的朋友帶你去逛那麼特別的遺跡，眞羡慕你耶。」

馬場先生這番話似乎很合矢田先生的脾胃，神情頓時柔和了下來。

「好說好說，和馬場先生比起來，我還是個菜鳥啦。不過，這次的遊記應該會很精采哦。」

「眞的，我也很少遇到這種機會呢。」

「對吧？啊，那我先去寫草稿了。多謝招待。」

我還滿腹莫名其妙之際，矢田先生已經迅速起身開心地走出了餐廳，剩下傻眼的我杵在原地，一旁馬場先生默默地開始收拾餐具。

「請問，剛才那段對話是怎麼回事？」

我邊擦桌子邊問道，馬場先生點點頭說：

「我旅行久了，常遇到像他那種人。」

「像矢田先生那種個性的人很多嗎？」

「那種人啊，非要抓著什麼炫耀一下才安心。所以遇到一群人的場合，他就會在第一時間掌握在場每個人的經驗值，拿去和自己的經驗值比個高下。」

我能理解想在經驗淺的人面前吹噓的心態，但是如果面對的是比自己經驗值高出許多的人又能怎樣呢？我向馬場先生問了這個問題，他晃了晃那顆辮子頭笑了。

「柿生小姐妳還沒被這社會污染耶。」

換句話說就是沒見過世面嗎？

「咦？不，呃，那個……您的意思是？」

「簡單講就是，矢田先生在嫉妒了。」

「嫉妒？」

「嗯，他正得意地炫耀說自己一天之內就交到本地的好朋友，結果剛才我朋友不是打電話來嗎？就是這一點讓他心裡不舒服，所以我故意捧他說『你的朋友才厲害呢』，他馬上心情大好。那種人只要滿足他的自尊心，就會自己開開心心地回去了。」

聽著馬場先生的說明，我被一股深深的疲累攫住。

（嫉妒什麼！你是小學生喔！）

總之我向馬場先生道謝，謝謝他讓這場尷尬圓滿收場，他笑著搖了搖手。

「我也可能管到人家的閒事了，不過建議你們留意一下他比較好哦。」

馬場先生說完便離開了餐廳，一樓又只剩下我一個人，唯有陌生的風聲傳進我耳裡。

＊

（不過，旅行經驗是拿來比較的東西嗎？）

我在流理台水槽洗著餐具，不由得偏起頭。我不常旅行，所以不太清楚，可是一般的旅行，目的不就只是去想去的地方玩嗎？

（那麼應該是沒辦法拿去和他人比較的啊。）

我把沾了塔可飯的起司的盤子浸到水裡，開始清洗其他的碗盤。

（還有，一天之內交到的「朋友」，感覺也很怪。）

通常頂多說是「認識的人」吧？不過我畢竟無法當面對客人講這些。我把洗好的餐具擦乾，放回端盤上，朝隔壁的店走去。短短幾公尺的距離，我的襯衫卻馬上被淋溼了。

「辛苦了，客人們都還好嗎？」

代理老闆再度說出很像經營者會說的話，我壓下內心的訝異。總之先向他報告矢田先生的事，他一聽，思索了一下說道：

「特別的遺跡啊。」

「是，據他說明天他的朋友會帶他去。」我點頭回應。

代理老闆撩起長髮，皺起眉頭說：

「那明天那個叫矢田的回來的時候喊我一聲。」

「知道了。」

夜裡我終於回到自己的寢室，就寢前我把洗好的T恤晒在房裡，乾的襯衫只剩最後一件了，這種天氣的確有幾件上衣都不夠用。想起了矢田先生那個性鮮明的T恤，我不禁笑了出來。

（哎呀，沒辦法喜歡的話，至少不要討厭，再怎麼說人家都是客人。）

希望他明天去的那處遺跡沒什麼人，能讓他玩得盡興。我想著這些事，在風聲包圍中閉上了眼。

*

隔天清早，手機鈴聲叫醒了我。

「您好，這裡是Hotel Juicy!」

我努力不讓聲音帶著睡意，裝作精神飽滿地回應，結果電話另一頭傳來豪爽的笑聲。

「早安，這麼有元氣呀，看來一切都好嘍？」

是比嘉阿姨打來的，說今天要請假，因爲她家邊房的屋頂被颱風吹壞了。

「所以不好意思，食譜我傳眞過去櫃檯了，今天的飯店早餐能麻煩妳嗎？」

「沒問題，我可是大家庭的長女呢，三人份的早餐根本不算什麼。」

我掛上電話後，比平常早下了床，因爲今天有做早餐的任務。我穿上乾淨的T恤和及膝褲，精力十足地走出寢室。有活兒可幹了，多麼令人興奮呀！

我看完比嘉阿姨傳眞過來的食譜，發現又是一道陌生的料理名稱。

「Hirayachi（註）？」

根據比嘉阿姨的書面說明，這個類似我之前吃過的Chinbin，只是是鹹味版。我來到廚房，把食材依序排好，包括麵粉、鮪魚罐頭、蔥或韮菜、紅蘿蔔。料理步驟很簡單，把麵粉加

註：原文爲「ヒラヤーチー」，沖繩風味煎麵餅。

水和高湯粉調成麵糊，加入切碎的蔬菜和鮪魚攪拌後，煎成薄餅即可。

「吃的時候依個人喜好可沾醬油或醬料。」

這廂等著平底鍋加熱的時候，我那廂同時以鍋子煮水，想說光吃煎的東西怕會膩，配個味噌湯應該不賴，幸好廚房櫃子裡常備有乾燥海藻。

香氣開始瀰漫時，小野寺小姐下樓來到餐廳，她今天穿了另一款顏色的小可愛，搭和昨天同一件長裙。

「早安！」

「我會不會太早來了？」

「沒那回事，早餐已經準備好了，請坐。」

「謝謝妳。不好意思喔，因爲我想和昨天那位錯開時間用餐。」

小野寺小姐帶著有些尷尬的神情，坐了下來。

「被問東問西的很麻煩喔。」

我說著把味噌湯放到她面前，她這才嫣然一笑。

「我能明白他想成爲旅遊達人的心情，只是我這個社會人士沒有力氣陪他燃燒青春吶。」

小野寺小姐說著夾起Hirayachi放進口中。

「噢，好吃耶！」

「眞的嗎？」

「嗯嗯，看起來不起眼，味道卻比想像中好吃太多了，柿生小姐妳很會做菜嘛。」

「沒有啦，是我師父的食譜寫得好。」

小野寺小姐吃完離開沒多久，這回換馬場先生進餐廳來了。他也比前一天早了點來用餐，顯然也是想避開矢田先生。

「嗯，很好吃耶。」

精神十足地掃光早餐的馬場先生，一口喝乾茶之後站了起來。

「今天麻將要是贏了，我買冰淇淋回來請妳吃。」

說完他便趿著海灘鞋走進了大雨中，聽說他朋友的公寓離這裡很近，走路就能到了。

「咦咦？大家怎麼都沒下來？」

最後出現在餐廳的矢田先生一臉疑惑地問道。

「小野寺小姐因爲比較早醒來，馬場先生則是要趕去朋友家，匆匆忙忙吃完就出門去了。」

我四兩撥千斤地回答他的問題。附帶一提，今天的矢田先生穿的T恤，上頭大大地印著一隻長了手腳的山苦瓜公仔。

「是喔，也好，反正我今天也沒空陪他們。」

矢田先生幾乎沒碰味噌湯，吃完早餐便站了起來。

「您要怎麼去那個遺跡呢？」

「喔，我坐計程車。我朋友家就在遺跡附近，我們約在那邊的停車場碰頭。」

搭計程車的話應該很安全，但我還是忍不住多嘴了。

「呃，請一切小心，因爲聽說在城牆上方等高處會突然刮起強風哦。」

矢田先生聽了只是置之一笑。

「放心啦！再說要是沒有一點驚險就太無趣了，對吧？旅行時遇到的危機就是轉機呀。」

我就是擔心你這個個性。不過這話我當然沒說出口，要是我的家人，我隨口都能嚴厲地說教一番。

「好啦，那我去國際通上招計程車了。」

矢田先生說著出門去了。我望著他的背影，不知怎的有股不安湧上。

（他很像是會爲了讓遊記有哏可寫，不顧危險爬上高處探險的人吶。）

我一邊以抹布擦去噴進玄關的雨水，輕輕嘆了口氣。

＊

好無聊，無事可做。徹底籠罩在颱風裡的一天，比昨天還閒，我的時間多到用不完，飯店裡的每個角落都已清潔完畢。我唯一剩下可做的事就是爲客人準備晚餐，但方才小野寺小姐過來櫃檯說不用準備她的份。

「我剛剛冒著風雨衝去便利商店了，所以今晚要來嚐嚐看便利商店的便當。」一身溼淋淋回到飯店的她拿出「山苦瓜炒什錦便當」給我看，「外地的便利商店很有趣呢，都會推出當地的鄉土料理。」

「就是說呀，我前一陣子也才初次嚐到便利商店的『Onipo』的滋味呢。」

兩人聊了一會兒便利商店的話題之後，小野寺小姐借了文庫本的下冊回房去了，看樣子她似乎迷上了時代小說。

然後到了傍晚，馬場先生打電話來櫃檯。

「抱歉，看來今晚要熬夜了，所以晚餐和明天的早餐都不用準備我的份。喔，當然住宿費裡的早餐費還是照算哦。」

「我知道了，請多注意安全。」

不過我還是想和代理老闆商量看看能不能幫馬場先生把早餐費扣掉，就在這時，大門打開，風雨灌了進來。

「哎呀，矢田先生，歡迎回來。」

「嗯，我、我回來了。」

全身溼透的矢田先生不知怎的呆站在門口，仔細一瞧，我發現他手臂和臉上到處有著擦撞傷。

（是在遺跡裡亂闖時跌跤了嗎？）

所以我不是叮嚀過了嗎！我打開櫃檯內的常備醫藥箱，拿了消毒藥水和ＯＫ繃遞給他。

「傷口先清洗過再消毒比較好喔。」

「謝、謝謝妳……」

矢田先生慘白著臉搖搖晃晃地回房去了。莫非他在遺跡那兒遇上什麼恐怖的事？像是車子被強風吹翻，或是遇到落石之類的？

（總之，人平安回來就好。）

這時我突然想到一個問題，現在這狀況，表示今晚只有矢田先生一個人會來餐廳用餐了，但總覺得我和他大眼瞪小眼吃飯有點尷尬，話雖如此又不能丟客人一個人用餐。

想了一圈，我終於想到還有一號人物。

*

「一起吃飯？我是沒差。」

看來依舊有著清楚腦袋的代理老闆爽快地答應與矢田先生和我三人共進晚餐，要是平日的他，一定會推託：「不要啦，跟客人面對面哪吃得下飯嘛。」之類的，拒絕我的提案。

「剛好我也滿在意那個傢伙的。」

這時我才突然想起，先前代理老闆曾交代我如果矢田先生回來了要通知他一聲。

矢田先生不知爲何今天也點了塔可飯，明明昨天還因爲這是觀光客才會點的餐點而覺得丟臉不已，究竟是怎麼回事？這裡的塔可飯眞那麼好吃嗎？思索著這件事的我，下意識地也點了塔可飯。

「哎呀呀，你好你好！我是本飯店的代理老闆安城。」

代理老闆把及肩長髮束在腦後，身穿灰藍色的襯衫，朝矢田先生伸出了手。

「呃，你好……」

「聽說今晚用餐的人很少，所以我也來湊個人氣嘍。不過話說回來，這天氣還眞糟啊。」

外頭風聲依然呼呼作響，絲毫沒有減弱的跡象。

「不過明天好像就會好一點哦。」

我把代理老闆的那一份塔可飯放到他面前說道。根據最新的氣象預報，明天下午雖然仍有風雨，飛機將恢復正常起降。聊著天氣的話題，代理老闆突然像是想到什麼似地看向矢田先生說：

「對了，矢田先生，聽說你今天去逛遺跡了？」

這一瞬間，響起湯匙敲到盤子的聲響。

「咦？呃……是的。」

矢田先生有些慌張地點了點頭，代理老闆衝著他嘻嘻一笑繼續問：

「好玩嗎？好像說是平常熱門到很難擠進去的景點啊？」

「呃，嗯，玩得很開心。」

「那是哪個遺跡呢？我剛來這間飯店工作沒多久，如果你能推薦這種私房景點給我就太好了。」

他說謊。我瞥了代理老闆一眼，但是他扯這種小謊，莫非是想套矢田先生的話？

「我不清楚是哪個遺跡，因爲被帶著到處逛……」

「所以你們主要是去那些有名的嗎？像是御嶽還是城址之類的？」

「呃……就說我被帶著逛了一堆地方，名字根本記不得嘛。」

矢田先生不知為什麼始終不肯透露遺址的名稱，但代理老闆只是筆直地看著他。

「對了，你那件T恤的圖案，很有意思呢。」

我邊吃著塔可飯，邊觀察矢田先生的第三件T恤，上頭印著一頭正吃著沖繩排骨麵的西薩獅圖案，一旁「好獅！好吃！」的字樣躍動著。

「喔，這個……是這裡的人硬塞給我的。」

咦？昨天明明那麼得意地說是「朋友」送的耶？然而代理老闆問了一個不可思議的問題。

「是他們叫你今天穿去的嗎？」

「咦……！」

矢田先生拿著湯匙的手硬生生停在空中，神情愈來愈不對勁。

「你為什麼知道！」

矢田先生脹紅著臉突地一拍桌子，弄倒了他面前的冰咖啡，但他毫不在意，大聲喊道：

「我知道了，你、你跟他們是一夥的！畜生！差勁透了！」

但代理老闆沒理會他，繼續追問：

「你那些傷痕，看來是指甲抓傷的啊，對方是女性嗎？還是年長的男性？」

對方？是指矢田先生的那些「朋友」嗎？

「吵死了吵死了吵死了！為什麼我要被你這種惡棍說教！」

矢田先生站著大吼，我嚇得無法動彈，然而代理老闆依舊語氣沉著地開了口：

「矢田先生，我和你的朋友們不是一夥的，只是從前在報紙上看過這種手法罷了。」

代理老闆用了「手法」兩個字，這代表矢田先生捲進了什麼犯罪裡頭嗎？

「所以我只是想勸你一句。我沒打算把你送去警局，只不過要是你一個人覺得不安的話，我倒是可以陪你去。」

一臉慘白的矢田先生僵立原地，代理老闆對他說：

「要回頭就趁現在了。外出旅行時遇到任何麻煩事，第一時間處理才是上策。」

矢田先生聽到這句話，頹喪地垂下了肩。

「讓我……考慮考慮。」

說完他頭也不回地回房去了。

簡直就是颱風過境。我拭去灑在桌面的咖啡，一邊處理掉矢田先生剩下大半的塔可飯，不由得低喃：

「請問……他是不是捲進什麼犯罪裡了？」

代理老闆喝乾冰咖啡，點了點頭。

「嗯，我想八成是搶劫計程車吧。」

「搶劫計程車？」

代理老闆究竟是從哪些線索得出這個結論的？一問之下，代理老闆告訴了我這種搶案的手法。

「一開始我會注意到事情有異，是因爲他說他在地的朋友在這種天氣約他去逛遺跡。沖繩有些遺跡確實是獲選爲世界遺產，觀光客非常多，但是也不至於人多到擠不進去，所以對方特地挑颱風天邀他去顯然有鬼。」

「不過，今天那裡的確比較少觀光客吧？」

「就算如妳所說，對方單純只是因爲人少好逛而約他去，那麼爲什麼他說不出遺跡的名稱？」

的確，推說是逛太多地方而記不住地名，有點牽強。

「原因出在，那裡就是犯罪的現場。」

「可是他看起來不像缺錢花的樣子啊？」

矢田先生雖然是學生，看樣子旅費卻不缺，沒有道理因爲缺錢花而犯下搶劫。代理老闆一個點頭回道：

「沒錯，他不缺錢，是他的『朋友』缺錢。」

「咦……？所以你的意思是……」

「他被騙去當共犯了。」

「那群人首先找獨自旅行的人下手，而且最好是不常旅行、又愛裝出自己很懂的那種自我意識過剩的年輕人。」

要是再加上有自己的旅遊部落格，爲了讓遊記有哏可寫甚至會不顧危險的人，就更好了。

「那群人在同伙經營的攤子裡裝友好主動接近目標，接著硬塞那種俗氣的T恤給目標，這次是託了颱風的福，目標乖乖地穿上身了。要是目標沒上鉤，他們會再用別的手段。」

「那種T恤和搶劫計程車有什麼關係？」

「能夠讓計程車司機降低戒心。由於計程車搶案頻傳，司機也都很小心。要是上了車的乘客是獨自一人，又說要去人煙稀少的地點，司機自然會特別警覺。不過，要是上車的是像矢田先生那種一臉得意穿著俗氣觀光客T恤的人呢？」

「可能就……放鬆戒心了。」

「就是這麼回事。矢田先生的『朋友』指定他搭計程車到遺跡的停車場碰頭，而那群『朋友』的車就停在那兒等著。等計程車一到，一群人便衝上去襲擊司機，這就是他們的搶劫手法。矢田先生的那些『朋友』之前是不是對他說住處離遺跡很近，約在那邊的停車場碰面？」

颱風天，人煙稀少的遺跡的停車場，並排停放的兩輛車。矢田先生身上的擦撞傷，看來就是在那場突襲中留下的了。

「可是，這表示不是矢田先生的錯呀？」

「沒錯，他只是被騙了。不過會使出這種手法的，應該是這裡有明顯傷痕的人。我想矢田先生事後恐怕被狠狠地恐嚇了一番吧。」

代理老闆邊說，食指邊滑過臉頰。

「矢田先生現在就算逃走，也一定會被逮捕，但是要是逃去『朋友』的庇護下，說不定能夠不必吃牢飯。」

可是那些「朋友」根本不是朋友，更慘的是根本不是正派的人。

「我想他自己也很清楚，要是逃去找『朋友』庇護就一切都完了，對方只會強逼他犯下更嚴重的罪行。」

所以剛才代理老闆才會勸他去自首，這樣至少能夠減輕一點他的罪行。我深吸一口氣，挺直了背脊。沒問題的，現在還不是最糟的狀況，因爲他還有活路可走。

「明天一早，不管他願不願意，我一定會逼他去警局。到時候，代理老闆，再麻煩你了。」

旅行出門在外，迷路是正常，問題是接下來該怎麼回家。他還有可回之處，所以我要盡全力把他拉回來。

代理老闆指了指我的餐盤說：

「柿生小姐，妳的塔可飯還剩一大半哦。」

「喔，好。」

涼掉的起司逐漸變硬，但塔可飯依舊美味。我嚼著清脆的生菜，宛如迎向決戰的勇士般昂起了頭。

＊

然而當天夜裡，櫃檯打來的電話叫醒了我。打來的是代理老闆，要我馬上下去一樓。

一股不好的預感朝我襲來。

「代理老闆！」

我踩著海灘鞋發出啪噠啪噠的聲響衝到一樓，敞開的飯店門前，只見代理老闆的背影佇立，強風拍打他的T恤，頭髮濡溼。

「沒趕上啊……」

短短一句話，我明白發生了什麼事。

「我聽到有車停到飯店前面的聲響，馬上衝了出來，還是來不及。」

「……矢田先生，跟他們走了嗎？」

我凝望著門外的無垠黑暗，緊緊咬住脣。爲什麼？爲什麼不能等到天亮？爲什麼不等光明的世界到來？

「他們故意把車牌弄髒，不讓人看出號碼。我想可能過兩天警察就會上門了吧。」

在旅行地點萌生的微小的好奇心，竟招致如此的下場，任誰都始料未及。一如我之前在網咖只是一時興起按下滑鼠鍵，矢田先生只是和邀約他去玩的人們出遊，不過是這麼微不足道的行動呀。

「抱歉了，我沒能攔住他。」

代理老闆轉身直勾勾望著我，一樣是那雙彷彿要將人吸進去的、有著不可思議顏色的眼瞳，然而對於此刻的我而言，那平和沉穩的視線反而令我難受不已。

「矢田先生他……很憧憬非日常的冒險。」

「原本所謂的旅行就是在追求新鮮日常的一種行爲，不過他可能覺得光這樣還不夠吧。」

不夠？不是的，矢田先生只是比一般人更想體驗一下新鮮的事物，想要冒險看看而已。那或許和我去市場的路上偶爾會彎進陌生小巷裡的小小冒險心是一樣的程度，如此而已。

（這種事，一定無論在誰身上都有可能發生。沒錯，就連我……）

我走到代理老闆身旁，與他一同望著眼前的黑暗。

「代理老闆。」

「嗯？」

「我還沒對那個人說教。」

「是啊。」

「我還沒痛罵他一頓。」

「是啊。」

「我也還沒好好地面對他。」

斗大雨滴伴隨強風不斷打上我的臉，我對著黑暗大喊：

「我還沒跟他說一切都還來得及呀！什麼都還沒讓他明白呀！明明還能夠回頭的！爲什

麼！為什麼！」

為什麼要去到我伸手無法觸及的地方？最後這句無法成聲的話語，就這麼被風席捲而去。

順著臉頰滑下的是淚還是雨，我已分不清。強風吹得我幾乎站不穩，但我仍面朝黑暗，始終昂著頭。

我不想輸，不想輸，然而究竟是不想輸給什麼呢？

*

到我的腦袋冷靜下來之前，代理老闆一直站在身旁陪著我，他以一定的節奏緩緩拍著我顫抖不止的背，我隨著那節奏靜靜地調勻了呼吸，好不容易平靜了下來。

「……對不起，我好像有點失常。」

我以T恤的袖子擦了擦臉，向代理老闆一個鞠躬。

「因為是暴風雨啊，會失常也是當然的。」

代理老闆以同樣的方式擦著臉，一邊輕輕點頭。我抬頭看著他那堅毅的側臉，不禁笑了出來。說的也是，這幾天的代理老闆也一直是處於失常狀態。

後來我們為了確認矢田先生的行李，進到他的客房裡，然而不出所料，他的東西全帶走了。可見他是有所覺悟才跳上朋友的車，而更令人感到悲哀的是，他把住宿費留在書桌上。

「明明就不缺錢吶。」

我悲傷地低喃，這時張望著電視機一帶的代理老闆喊了我：

「柿生小姐，妳看這個。」

「怎麼了？」

看向他所指的地方，我登時說不出話來。那兒擺著之前借給矢田先生的消毒藥水和ＯＫ繃，還有一張便條，上面以歪歪扭扭的字寫著「謝謝」，旁邊還留了一行網址。

「看樣子他多少聽進去嘍。」

聽到代理老闆這話，我又不由得緊咬住唇。

噯，你是懂的呀，你是能夠理解他人苦心的人呀。噯，最後的最後，不該是這樣收尾的吧？

＊

隔天天空一片晴朗，昨日的風雨宛如玩笑一般。

「雖然風還很強，聽說下午的班機確定會飛了。」小野寺小姐來到櫃檯辦退房，「啊——又要回去過無趣的上班日子了。」

「很憂鬱嗎？」

「就那樣嘍。不過，正因爲有無趣的日子，旅行才顯得閃閃發亮呀。」

小野寺小姐的話猛地打中我的心，眞想讓矢田先生也聽聽這番話。

「那至少趕在中午前再來個最後的購物，買個痛快！」

小野寺小姐大大地伸了個懶腰，接著一手扠腰一手輕觸帽緣，開朗地擺出時代劇的姿勢說道：「那麼，告辭了。哈哈。」說完便離開了飯店。

清早才回飯店的馬場先生，同樣也決定搭下午的飛機離開，於是在中午前來辦理退房。我幫他扣除一份早餐費，他開心地笑著說：

「不是因爲妳算我便宜我才說的哦，這裡眞的是一家好飯店，希望矢田先生有朝一日也能明白這一點。」

我想矢田先生一定已經明白了，不過當然我沒把這話對馬場先生說出口。

之後有一天，我在網咖試著鍵入矢田先生留下來的網址，不出所料，出現了應該是矢田先生擁有的旅遊部落格。然而最近一篇的日期是他前往遺跡的那一天，之後直到今日都沒有任何更新。

＊

濡溼的柏油路在強烈的日照下逐漸乾燥，我享受著久違的外出，一邊傳簡訊給人在東京的小咲。

「小咲，妳好嗎？我這邊直到昨天都由於颱風而很不平靜，身為飯店從業人員，我衷心期盼客人們都能夠快快樂樂出門、平平安安回家。

因為不是有句話這麼說的嗎？『到家之前的路途，都是遠足。』」

就算必須花上許多時間，希望矢田先生能夠平安無事地回到家。我許著願，按下了送出鍵。這是微不足道的我，所發出的微不足道的電波，即使如此，總有一天會傳達到吧。

來到三日不見的市場，常光顧的攤子的老闆娘一看到我便大聲問道：

「哎呀呀，今兒個又是怎麼了？」

「呃，沒有啦……就颱風天，沒有乾衣服可穿了……」

是的，其實在昨夜的那場騷動裡，我已經把我手邊最後一件乾淨的上衣穿掉了，現在在洗的衣服最快也要明天才會乾。眼看著今天沒衣服可穿，於是我一大清早跑去敲隔壁店的門，把希望寄託在這幾天來腦袋清楚的代理老闆身上。

「啊？什麼？我很睏耶。」

站在我眼前的是一頭亂髮和惺忪睡眼的平日的那位代理老闆。

（果然，天氣一變好這個人就打回原型了。）

失望不已的我仍寄予最後的一絲希望，委婉地問他，飯店裡會不會剛好有多一件俗氣的T恤藏在哪裡沒人穿呢？代理老闆一聽，臭著臉轉身回去店深處，沒多久不知從哪裡挖出了一件上衣遞給我。

「這件，還沒穿過，用得上就拿去吧。」

「謝謝你。」

這件上衣是代理老闆最愛穿的那種薄夏威夷衫，雖然花紋有點花俏，此時只能心存感謝了。我茫然地望著這件上衣，表情不由得僵硬了起來，然而代理老闆絲毫沒理會我，突地朝我伸出右手。

「三百圓。」

「咦？」

「我在Hamby花三百圓買的，所以跟妳收一樣的價錢，沒賺妳哦。」

這你也敢收錢？根本除了你沒人敢把這種花紋穿上身啊！由於受到的衝擊過大，昏著頭的我不自覺地掏出了錢包。

然後此刻，我正杵在市場老闆娘面前一臉苦笑，身上的夏威夷衫有著令人印象深刻的圖案——大海中，大章魚與大烏賊正展開大戰。

燦爛陽光照耀的那霸正中央，我一逕佇立。

第五章
友情價

「噯！那位Ne Ne！」

路旁突然有人喊我，我下意識地回過頭。「Ne Ne」在本地方言裡是「小姊姊」的意思，附帶一提，「Ni Ni」則是「小哥哥」。

「對，就是妳。」

我看向出聲的方向，只見緊貼混凝土建築外牆的一處攤子內，一名女子正對我招手。這一帶是離國際通有一小段距離的閒靜住宅區，難得有人來這裡擺攤。

女子約二十多歲，穿著T恤搭亞洲民族風的一片裙，紮緊了頭髮亮出額頭。

「要不要帶一份這個？」

她指著攤子上一個孤伶伶的小盒衝著我笑。由於攤子掛著類似草木染（註一）的布條上寫著「安惠便當」，看來她是賣便當的了。

「是便當嗎？」

「是的，全～部是我親手煮的哦，飯是雜糧飯，附帶一提，今天的菜色是滷雁擬豆腐（註二）、滷海帶，還有炸高砂魚（註三）。本來一盒是八百圓啦，因爲是最後一盒了，算你五百圓就好。如何？」

「唔……我考慮一下……」

我看了看自己的錢包，五百圓有點心疼，因爲我本來要去的食堂只要四百圓就能吃到大碗的定食了。女子似乎看穿我的猶豫，一口氣降了價。

「好吧，四百……不，三百圓成交啦。」

三百圓的話，我回飯店路上還可以繞去喝杯咖啡，於是我點了頭。

「那麻煩給我這個。」

時光飛逝，我來到那霸的廉價飯店打工已經一個月，這時才驚覺自己已經連金錢觀念都被沖繩人同化了。

*

處理完該辦的正事之後，我來到附近的公園，拿出了便當。盒外卷著一張包裝紙，上頭印有手寫字體的文字，設計相當不俗。至於菜色，無論滷的色澤與味道都偏濃厚，正是我喜愛的口味。白肉的高砂魚是沖繩縣魚，由於尺寸小，大多是整條拿去炸，害我每次吃都必須一邊和魚刺奮鬥，但這家便當的炸高砂魚事先把魚刺幾乎全挑掉了。

（或許這便當貴就貴在這道工上。）

註一：使用天然植物染料將紡織品上色的方法。

註二：豆腐磨碎後混和蔬菜做成的炸豆腐丸子，可放進關東煮裡頭燉煮。

註三：原文為「グルクン」（Gurukun）。高砂魚是沖繩縣魚，包括乾燒、煎、炸等調理方法多樣，還可做成生魚片或魚板，是名副其實從頭到尾都可利用的白肉魚。

我在樹蔭下嚼著雜糧飯，風輕撫臉頰。雖然從這兒看不到海，空氣中仍帶有微微的海潮香氣。冒著汗的肌膚迎著風，我無意間抬頭仰望天空，萬里無雲的大晴天，上星期的颱風宛如謊言。進入了九月，沖繩依舊曝曬在足以殺人的強烈日照下。

（東京應該已經開始有涼意了吧？）

當初原本是預計八月底回東京的，但是隨著習慣這裡的工作和人們，我愈來愈不想離開沖繩，而不斷把回家的日子往後延。幸好學校那邊的學分還夠，我應該可以多延到兩個星期繼續在這兒打工。

幾乎不見觀光客的安靜公園裡，本地的老人家穿著短袖開襟襯衫漫步於樹蔭下的身影映入眼簾，宛如日本老電影裡的景象。

（我會回去，只是……）

這塊土地的時光彷彿停留在夏天，不知何時起，似乎連我的心情也被一併縫進停止的時間裡。

與久米婆婆和仙婆婆對望嬉笑，吃著比嘉阿姨煮的美味料理，一邊暗罵代理老闆的馬虎行徑一邊收集客房的床單送洗。即使偶爾遇上令人火大的客人，送客時依然是笑臉以對，這樣的日子究竟何時開始讓我深深眷戀無法自拔？

小時候，我曾經邊吃布丁邊思考過一件事。一開始只是很平常地開動，但吃到最後剩下不多的時候，總會突然覺得不捨了起來。心裡想的從「還有這麼多」變成「只剩這麼少」，明明是同一杯布丁，愈吃到後來卻愈覺得美味，心境的變化眞是不可思議。

不過，到了意識到快結束的瞬間才突然覺得捨不得，想想也有點悲哀，因爲畢竟第一口和最後一口都一樣，布丁就是布丁呀。

（所以事實是，從我來這兒的第一天到現在，每一天都是無可取代的美好時光。）

對於剩下不多的日子感到不捨，或許只是出於我的貪心。我想著這些事，把最後一口菜扔進了嘴裡。

＊

煩惱再多，時間一樣在流逝，那麼至少讓自己不留遺憾，全力以赴吧！然而在如此下定決心的我的跟前，卻有個悠哉打著呼的人。

「代理老闆。」

「嗯？」

「代理老闆！」

「咦？……啊！好痛！」

大刺刺躺在客用沙發上的代理老闆被我這麼一喊，嚇得摔到了地上。

「哎喲喂呀，嚇了我一跳。啥事啊？」

他身穿輕柔的薄夏威夷衫搭及膝褲，悠哉到最高點的裝扮，擺明了就是準備睡大頭覺時穿的睡衣。

「沒有啥事，請你起來。」

「發生什麼緊急狀況了嗎？」

代理老闆睡眼惺忪地把雙腳套進一旁地上的海灘鞋裡。白天的代理老闆原本就形同廢人，但我發現觀光旺季過去之後，他的症狀似乎又更嚴重了。

「請不要睡在這裡，這是給客人坐的沙發。」

「可是現在又沒客人啊。」

你是小孩子嗎！我忽地想起我在弟弟還小的時候念過他的一句話。

「不能只看現在，請考慮到接下來的事。」

我想吃零食。不可以，快要吃飯了。可是現在又還沒吃飯有麼關係。不能只看現在，要好好地考慮到接下來的事才行。

「可是我的腦子不肯動嘛。」

代理老闆一邊扯著藉口，乖乖地回隔壁店去了。我回櫃檯翻開訂房表一看，不禁嘆了口氣，今天的訂房人數只有一人，明天也只有一人，而且事實上這是同一人的連續訂房，就算我想全力以赴，也沒有讓我施力的點啊。

不出所料，我手邊的工作馬上就做完了。

「我去離島繞繞再回來哦。」

這位年輕男客顯然很熟悉旅行，他話一說完，連地圖都沒帶就出門去了。附帶一提，他說今晚他要初次挑戰山羊肉料理。

「一路順風。」

送走完全不需我費心的房客，我頓時閒了下來，時間是下午三點，久米婆婆和仙婆婆早已下班離開，比嘉阿姨備完明天的食材之後，也在剛剛回去了。我把訂房表的紙面資料輸入電腦，把觀光傳單補滿，時間卻依然多到無從打發。我閒到甚至拿起城市情報誌仔細閱讀，想說要是有客人詢問觀光資訊時或許能夠幫上忙。

下午五點，代理老闆起床了，看他的神情似乎有點進入了夜晚模式。

「柿生小姐，很閒喔？」

「是，閒到發慌，結果就是到處都被我擦得亮晶晶的。」

代理老闆看到一塵不染的地面，兀自嘟囔著：「太強了。」

「妳要是這麼閒，要不要去看看外頭的夜生活？」

「什麼？」

「房客不是只有一位嗎？今天妳就先下班了吧，去吃晚餐順便逛逛。」

可是我的字典裡面沒有「夜生活」這個詞，附帶一提，也沒有「夜店」和「聯誼」。

「……我沒興趣。」

見我一臉無趣，代理老闆輕點著頭說：

「我知道了。在妳覺得，夜裡出去玩是壞孩子才會幹的事。」

「不、不是的！」

他說中了。對啦，反正我就是思想古板。然而代理老闆嘻嘻一笑：

「妳不妨回想一下在Hamby看到的狀況，沖繩的『夜型文化』可是很熱鬧的。」

我想起之前爲了逮鈴木而前往的Hamby Night Market，由於白天氣溫太高不適合擺攤，入夜後的市集裡依然隨處可見小孩子在流連。

「我懂你的意思了。」

「嗯嗯，也是有適合全家大小玩樂的夜生活喲。」

代理老闆說著，把公事用手機掛上自己的脖子。

＊

我沖了個澡，稍微休息一下便出門了。好啦，晚餐要吃什麼呢？這陣子爲了省錢，每天晚餐都留在廚房吃什錦炒素麵，午餐則主要是比嘉阿姨的料理。她不在的話，我就去一般的定食店用餐，換句話說，我餐餐都吃沖繩料理。

（偶爾換個口味也不賴。）

吃義大利料理還是中華料理？又或者便宜的牛排？我東張西望地走在燦爛擾攘的國際通上，這個時期觀光客人數減少，唯獨這條大街依舊熱鬧不已。但我實在不太敢走進大街兩旁的店裡，於是我彎進了巷子，根據稍早在飯店裡翻閱城市情報誌的記載，最近這一帶新開了很多主攻年輕客層的服飾店和咖啡店。

（噢！）

以白色木材統一店內裝潢的店家、美式餐廳風格的咖啡店，要不是中間夾雜著賣沖繩排骨麵的店，簡直就像來到了表參道或代官山。

（不過店面這麼時髦反而不敢走進去啊。）

我低頭看了看自己這身舊T恤，決定過門不入，但門口小黑板上寫的菜單太吸引人，我忍不住多駐足了一會兒。焗烤奶油飯，烤得焦香的起司和白醬，我已經好一陣子沒吃到了。

「唔……」

但我沒煩惱太久，旋即腳跟一轉，朝右走約五分鐘後，鑽進了平日常光顧的食堂門簾內。因爲想吃焗烤的話，等我回東京後要吃多少有多少。

「歡迎光臨！」

有著桌席與榻榻米席的店內，此時不同於白天，店內滿是來喝酒的客人，不過看到同桌也有小學生年紀的孩子在大口吃著飯，我安心了下來。原來如此，這就是代理老闆所說適合全家大小的沖繩夜生活。

「請給我和Mamina Chanpuru（註）和Juicy。」

做爲小小的冒險，至少來點個平常沒點過的Chanpuru嚐嚐。結果餐送上來時，只見上層鋪

註：原文爲「マーミナチャンプルー」，沖繩「炒什錦」料理的一種，主料爲豆芽菜。

了高高一座的豆芽菜小山，看來Mamina指的就是豆芽菜了。還眞樸實的一道菜，我邊嘀咕邊把餐點送入口中，突然有人在我面前擺上一只玻璃杯。

「妳會喝酒吧？」

一名微醺的大叔正拿著一瓶泡盛站在我桌旁。

「呃，不……」

「今天啊，要好好慶祝一下，所以妳不嫌棄的話，一起喝吧！」

大叔說著便把透明的酒咕嘟咕嘟地倒進我面前印著酒商商標的玻璃杯裡，見他嘻嘻笑得好開心，我完全找不到婉拒的時機。

「好啦！那麼各位，一起來恭喜仲村先生的兒子找到工作啦！乾杯！」

店裡除了我，還有一名獨自用餐的客人，以及另一桌顯然是觀光客的兩人。然而不知爲何，店內所有的人都配合著大叔的帶頭，熱熱鬧鬧地舉杯慶祝「仲村先生的兒子找到工作」。我帶著莫名其妙的心情，一邊小口小口啜著純的泡盛，和大家一起鼓掌作樂。嗯，這樣的夜生活倒也不賴。

我在三線（註）的音色與陽光的沖繩民謠旋律中吃完了晚餐，出來街上又繼續閒晃。附帶一提，根據我先前翻閱那本城市情報誌的記述，這裡的酒店或小酒家一類的店全都集中在特定區域，所以我只要避開那一區就不必擔心了。既然如此，我決定隨興之所至晃蕩，因爲平日也少有機會像這樣漫無目的地逛。

由於喝了平常從不碰的泡盛，我有些醺醺然。我把手掌貼上並非被晒到發熱的臉頰，莫名覺得心情大好，我接著想喝點甜的飲料醒酒，於是邊走邊尋找店家。此刻離深夜還早得很，加上我穿成這副德性，應該不用擔心被搭訕。我下意識地朝光亮處前進，諷刺的是我又走回了一直想避開的國際通。

「怎麼會這樣咧？」

絢麗的時裝大樓、平價鞋店、冰淇淋店，在東京的鬧區早已是打烊的時刻，在這兒大小店家卻依然熱熱鬧鬧地營業著，咖啡店當然也都還在營業。但比起坐在室內，此刻的我更想吹吹夜風，所以我一邊欣賞路邊的櫥窗，一邊找著可外帶的飲料店。

（這裡的辣妹服飾風格，怎麼感覺……嗯，有點街頭風？）

對了，安室奈美惠之前好像也有過這種風格的打扮喔？我想向誰分享心得，卻發現我身邊沒有可以一起邊逛櫥窗邊評頭論足的朋友在，突然一股寂寞湧上，說不定，這正是女孩子特有的孤寂。

就在這個時候，有人喊了我。

註：琉球群島特有的撥弦樂器，由琴頭、琴頸、琴身三部分構成，琴身兩面蒙有蛇皮。

*

「噯！那位Ne Ne！」

好像在哪兒聽過這句話？我轉頭一看，發現一旁的小巷底亮著燈火。

「咦？」

走近一看，竟然又是一家攤子，不過這次似乎是賣喝的，檯子上陳列著各式各樣的酒瓶。

「要不要坐下來休息一下呀？這兒雖然是酒吧攤，也有不含酒精的飲料哦。」

坐在小圓椅上的女子朝我招手，紮緊的頭髮與露出的額頭，咦？這不正是我今天中午遇到那位賣便當的小姐嗎？女子望著一臉訝異的我，也突然吃了一驚似地摀住嘴。

「唉呀，討厭，不是同一個人嘛。」

看樣子她不是因爲認出我才招呼我過來的。

「妳是白天那家便當攤子的店老闆吧？晚上也出來擺攤？」

「沒有啊，我現在只是客人，這個攤子的店老闆是這位——阿英。」

「歡迎光臨。」名叫阿英的年輕男子朝我用力點了個頭，「妳是被安惠招攬過來的？」

「是的，不過也算是某種緣分啦。」

都來到攤子前了，我也就順其自然地在她旁邊坐了下來，看來她的名字叫做安惠。

「緣分吶，果然是『Ichariba Chode』呢。」她深深地點著頭，嘻嘻地笑了。

一日相識，一生形同手足。在爲陌生人的兒子慶祝的夜晚，像這樣的相識，或許也不錯。

「妳想喝什麼呢？」阿英先生問我。

我看向掛在柱子上的菜單，點了價格有點高的摩卡咖啡冰沙，偶爾奢侈一下應該不爲過。阿英先生從冷藏箱裡拿出結凍的咖啡放進果汁機裡，倒進巧克力醬和鮮奶之後按下按鍵，原來也有這種製作方式啊，我正大感佩服，安惠小姐戳了戳我的側腹。

「噯，妳叫什麼名字？」

「喔，我姓柿生，柿生浩美。」

「叫浩美呀。我是安惠，妳也知道的，我就是『安惠便當』的店老闆。」

最近的人怎麼都不喊人家姓氏？我在心中嘀咕著，腦海同時浮現由利和亞矢的身影。

「安惠小姐妳是本地人嗎？」

「不是哦，我本來在做設計相關工作，後來對沖繩的慢食（註）生活很感興趣，就跑來這裡了。」

「好大幅度的轉換跑道喔。」

「會嗎？我自己是覺得以『自我表現』的角度來看，設計和料理都是一樣的。」

註：慢食運動（Slow Food Movement）最初由意大利人Carlo Petrini提出，反對急速生活與速食，強調品嚐飲食、感受生活、崇尚健康的生活態度，提倡維持單個生態區的飲食文化，使用與之相關的蔬果，以維護逐漸消失的傳統食材及料理方式。

信念十足的一段話，加上她那意志堅定的額頭與眼瞳，在我看來覺得好耀眼。反觀自己，我連想要做什麼、想要成爲什麼樣的人，完全想像不出來。

（而且「想成爲的人」和「做得到的事」，又是兩回事。）

這陣子，小咲傳來的簡訊裡開始會冒出一些牙醫專門用語。由於她在牙科診所打工，似乎也逐漸把相關職業納入畢業後的工作選擇之一了，但我呢？

「噯，要不要去我家玩？」

安惠小姐突然盯著我問道。

「咦？」

「今晚我家裡開餃子大會，朋友都會過來，大家一起包一大堆餃子，再從第一粒煎到最後一粒，全部吃掉！很好玩哦。」

「啊？」

「妳等一下還有事嗎？」

「沒有。」

就回去睡覺而已。

「妳討厭餃子嗎？」

「不會。」

我最喜歡餃子了。喜歡吃，也喜歡和別人一邊聊一邊包餃子。

「那就決定啦，我家離這裡走路不用三分鐘就到了。」

「可是，我們才剛認識……」

「妳在說什麼？像這樣連續遇到兩次，是命中注定啊，我們已經是朋友了哦。」

看到她滿面的笑容，我根本無法拒絕。來沖繩旅行的人多半非常友善，但主動向我靠得這麼近的，她還是第一人。

「我跟朋友約了八點在這裡碰頭，等她來我們就一起走吧。」

我仍啣著吸管，宛如小孩子般愣愣地點了頭。跟久米婆婆和仙婆婆長期相處下來，我不是應該已經很習慣被別人拉著團團轉了嗎？

＊

爲什麼我會在這裡包著餃子呢？我連思考這個問題的時間都沒有，雙手迅速地動作著。

「哇！好厲害哦！難不成妳以前在餃子店打過工？」

身旁不疾不徐地往餃子皮邊緣捏著摺的女子問我。

「沒有，只是因爲我家是大家庭，」全家人都很愛吃餃子，但包餃子就成了一件浩大工程，「一次大概得包一百粒才夠，我弟弟隨便都能吃掉二十粒呢。」

「難怪妳包得又快又好，眞是太厲害了。」

酒吧攤的阿英先生也一手拿著抹刀挑戰包餃子。遺憾的是，他動作實在太慢，這樣慢吞吞的，餃子皮邊緣沾來捏摺用的水都要乾掉了。

「看！我相中浩美把她拉來是正確的吧！」

惠美小姐熱著平底鍋說道，周遭的人紛紛點頭。

「這麼優秀的人才，妳在哪裡撿到的呀？」

開口的是一名像是ＤＪ的男子，他一邊抽出下一張要放的唱片一邊回頭問。

「是命中注定。命——中——注——定——」

「啊，那不就是我的敵手了？安惠妳之前也說遇到我是命中注定耶。」

說話的是一名留著辮子頭的女子，她穿了鼻環，呵呵笑著說道。

「噯，先不說酒，茶要怎麼辦？泡哪一種好？除了香片茶，還有蓮子茶和普洱哦。」

這回開口的是抱著大茶壺的女子，她晃著一頭飄逸　髮偏起頭問。

「放著味道不會變的話，乾脆全泡了吧，我們來弄得像飲料吧一樣！如何？」

回話的是正在排酒瓶的男子，不知是哪國人，有著深邃的輪廓。

「好啦！要開始煎了，大家先乾杯吧！」

安惠小姐一聲令下，大家開始找身邊的茶杯或玻璃杯，我拿起手邊一只倒扣著的陶製茶碗。

「噢，那個是我燒的。」一名頭上綁著手拭巾的男子指著那只茶碗對我一笑，「用那個裝酒，酒味會變得特別香醇哦。」

我正要向他點頭致意，大家開始乾杯了。

「為餃子之夜乾杯！」

「今天不玩泡盛接力（註）哦！多多指教！」

「哎喲，那至少想玩的人一起玩嘛！」

各式各樣的人，說著各式各樣的事，要是在校園裡，這些人肯定走不到一夥，但在此時，所有人都和樂融融地交流著，或許這也是Chanpuru文化的特有的魔力。

可是因爲人數實在太多，我試著記住臉和名字，資訊卻怎麼也進不到腦子裡。

「噯，要怎麼弄才能在餃子外圍煎出一圈脆皮啊？」

「呃，我記得好像是要把麵粉加水調稀淋到餃子上哦。」另一名站在瓦斯爐前的女子說道。

我環視安惠小姐的這間雅房，家具不多，室內布置走亞洲風格，此時正宛如自助式派對般擠了一堆人在裡頭。

（安惠小姐人面好廣哦。）

若是平常的我，一定會覺得不自在而直想著能不能早早離開。但今晚或許因爲被大家稱讚是「包餃子達人」，不知怎的我待得很自在，而且這裡的氣氛很像我這個夏天最初拜訪的石垣島那處打工地點。

年紀相仿的同輩聚在一起，一邊聊天一邊迅速俐落地做著事，說不定這正是我所渴求的氣

註：原文爲「オトーリ」，沖繩宮古島喝泡盛時的習俗，酒席上所有人圍坐，一只盛有泡盛的酒杯在席間依序傳遞，由領頭者開場後，拿到酒杯的人必須一口氣乾杯，再盛滿傳遞給下一位。

氛。

（是因爲我這段時間一直在長輩的包圍下獨力幹著活的關係嗎？）

當然我不是對目前的工作有任何不滿，只是單純地覺得很懷念這股氛圍，這種三五好友盡情聊到天昏地暗的吵吵鬧鬧感覺。

＊

由於我昨晚還是多少有節制，今天並沒有宿醉，只不過手上殘留著些許的韭菜味和T恤上的油煙味，都提醒著我昨晚的事是確實發生過的。

有緣碰面兩次就是朋友，要是從前的我，一定會覺得這種話聽聽就好。代理老闆問我昨晚上哪兒去玩了，我老實地回答，不出所料他露出一副望著有趣生物的表情說：

「是喔？『朋友』啊。」

「雖然只是『認識的人』的程度啦。」

「不過妳玩得很開心，不是嗎？」

「嗯……」

明明我沒做什麼壞事，爲什麼有股想辯解的衝動？

「柿生小姐也變了耶。」

「我沒變啊。」

「不不，變得比較像年輕人了，是好事哦，像我這種已經上了年紀的人，很羨慕呢。」

代理老闆說著一推眼鏡邊緣，拿起了報紙。

「這跟年紀沒有關係。再說，你那個是沒度數的吧？」

「咦？被發現了？」

「沒有什麼發現不發現的，你每次都把那個到處亂放自顧自睡你的大頭覺，是我在收拾當然會知道。」

「哎喲，好害羞。」

年紀一把的大叔在講什麼。我冷冷地看了他一眼，他扭捏地撫弄著眼鏡鏡腳說：

「因爲妳看嘛，我個性這麼靦腆，要是不戴個眼鏡隔著，面對初次見面的客人會不知道怎麼開口講話呀。」

不久前還什麼都沒戴跟客人講話的是誰？

「其實我是想戴太陽眼鏡的，可是在室內戴很詭異。」

你就算什麼都沒做，本身的存在就夠詭異了。

「哎，總之就是我想要在人和人的交際之間擺進一個緩衝啦。」

留下這句不該出自服務業從業人員的口中的話，代理老闆又翩然離去了。

不過仔細想想，我昨晚可能幹了相當危險的事。吃著比嘉阿姨做的炒飯，我稍微反省了一下。就算喝醉了，被初識的人一約便跟去人家家裡，的確不太應該。

（可是對方一樣是女生，而且約的是餃子大會，好像也沒必要那麼警戒人家。）

如果安惠小姐是男的，然後約我去聽演唱會或免費的派對，我絕對不會跟去的；就算我現在不是身處外地，警戒心相對比較低，我同樣不會隨便跟不熟的人走。

但我突然想起了被稱做是「朋友」的人帶走的矢田先生。

（昨晚那種狀況，我要是出了什麼事都不奇怪。）

假使安惠小姐是壞人，說要帶我去她家是陷阱，我就這麼行蹤不明，代理老闆再怎麼搜索也不可能找出我在街上結識的她。想到這，我不禁打了個寒顫。

（看來，人和人之間的緩衝果然是必須的。）

難得從白天的代理老闆口中聽到有建設性的話，我在心中暗暗地感謝他，一口喝光了海蘊湯。

不過話雖如此，單方面恐懼對方，對對方也很失禮，那麼就該再次從頭好好地認識對方才是。於是我趁著午後外出採買時，再度繞去「安惠便當」的攤子找她。

「妳好。」

「噢，昨天多謝賞光呀。」

「我才要謝謝妳的招待。」

我打著招呼，把在市場買的Sata Andagi遞給她。

「謝啦。那不嫌棄的話，這些妳帶走吧。」

安惠小姐指著便當旁邊疊成小山的保鮮盒，裡頭裝了各式小菜。

「這怎麼好意思，不能一直讓妳請客。」

「沒關係啦，今天不知道怎麼搞的賣不太出去，我正想來打烊呢。」

安惠小姐拭著額頭的汗水，開始收拾攤子的檯面。

「我在想啊，可能是觀光季節結束了的關係，最近便當一個都賣不出去，看來得和朋友商量一下才行了。」

「安惠小姐妳來沖繩多久了？」

對於沖繩的商機狀況一無所知的我無心地問了她。

「我？今年五月來的。」

我還以為她來很久了，原來並不是，而且五月是黃金週，正是沖繩觀光客人數直線上升的時期。

（這麼說來，她只見過沖繩的觀光旺季了？）

可是接下來客人只會愈來愈少，除了大型的度假飯店以外到處都進入了淡季，這種程度的常識連我也曉得。

「要不要換個地點擺攤試試看？」

不是這種小巷子裡，像是去有許多本地人上班的縣政府旁邊，應該會有生意，我記得那一帶有人擺拉麵攤。聽了我的提議，安惠小姐只是搖頭。

「行不通啦，那邊競爭對手太多了。」

安惠小姐的便當以沖繩人的消費標準來看，的確價格偏高。我所看過的便當攤大多是一枚五百圓硬幣就能搞定一餐，不過如果不是在這種人煙稀少的巷子裡擺攤，應該還是有銷路。

「可是我覺得值得試試看哦。」

「嗯……還是算了，不可能的。」安惠小姐碰的一聲闔上木板，攤子瞬間變成一個單純的木箱，但下一秒，她口中說出令我難以置信的話。「因爲我什麼申請文件都沒有，不可能拿到擺攤許可的。」

「咦？妳是說，妳沒有廚師執照，也沒有去申請衛生許可證？」

「是啊，料理又不需要執照，妳看這裡的婆婆還不是拿自己煮的菜出來擺在自家門前賣。」

不是的，這邏輯有問題。

「衛生許可證只要不提起，通常也不會有人問吶，去申請也只是浪費錢吧。」

……什麼？

「而且我有潔癖，所以我敢拍胸脯保證，我的料理絕對不會害客人食物中毒哦。」

那紮緊頭髮亮出的堅毅額頭一揚，安惠小姐衝著我嘻嘻一笑。

「可是……這樣不是不太對嗎？」我囁嚅著。

安惠小姐眉頭一蹙。

「爲什麼？我朋友每個人都說安惠的料理很好吃，大家都很喜歡啊。」

「不是的，不是那個問題。做生意要收客人的錢，所以我們就有責任辦好相關手續，不是嗎？」

「單純只是做菜給別人吃，為什麼需要執照？這規定本來就很奇怪。」

她一臉不悅，繼續收拾行李。

「不過要是拿到了執照，我覺得不但妳的便當能在更廣的地點販賣，也能賺更多錢呀。」

安惠小姐的料理確實非常美味，只要稍微降低一點價位，一定會大賣的。然而她似乎無法認同我的意見，很不開心地回我：

「講什麼賺錢，太低俗了，我想都沒想過那回事。」

「……什麼？」

「我的夢想就是讓我的料理帶給他人幸福，如此而已。」

等等等等，等一下！

夢想確實很重要，可是以夢想為由而過度貶低金錢就太奇怪了，讓長年看緊柿生家荷包的我來說句公道話，我只覺得她這種說法是偽善。

（若是自給自足，不影響他人地獨自過日子就算了，既然出來開店，怎麼能講這種話！）

我在飯店屋頂邊想邊氣呼呼地扯平洗好的床單，有人輕拍了一下我的背。

「呵浩。」

一回過頭，仙婆婆站在我身後，難得見她老人家爬上屋頂來。

「什麼事？」

「妳手掌伸出來一下。」

「這樣嗎？」

我聽話地伸出手掌，食指突然傳來一股不可思議的觸感。

「我咬。」

「咬……？」

「哎呀不好了，呵浩被咬啦。」

定睛一看，我的食指指尖被套上沖繩的民藝品手指蛇（註），這個以植物編成的指套一旦套上手指，使力一扯指套便會緊縮，反而更拿不下來了。

「得趁著毒性還沒跑到全身的時候，趕快拔掉才行呀。」

這時屋頂入口傳來另一道嘻嘻嘻的笑聲，久米婆婆邊笑邊走了過來。

「這是我做的哦，做了很多，妳可以拿去送人呢。」

久米婆婆說著打開手中的布巾讓我看，裡頭是一大堆手指蛇。

「婆婆手好巧哦。」

我無力地笑了，輕輕動了動指尖，長長的小蛇晃呀晃的。

*

我和安惠小姐的想法天差地遠，看來是當不成朋友了。然而不歡而散之後，心裡總覺得梗著什麼，第一天很氣憤，第二天還是有點生氣，但到了第三天，我終於決定採取行動。

（總之，再去見她一面吧。）

我把久米婆婆做的手指蛇當作護身符放進口袋，要是能夠和安惠小姐順利和好，我打算把這個送給她。

來到她擺攤的地點，卻不見她的蹤影，我想說是不是太晚來了，隔天提早過去，依然沒看到人，難道她換地點了？我在附近巷子繞了一會兒還是不見她，沒辦法，看來只能等到晚上直接去她家找人了。

啊！

（可是我忘記她家在哪裡了！）

那次去是晚上，我又有點醉，只走過一次的路也難怪我記不得，可是要是想不起來路怎麼走，我就見不到安惠小姐了啊。這下根本無計可施，我兀自煩惱著，突然想起了那家酒吧攤。

「安惠家？我曉得喲。」

阿英先生仍在同一地點擺攤，我毫不費力地便問到了安惠小姐公寓的所在。他在杯墊背面畫地圖給我時，我佯裝若無其事地觀察他的店面，意外地發現這家攤子的營業許可證清楚地貼在醒目的地方。

「阿英先生，你該不會剛好有調酒師執照吧？」

「妳在說什麼？沒有的話我怎麼開店？」

註：原文爲「指ハブ」，以蒲葵葉編成的民藝品，呈細長圓錐形，套上指尖晃動時狀似小蛇擺尾。

聽他一副理所當然的語氣，我也感到一絲安心。

「可是安惠小姐就……」

「喔喔，妳說那個喔，她有她的作法嘍。」阿英先生笑著回我，神情也有些尷尬。「不過她的生意最近好像碰上瓶頸，打算換工作了。」

原來如此，難怪我去她之前擺攤的地點找不到人。爲了感謝阿英先生的指路，我向他點了一杯冰咖啡。

「安惠小姐現在在做什麼工作呢？」

「嗯……，有點難啓齒就是了。她在做『晚上的工作』。」

我不禁懷疑自己的耳朵。晚上的工作？口口聲聲說以賺錢爲目的而工作很骯髒的她，怎麼會去找那種工作？

「哎喲，那種工作時薪高啊。偷偷跟妳說，她的攤子好像虧了一大筆錢，誰教她買食材都沒在看成本，然後想花多少時間備料、想做幾個便當都隨她高興。」阿英先生一邊把冰塊放進玻璃杯，苦笑著說：「我這樣講很過分，可是在我看來，她的開店方式根本只是在玩扮家家酒。」

「怎麼這樣說……」

「妳想想看，她不計算成本也不去辦執照，只是想開店就開了，會倒也是理所當然。」

我想，阿英先生自己應該是以相當嚴謹的態度開了這個攤子，全力以赴地做生意，對安惠小姐的指責才會特別嚴厲。

「像她那種女孩子我看多了。說是嚮往慢活呀有機栽培呀沖繩蔬菜之類的，看了一些介紹自然派生活的雜誌就跑來了，大多是玩染布、音樂創作、陶藝那一類藝術家個性的人。」

這些人出於憧憬而在一股衝動之下來到沖繩，但這裡的就業環境是嚴苛的，只是擺攤開店不難。阿英先生說，他們當中許多人到後來都落到把存款花光的下場。我的腦中浮現餃子大會時那名自己燒陶做茶碗的男子。

「最後要不就是背債，要不就是窮到連飛回家的機票錢都沒了。」

「安惠小姐也……」

「是啊，與其弄到最後背債，乾脆早早把攤子收起來，去找個打工賺錢比較實在。」

雖說工作難找，但速食店還是民宿倒是一直都在徵人的。阿英先生把冰咖啡遞給我，說道：

「她根本沒有好好地看著現實，唯獨自尊心比誰都高，不認同的工作不做，堅持只想做自己想做的事。」

或許吧，追求自己想做的事只是乍聽像是一心追逐夢想的清高生存方式。可是我在安惠小姐的側臉看到的耀眼光芒，難道只是美麗的幻想？

我不由得陷入了沉默，這時我聽見遠處傳來的人聲喧嘩，夕暮包圍的巷內看出去的國際通大道，宛如慶典般光明熱鬧。

「阿英先生你在這裡擺攤多久了？」

「我？我已經做兩年嘍。」

這兩年裡，有多少位「安惠小姐」曾經在這家酒吧攤坐下小憩？我猛地喝了一口微苦的冰咖啡，冰涼滲進牙齒裡。

「順帶一提，我之前就認得妳了哦。」

「咦？」

「妳常在傍晚的時候橫越國際通吧？」

他這麼一說我才發現，從這兒看得見的國際通上的斑馬線，那兒正是我每次去網咖時的必經之路。

「妳每次都一臉凝重快步走著，所以我印象很深，想說妳應該是在附近工作吧。」

「喔……」

神情看起來凝重，大概是因爲我被路上緩慢移動的觀光客惹得焦慮不已的關係。

「不過那很好哦。」

「咦？什麼東西很好？」

「妳看上去一點也不光鮮亮麗，這一點很好。」

這是可以當著女孩子的面說的話嗎？再說雖然我穿來穿去就那幾件T恤，每件可是都洗得乾乾淨淨才穿上身的。啊，不過如果是上次穿那件俗氣的夏威夷衫的時候被撞見，我也無話可說。

「通常女孩子來度假勝地打工，多多少少都想把自己打扮得搶眼一點，所以像妳這種類型的很難得呢。」

「是嗎？」

「嗯，所以我很欣賞妳，看得出來妳很認眞地在工作。」

阿英先生說著輕輕地露出微笑。

「呃，多謝誇獎……」

已經很久沒被年輕男子稱讚了，我不由得紅了臉頰，可是我沒有想歪哦，完全沒有，頂多覺得他的短髮造型還滿清爽的。

「我啊，是抱著在沖繩終老埋骨的覺悟來這裡的，所以無論是相關手續還是人際關係，再怎麼嫌麻煩也會去處理。當然其中也有讓人高興不起來的交際，但那就是爲了融入這塊土地，而不得不做的必要之惡吧。」

「好堅強喔。」

「過活不就是這麼回事嗎？我不是來旅遊的，不能光挑上層澄清的美酒嚐呀。」

夢想與現實——我的腦中浮現這個詞。

「我本來一直很羨慕有夢想的人……」

「我一開始也是這麼想，但是夢想其實只是棘手的包袱。」

阿英先生微微垂下頭低喃著，落在他臉上的陰影意外地深，我看不清他的表情。

我把苦澀的咖啡喝下，不知怎的此刻我不想加糖漿進去。

我微微皺起眉，阿英先生突然遞給我一片摻有巧克力碎片的餅乾。

「請妳吃。」

「啊，謝謝。」

我點頭道謝後正要接過來，他把餅乾連同一張小紙片塞到我手裡。莫非，這才是他的本意……？

「呃，這……」

我抬頭看向阿英先生，四目相交，阿英先生嘻嘻一笑說：

「我這一路打拚過來存了點錢，前陣子租了個店面，下星期這家酒吧就要正式成為一家店了。到時候如果妳有意願的話，我希望妳來我的店裡工作。」

「呃，很抱歉，我還是學生。」

快狠準地當場拒絕。他會稱讚我，果然還是因為現實面有需要使然。附帶一提，他遞給我的小紙片，只是他的新店面的店卡。就說我沒有期待嘛！真的沒有！

＊

由於在酒吧攤停留了比預計要長的時間，我小跑步前往安惠小姐的住處，到了公寓樓下往上看窗口，燈是亮著的，太好了，她還沒出門去上班。

「安惠小姐！我是柿生浩美！」

我敲了門，亮著堅毅額頭的安惠小姐出現在門口。

「喔喔，浩美啊。」

親眼見到她，我稍微鬆了口氣，因爲，她雖然把長髮放下，服裝與化妝都不是酒店小姐的路線。對了，同樣是「夜裡的工作」，可能也是有在小酒店幫忙打雜等比較單純的工作。

「妳來有什麼事嗎？」

「呃，那個……我想……跟妳和好……」

我吞吞吐吐地說了出來，安惠小姐淺淺一笑。

「『和好』。發音眞美，我很喜歡這個詞哦。」

「嗯，我也是！」

看來應該沒問題了，剛才聽了阿英先生一番話之後被莫名的不安攫住的自己像個傻瓜一樣。我正要開口，手機鈴聲響起。

「啊……」安惠小姐的神情瞬間一僵，「抱歉，我接一下電話。」

她接起電話，朝屋內走去，我只聽得到她低聲地說了些什麼，似乎是在確認時間和地點，掛上電話後，她回頭對我說：

「我有工作進來了，不好意思，可以請妳回去嗎？」

原來那股莫名的不安就是這個，我感到背後竄過一股寒氣。再度環視她的屋內，和餃子大會那一晚沒有任何不同，雅致且簡潔的擺設，看不到酒店小姐風格的衣物或鞋子。

也就是說這份工作需要的只有手機以及她本人，然後是前往指定地點的「晚上的工作」。

即使是對那方面的事情不熟悉的我也知道，她的工作是最要命的那一種。

「安惠小姐！」

悶熱的夜，我的心卻掠過一股涼意。

「怎樣？」

她露出冷峻的微笑。她是知道的，她知道自己在做什麼，也知道我想說什麼。

「不行。」我好不容易擠出聲音來，「不行這樣。」

「浩美，妳在說什麼呢？」

正因爲她都知道，所以當場築起了牆。

「我在說妳的工作。不行做這份工作。」

「妳這麼講我也很困擾啊，因爲我可是被妳點醒的耶。」

「被我……？」

「上次被妳一念我才醒了過來，賺錢是不分清高與骯髒的。」

不對，我沒有那麼想，不然此時我的手不會激動得顫抖。

「妳看，大家都說職業無貴賤，不是嗎？有商品有交易，就這個角度來看，所有職業都是一樣的。」

（……她開始聽不進去我的話了！）

那個暴風雨的夜裡，那道離去的背影，宛如幻燈片在我腦中重現。沒能回來的人，無情打在臉上的雨，我再也不想遇到那種事了。

我很清楚，如果我此刻放開手，一切就結束了，所以我決定下重藥。

「所以妳覺得那也是一種自我表現，是嗎？」

聽進去！有點反應！

「或許吧。」

她的臉部肌肉微微抽搐。再來！

「這麼做能帶給他人幸福嗎？誰會因此而幸福呢？」

「誰曉得呢。」

發脾氣呀！釋放妳的情緒呀！不然什麼都無法傳達到妳心裡。

「莫非，這根本只是妳貪小便宜的心態罷了？想說難得來沖繩，能賺的就賺？」

「……妳又懂什麼了！」

「妳正要幹蠢事，這種程度的事我還懂。」

好像戳到她的痛處了。

「跟妳沒關係吧！妳回去啦！」

突如其來的爆發。到手了，我看得見她了。

「妳爲什麼不回老家去！」

「啊？」

「錢花光的話，回家一趟賺了錢再來不就好了？爲什麼不惜作賤自己也要留在這裡！」

「因爲……」

「什麼才是最重要的？夢想？金錢？還是妳自己？」

不惜出賣肉體也要留在這裡，究竟是出於多麼重要的理由，我倒想聽聽看。安惠小姐以顫抖的聲音低喃：

「因爲我……是不顧家裡反對跑來這裡的啊。」

「所以？」

「現在這樣落魄，我有什麼臉回去？更別說要向家人借錢了，這種話就算撕裂我的嘴我也吐不出口。」

那就把嘴撕裂！讓自己變成男人不屑一顧的醜八怪！

「在哪？」

「啊？」

「出身地。妳老家在哪？」

「……北海道。」

要命，怎麼偏偏是最遠的。

「我知道了。妳在這裡等我。」

我說著一個轉身就要走，又忽地想起一件重要的事。

「啊，對了，這個借我一下。」

我說著一把搶走她手裡的手機。

「等等，妳要幹什麼？」

「工作由我來拒絕，妳在這裡等我回來，絕對不可以離開哦！」
我旋即關上門擋住想衝上來的她，接著拔腿全力狂奔。

*

「代理老闆！」
我一衝進飯店大門便大喊，但代理老闆不在櫃檯，那就是在隔壁了。
「代理老闆，開門吶！」
我敲著酒吧兼咖啡店的店門，夜間版的代理老闆現身了。
「柿生小姐啊？發生什麼事了？」
代理老闆望著上氣不接下氣的我，一臉疑惑。我面朝代理老闆，猛地九十度一鞠躬。
「求求你，請讓我預支薪水！」
我現在手邊存款只有三萬圓，不夠買飛往北海道的機票。
「是可以啊，但至少讓我知道理由吧？」
於是我老實地把來龍去脈交代了一遍，代理老闆聽完，正色說道：
「妳說要把錢給那位叫安惠小姐的人，我不太能認同啊。」
「可是我希望她明天就能回去北海道，否則她一旦作賤自己就再也救不回來了。」
她離開這裡就不會鑽牛角尖了，欠的債也只要透過匯款就能還。對此刻的她而言，留在這裡才是最危險的，我拚命地對代理老闆解釋。

「不過柿生小姐，妳爲什麼要幫她幫到這個程度？」

代理老闆帶著沉靜的視線問我。

「要問爲什麼……」

因爲是朋友——無法肯定地說出這個答案的自己，我覺得有些悲哀。

「她是自作自受哦，沒必要管她。」

「可是……」

「只是出於同情？那樣的話妳有再多的錢也不夠用。」

代理老闆沉著的語調，很自然地讓我也冷靜了下來。動腦筋呀！好好地想想自己究竟爲什麼打算這麼做！在代理老闆的面前，我的腦子忽然有那麼一瞬間變得澄澈，我立刻輕輕掬起那出現在清晰視野彼方的東西。

「是爲了自我滿足。」

「噢？」說來聽聽——代理老闆的視線如此說道。

「或許讓她回去也只是治標不治本，而且我本來就打算當這筆錢丟進水溝了，更何況她根本不是我們飯店的客人。」

「是呀。」

「可是我非讓她回去不可，因爲我想這麼做。」

她不回頭看我也無所謂，我只是想爲發生在眼前的事盡一己之力，這一切只是我的自我滿足。

「原來如此。」

代理老闆輕輕點了點頭，接著拿起掛在脖子下的手機，不知和誰通了電話。掛上後，簡直像是在等這邊的電話結束似的，換安惠小姐的手機響了起來。我一看螢幕，未顯示來電號碼，我深吸一口氣按下通話鍵，不出所料，打來的是幫她接洽「工作」的人。

「呃……」

我正要開口，一旁有隻手伸過來拿走電話。

「喂喂？你好。找安惠？不好意思，那部分由我這邊接手處理了。錢？嗯嗯，會匯過去，總共多少？」

代理老闆就著櫃檯沙沙地寫著便條，之後掛上了電話。

「對方說總共三十萬圓。她只要乖乖去上班，很快就能還清了。」

「也是。」

「不過對方不是什麼正派人士，所以我也贊成她盡快離開這裡。」

「那麼……」

代理老闆點了點頭，就在這時有人敲了店門。沒想到要債的這麼快就上門了，我登時繃緊了神經，進門的卻是熟悉的面孔。

「票拿去吧。我找了最便宜的，一個星期內開票。」

「南海旅行社」的人說著把機票交給代理老闆。

「謝啦，欠你一份情。」

「錢在月底前付清就好，那麼，晚安啦。」

「晚安。」

我驚訝地張著嘴，目送他離去。

「妳以為我們隔壁開那家旅行社是幹什麼用的？」代理老闆戲謔地笑著，把機票在我面前晃了晃，「兩萬圓而已，買不買？」

「買！」

我迅速回答。

＊

我再次全力狂奔回到安惠小姐的住處，她仍鐵青著臉在家等我。

「浩美……」

我默默遞出了機票。

「回去吧，債款的部分已經談好了，妳只要用匯款還清即可。」

「咦？妳怎麼辦到的……？」

「對方也沒閒到為了區區三十萬圓跑一趟北海道，妳回去以後只要每個月乖乖還款，對方應該不會追過去。」

「可是……爲什麼？爲什麼要對我這麼好？」

安惠小姐的淚水簌簌落下。

「因爲……便當很好吃，吧。」

我明明是想回答「因爲我的自我滿足」啊。

「謝謝妳……！」

安惠小姐緊緊捏著機票大哭了起來，我輕輕扶住她的肩。

「我眞的很幸運，遇到這麼多幫助我的好朋友。」

安惠小姐邊擦眼淚邊笑著說。看到她笑，我終於鬆了口氣。

「還有其他人幫了妳嗎？」

「嗯，就是介紹這份工作給我的朋友。不過，這工作我終究是做不來，對那個人也很抱歉。」

她的朋友是賣春仲介？我的腦中閃起警告，有了不好的預感。冷靜想想，整件事的確很怪，我能理解安惠小姐由於經營攤子失敗而去借錢，但怎麼想她都不可能自己去聯絡賣春組織。

「妳說的那個朋友……是誰？」

「我不知道是誰，因爲這個工作是對方主動找上我的。」

賣春組織直接找上她？

「他們說，聽認識的人介紹說有個女孩子在找高收入的打工，就打來給我了。一定是哪個朋友曉得我有困難，所以四處幫我打聽工作吧。」

聽著她述說，我內心不好的預感逐漸膨脹。

她說是「朋友」。在這裡待了長時間、與本地人有著交情的「朋友」。握有必要之惡的人脈、看不慣懷抱天眞夢想跑來這裡的人的「朋友」。

（該不會是……！）

雖然沒有證據，但我不知怎的很肯定，凶手就是那一夜出現在餃子大會裡的某人。

「安惠小姐。」

「嗯？」

「如果妳有機會再來沖繩，請絕對不要靠近酒吧那類場所，因爲妳的債主可能會在那邊出沒。」

我嚴肅地叮嚀她，她用力地點頭說：

「我答應妳。」

我們倆打了勾勾之後，我把手指蛇忽地套上她的小指。

「呵呵呵，我被咬了耶。」

「妳要是不遵守約定，毒就會傳遍全身哦。」

「知道了！我會小心的！」

看到安惠小姐單手行禮的姿勢，我不禁噗哧笑了出來。

「噯，妳這樣笑很沒禮貌耶。」

「因爲妳不像是這種可愛路線的嘛。」

光看外表，無法了解一個人；但就算結識，對方依然充滿了未知。至於因此而覺得交朋友有趣，又或者因此而無法信任他人，就看個人了。

＊

我和安惠小姐交換聯絡信箱之後，離開了她的公寓，接著直奔阿英先生的酒吧攤。

「咦？怎麼又回來了？要喝點什麼嗎？」阿英先生問我。

我搖搖頭。

「你早就知道的吧？」

「……知道什麼？」他輕薄地笑了。

「知道找上安惠小姐的是什麼樣的工作。」

「妳說呢？」

「你說過是『晚上的工作』，對吧？」

「可能是從哪個朋友那兒聽來的吧。」

朋友、朋友、朋友，現在是朋友大拍賣就是了！

「……阿英先生你是安惠小姐的朋友吧？」

「就那麼回事嘍。」

「那為什麼不阻止她？」

「因為我覺得那是她的自由。」

阿英先生一邊拿布擦亮玻璃杯，一邊望向前方光亮的大街。我為了拉回他的視線，使勁把他之前給我的店卡往檯子上一扔。

「你這樣……！」

我知道。我知道自己接下來要講的話無法改變任何事，但是。

「你這樣根本不配當朋友！」

阿英先生只是面露些許訝異，定定地看著我。

「……如果是朋友，就該阻止她才對！」

複雜的情緒逐漸湧上我的胸口，這股怒意是因為遭到欺瞞？而這份悲哀果然還是自我滿足？

「妳果然是個人材。」

我使勁拋出的情緒彷彿順著玻璃杯的表面滑下，悄聲無息地被化掉。阿英先生再度浮現輕薄笑容，把皺巴巴的店卡收進牛仔褲口袋。

「讓人很想挖角呢。」

「……」

「像條忠狗一樣。」

我突然一冷，彷彿有刀抵上我的頸子，我靜靜地往後退。

「多謝你的賞識。」

「嗯。」

然後我頭也不回地離開了阿英先生的攤子。

*

在阿英先生面前逞了強，其實心裡嚇死了，回到飯店看到代理老闆的臉，我當場雙腿一軟。

「柿生小姐，妳還好嗎？」

我癱在一樓的客用沙發裡，代理老闆從隔壁店裡拿來冰拿鐵給我。

「啊，謝謝你。」

好甜。多加一份的糖漿眞是令人開心，甜味滲進鼻腔深處。

「妳又幹了很有男子氣概的事呀。」

「嗯，不過我這麼做很滿足。」

「她會回去嗎？」

「嗯，她答應我了。」我點頭回道。

代理老闆突然笑了。

「不過，她很幸福呢。」

「什麼東西很幸福？」

「能夠聽到柿生小姐叫她滾回去。」

「希望她也這麼覺得嘍。」

「這是幸福喲。」代理老闆凝視著手中的玻璃杯，悄聲低喃：「因爲她遇到了願意推自己一把的人。」

莫非，代理老闆也在期盼著有誰對他說聲：「回去吧。」

「代理老闆。」

「什麼事？」

「請再等等。」

總有一天，我會回來對你說這句話的——但我沒說出口，只是一口氣喝乾了拿鐵。

「噢，連喝飲料的方式都很有男子氣概。」

「很沒禮貌耶，怎麼對個少女講這種話。」

我一邊擺出拳擊進攻姿勢一邊起身，但下一秒，我的手腕突地被抓住，接著，咦？手指傳來的這個觸感。

「哇呀，柿生小姐被毒蛇咬了，這下糟了，她再怎麼強也敵不過毒性呀。」

代理老闆語調平板地念出這一串話，而且仔細一瞧，我被咬的是左手無名指。

（他在幹嘛？）

手指套著久米婆婆做的手指蛇，我再度露出無力的微笑。

＊

兩天後，我收到了平安返回北海道的安惠小姐傳來的簡訊，她附了一張照片，是手指蛇咬著大螃蟹蟹腳的英勇戰姿，我看著照片兀自狂笑不止，仙婆婆突然探頭看向我的手機螢幕。

「哎呀呀，太有趣了。」

「久米婆婆的手指蛇，現在正在北海道旅行哦。」

「這得趕快告訴久米婆婆才行。」

仙婆婆叫來人在榻榻米席的久米婆婆，讓她看毒蛇大戰螃蟹的照片。

「哇，看來比獴哥（註）還強耶。」

「因爲這傢伙有剪刀在呀。」

我說著一手比出V字，兩位婆婆嘻嘻地笑得好開心。

午後，我爲了採買明天早餐的食材而來到市場，熟悉的菜販大嬸和奮力攬客的土產店婆婆

註：獴哥，又名蛇獴，有毒蛇天敵之稱，體長四肢短，體型雖小，卻能憑藉敏銳的動作戰勝毒蛇，除了食蛇，也獵食老鼠、鳥禽等小型哺乳動物。

紛紛出聲招呼我。

「嗳!·那位Ne Ne!·」

「對，就是妳!」

我一瞬間停下了腳步，閉上眼，遙想曾經如此招呼著我的那位朋友。

第六章

≠（不等於）

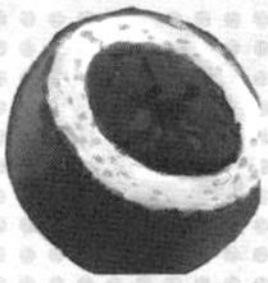

即使觀光旺季的夏天已經結束，仍有許多人跑來沖繩玩。像是想避開旺季以節省旅費的人，或是終於盼到遲來休假的人，當中占了絕大多數的，是報名週末套裝行程前來觀光的旅客。

「三天兩夜，來高級海灘度假村過週末！」

我在櫃檯望著手上的傳單，不禁苦笑，原來如此，難怪本飯店如此清閒。

（話說回來，擺出這種沒刊登自家飯店的旅遊傳單能幹嘛？）

位於喧擾街區巷內的低價位飯店Hotel Juicy，與閃耀的大海幾乎毫無關聯的樸素外觀，今日也吹拂著帶有海潮氣味的海風。

「和特定業者簽約擺放的傳單架，就像是自動販賣機之類的東西，不管內容是什麼，光是擺在那兒，每個月就會有營收進來喲。」代理老闆難得大白天還說得出條理清晰的話。

比嘉阿姨笑著對代理老闆說：

「因爲能賺一點零用錢，很開心吧？」

「妳說什麼？零用錢？」

「是啊，沒跟大老闆說飯店裡設置了那個傳單架，所以那部分的營收就直接成了代理老闆在薪水以外賺的零用錢了。」

我一直覺得代理老闆是個隨便的人，只是沒想到隨便成這樣。代理老闆見我一臉輕蔑，連忙解釋道：

「哎，不是啦，因爲又沒多少錢，想說沒必要特地跟大老闆講嘛。」

「但是跟金錢有關的事情，不算清楚是不行的。」

我一邊叨念，心中的優等生正久違地逐漸抬起頭來，而比嘉阿姨像是伸手輕撫優等生的頭似的，笑著對我說：

「哎呀，妳就睜一隻眼閉一隻眼吧，這個人只是貪小錢而已啦。」

「小錢，是嗎？」

「是啊，擺設這個傳單架的酬金是每個月五百圓喲。」

「每個月五百圓……」

這是小學生，而且是低年級小學生的零用錢價位吧！聽到這毫無追究意義的金額，我心中的優等生無力地頭愈垂愈低，最後整個趴到桌面上。

最近可能因爲已經完全融入沖繩的生活，我發現我對於善惡的分際認知也變得「te-ge」(註)了起來，連自己都覺得很恐怖。

（這樣下去，我有辦法回歸一般人的社會嗎？）

註：原文爲「てーげー」，沖繩方言，「差不多」、「大概」之意。

＊

之前代理老闆說，我要離職的話，提前一個星期告知即可，然而我卻遲遲下不了決定。眼看著能留在沖繩的日子只剩最後十天，我不管願不願意都必須開口了。

（可是，我實在……）

不想提辭職，但是不得不提。我透過飯店的玻璃大門眺望外頭，兩肘抵著櫃檯。

裸露的混凝土外牆，恣意蔓生宛如叢林的雜草，當中靜悄悄地露出臉來的是保佑消災除厄的石敢當；突如其來的陣雨過後，踏著無聲的步伐尋找仍微溼的遮陽處的流浪貓兒；驀地出現的機車，以及宛如迷途於白日夢之中的觀光客。

（我剛來的時候，也是這副模樣嗎？）

僅僅走離國際通一步，映入眼簾的便是完全不同風貌的街景。這個夏天之始，擾攘與寂靜的反差大大地震撼了我；然而隨著我全心投入工作，不知何時，並存著如此強烈的光與影的巷內風景，已成了我的日常的一部分。

最不可思議的是，一旦習慣了這一切，我甚至有種彷彿早在百年前便已身處此地的錯覺。當然我身爲大家庭長女一路走來的人生並沒有被抹滅，只是不知怎的對這兒好生熟悉，而正因如此，我遲遲不想回家。

結束打工回家去，只是如此單純的事情，爲什麼我會這麼不甘願？

（被奪走……）

被誰？奪走什麼？我自己也說不上來，腦中卻不自覺浮現這個字眼。

「噯，來幫我一下。」

比嘉阿姨在廚房喚我，我過去一看，只見她一手拿著木杓正與大鍋料理奮鬥中。

「怎麼了？」

「不好意思，來幫我壓住鍋子。」

「啊，好的。」

我聽話地按住鍋子的兩個把手，塑膠把手傳來微溫，看來是小火長時間熬煮造成的。廚房內瀰漫著高湯香氣，似乎是燉煮的料理。

「嘿喲。」比嘉阿姨邊喊邊把木杓插進鍋裡，我探頭一看，只見有著奇妙色澤的物體與液體裝了一大鍋，晦暗的紫色與灰色，還有黑色與褐色的顆粒與小塊，實在說不上是能夠引人食慾的配色。

「這個是……什麼？」

「嗯？這個啊，是Doruwakashi（註）。」

又是個宛如妖怪的名字，這麼說果然是沖繩料理了。

註：原文為「ドゥルワカシー」，「煮沸泥」之意。

「這是用類似里芋的『田芋』做成的料理，做的量一多，就很費力呢。」

比嘉阿姨邊「嘿、嘿」地吆喝，邊攪拌著鍋內的食材。

「有田芋，和田芋的莖，燙過以後搗碎，加入高湯，充分攪拌到湯汁收乾。」

比嘉阿姨有節奏的說明著，一邊把田芋搗碎。

「像是金團（註）嗎？」

「對對，就類似那個的家常菜版。」

仔細一看，紫色和灰色主要是芋頭的顏色，另外還有一些點綴的料在裡頭。

「這個白白的是什麼？」

「喔，那是豬肉，燙過以後切丁，當然燙肉的湯汁也會拿來用。其他還有剛才田芋的莖、乾香菇、木耳，最後加的是這種叫做『蜂蜜蛋糕』的黃色魚板。」

我看向流理台上備好的魚板，確實有著宛如炒蛋的黃色，恐怕這就是這道料理唯一的鮮豔色彩了。

「做這道菜很花時間喔？」

「是啊，所以忙的時候不太會出這道菜，不過最近客人比較少，而且聽說今天要來的客人是上了年紀的人。這道菜看上去不起眼，卻有著道地鄉土料理的懷念滋味，我想客人應該會吃得很開心吧。」

比嘉阿姨邊說邊攪著鍋內，田芋逐漸化成了芋泥。

「好香。」

「對吧?可是賣相不好，所以名字才取做『煮泥漿』呀。」

Doruwakashi，原來是煮泥漿的意思，黏稠的灰色芋泥的確是有那麼一點像泥漿。

「妳嚐嚐味道。」

比嘉阿姨把木杓伸到我面前，我以食指刮了一小口放進嘴裡，沒想到瞬間一股溫潤細膩的口味在口內散開，切成小丁的料更是完美地增添美味。

「好好吃喔。」

「嗯，很好吃哦，只是做起來很費工夫，所以我每次要做就會多做一點。」

比嘉阿姨額頭冒著汗，進入最後衝刺，以木杓攪到湯汁收乾，仔細去掉拌進芋泥的空氣，這才關了火。

「好，完工啦。」

「妳辛苦了。」

「好啦，妳把那邊的保鮮盒拿來分裝，等涼了以後放冰箱哦，要吃的時候用微波爐加熱就可以了。」

「好的。」

我點了頭，但不明白的是，為什麼流理台旁備好的保鮮盒數量那麼多，除了平日保存飯店早餐用的大尺寸盒子以外，還有五個小的保鮮盒。

註：蕃薯泥加栗子製成的點心，為日本年菜之一。

「阿姨，其他這些小的保鮮盒是要裝來放冷凍的嗎？」

「喔，不是啦不是啦，那些是讓大家帶回家用的。久米婆婆和仙婆婆、代理老闆和妳，然後還有我的呀。」

「咦？」

「因爲難得煮一次，大家分著吃嘍。」

呃，這是用飯店經費買的食材吧？而且煮來是要給客人吃的吧？但是看到以毛巾擦著汗的比嘉阿姨，我開始覺得不必介意那麼多了。

「那我就先下班啦，妳辛苦了。」

比嘉阿姨喝乾香片茶之後，拿了自己的保鮮盒開開心心地回家去。

嗯，看樣子我眞的很難回歸一般人的社會了。

＊

午後，預計今天入住的客人抵達了飯店。

「妳好。」

推開玻璃門走進來的是一對男女，說老年太過，應該算是熟男熟女吧。

「歡迎光臨，兩位是久保田夫婦？」

我朝兩位打了招呼，給人感覺非常溫柔的女士也點頭回禮。

「是的，這幾天要麻煩你們多照顧了。」

久保田夫婦兩人都年約六十多，看樣子是本飯店的常客。

「哎呀，這兒都沒變呢。」身形偏瘦的久保田先生手扠腰環視四下，他有著一頭銀灰色頭髮，與年齡相符的面容相當英俊。

「兩位常來光顧嗎？」

「嗯，算是吧，來過幾次了哦。對了，安城先生一切都好嗎？」

「託您的福，傍晚他就會出現了。」

「看來他還是老樣子，白天完全派不上用場呀。」久保田太太呵呵笑著說道。

原來如此，不虧是常客，對代理老闆的作息生態也非常清楚。

「那麼，等會兒見嘍。」

果然是熟門熟路，我將鑰匙交給他們，兩人便毫無遲疑地朝電梯走去。這個時期來入住的客人，大多是這種不必花心力照顧的類型。

到了傍晚，先下樓來到櫃檯的是太太，她換了一套舊式的典雅連身裙，張望了一下，從傳單架抽出一張之後回過頭問我：

「嗳，妳有沒有推薦的行程？」

「呃，通常大家都一定會去水族館逛一逛，不過兩位應該已經去過了吧？」

「嗯嗯，去年去逛過了，那裡很棒呢。」

「那……」

我拚命讓腦中的搜尋引擎運轉，上了年紀的夫妻，不可能推薦他們參加海水浴或是登山之類需要體力的行程，那麼看來該走藝文路線了。

「您覺得製作西薩獅的體驗課程如何呢？」

「可以自己製作西薩獅？」

「是的，那個是燒陶製成的，在本地的陶藝教室之類的地方就有教學課程，即使是初次體驗也不必擔心。」而且燒製完成的成品還會寄送到家，服務相當周到。「對了，主要是捏陶課程，沒有限定一定要製作西薩獅。」

我想起在安惠小姐家遇到的那位立志當陶藝家的青年，一邊對太太說明。

「聽起來很不錯耶，我跟我先生商量看看。」

我把燒陶體驗教室的宣傳小冊遞給太太，這時久保田先生下樓來了。

「不好意思，久等啦。」

久保田先生似乎簡單梳洗過，銀灰頭髮略往後梳，搭配米黃色系的雅致夏威夷衫更顯氣質出眾。

「這件夏威夷衫很好看。」

「多謝稱讚。這裡雖然不是夏威夷，但來到南國，還是要應景一下嘍。」

「我記得你這件是在中古服飾店裡買的吧？好像還說是典藏版什麼的。」

不是舊衣，而是中古服飾；不是二手貨，而是典藏版。我好喜歡這種說法，但一想起代理老闆硬賣給我的那件詭異花樣的夏威夷衫，不禁感到一絲失落。

「那我們走吧。」久保田先生很自然地伸出手臂。

「嗯。」太太也毫不猶豫的勾上先生的手臂，接著對我笑著點了點頭說：「那我們出門去嘍。」

「喔，嗯，兩位請路上小心。」

（感情好好哦。）

玻璃門一打開，太太的裙襬隨之微微搖曳，我愣愣地目送兩人的背影離去。

我曉得有些上了年紀的夫婦，在人前也不避諱做出親密的舉動。不過說到我的父母親，他們倆都是個性古板的昭和年代的人，我幾乎不曾見他們挽著手臂，不是他們感情不好，我想只是害羞吧。附帶一提，印象中最近一次見到他們倆手挽著手，是參加弟弟學校運動會被拉去跳土風舞的時候。

在這樣的家庭長大成人的我，自然不太習慣洋派表達親暱的方式，有時看到年輕人卿卿我我的，雖然不太自在卻不難理解；然而看到上年紀的伴侶舉止親密，總覺得有點不好直視、有點害臊。

（不不，不能這樣想，人家相伴多年的夫婦依舊熱情不減是好事呀。）

我雖然這麼對自己說，久保田夫婦的親暱程度不是普通火熱。

「歡迎回來。」

兩人上街散步回到飯店，太太一臉開心地拎著紙袋過來櫃檯。

「我們回來了。妳看，我買了這個，好看嗎？」說著她從紙袋拿出一件洋溢度假風情的連身裙。

「很好看呢。」

「我本來怕會不會太花俏，可是我先生說我穿起來很好看就買了。」

的確這件連身裙有著大花圖樣，但配色含蓄，設計並不差。只不過上了年紀的女士來穿感覺不夠高雅，我記得在國際通的土產店裡見過類似的款式，但久保田先生開口了：

「因爲眞的很適合她嘛，我很期待她穿上這件和我一起去餐廳吃飯呢。」

喔喔，我知道了，確實有這種狀況。兩個人出去約會，只是氣氛使然就買了不見得特別適合的首飾或衣服，雖然我自己已經好一陣子不曾有過這種衝動了。

「那我們回房休息一下，等等要去常光顧的餐廳用餐嘍。」

久保田先生攬著太太的肩，朝我眨起一隻眼，簡直就像藝人般自然。看到他這舉止，我甚至覺得這兒是一家位於海濱的高級大飯店。

若是從前的我，見到上了年紀的夫婦跑來住廉價飯店一定會覺得奇怪，但來到這兒工作超過一個月，見過了形形色色的客人，當中有好人，也有我不喜歡的人；有能彼此心意相通的，也有莫名其妙的。不過現在的我會這麼想：

（希望每位客人都能健健康康、平平安安的。）

沒錯，無論客人是否舉止親暱，是否上了年紀卻投宿廉價飯店，共通的話語就是「Ichariba Chode」。只要曾經在這家飯店與我交錯過人生短暫時光的客人，即便個性合不來，我仍然想祝福您平安幸福。

＊

結果昨晚久保田夫婦和代理老闆沒能碰到面，原因是代理老闆很少見地出門去了。

「眞是抱歉。」

早餐的餐桌上，我向久保田夫婦致歉，久保田先生滿面笑容搖了搖頭：

「別放心上啦，那個人的脾氣我們都清楚得很。」

「沒錯沒錯。對了，想問妳一件事，這道煮得很黏稠的料理，叫做什麼呢？」

「這叫Doruwakashi，是把田芋搗成芋泥狀拌入高湯直到湯汁收乾的一道料理，名字的由來是因爲這道菜的外觀看上去像是田裡的泥巴。」

我把從比嘉阿姨那兒學來的知識現學現賣。

「是喔？很特別的口感耶，裡頭加的料也很有意思，有點像在做和風馬鈴薯泥的感覺吧？」久保田先生把料一個個挑出來，感動地品嚐著。「不過使用的是豬肉高湯，這一點的確很沖繩呢。」

噢，相當敏銳。一旁久保田太太也一臉滿足地點點頭說：

「芋泥融混了高湯，口味好溫潤哦。」

「是的，雖然外觀不是那麼美觀，確實非常好吃哦。」

昨天的辛苦果然是值得的，我回頭朝人在廚房的比嘉阿姨比了勝利手勢。久保田夫婦似乎非常中意這個口味，兩人都又添了一碗Doruwakashi。

「今天我們要去看看妳昨天推薦的燒陶體驗教室喲。」

我收下久保田夫婦遞過來的房間鑰匙，點點頭說：

「祝福兩位製作出滿意的作品。」

「不知道做不做得出來呢，我手很拙的。」

「沒那回事，妳從前做了送給我的小置物盒，不就做得很精巧嗎？」

依然卿卿我我的兩人，再度手挽著手出門去了。很好，你們高興就好，我一丁點兒也不覺得嫉妒。

「浩浩。」

我兀自嘀咕時，久米婆婆靠了過來，一手拿著保鮮盒。

「Doruwakashi，非常好吃哦，謝謝妳。」

「啊，不不，是比嘉阿姨做的。」

「可是聽說妳也幫了忙吧？」

「只是出一點力氣而已啦。」我解釋著。

但久米婆婆執拗地搖著頭說：

「不，妳眞的做得很好哦，已經隨時可以嫁人當好媳婦兒了。」

「啊？」

「這道料理是有喜慶的時候才會做的菜，浩浩結婚的時候也可以出這道菜哦。」

結婚。聽到這個遙不可及的詞彙，我不禁感到有些暈眩，這個詞如果套在有個社會人士男友的小咲身上還說得過去，聽在我這個連男朋友的男字都看不見影子的孤家寡人耳裡，這個詞只像是下輩子的事一般毫無現實感。

「……如果遇到合適的人，我會考慮的。」

我好不容易擠出這個回應，久米婆婆一臉滿足地點頭了。

「對了，因爲實在太美味了，我剛剛下午茶時間就全部吃光了呢。」

「啊？」

那一盒少說也足足有兩碗飯的分量耶！

「所以這個洗乾淨了，還給妳。」

久米婆婆遞給我洗得乾乾淨淨的保鮮盒，我不由得直盯著久米婆婆的肚子看，眞是太驚人了。

「噯，那個還有剩嗎？」

我和久米婆婆聊著這些事時，代理老闆似乎嗅到了食物的香氣，幽幽地在櫃檯前現了身。

「還有哦，比嘉阿姨也留了你的份起來。」

「不愧是比嘉阿姨，眞上道。」

代理老闆雀躍地朝廚房走去，我叫住了他：

「昨天久保田夫婦已經入住了哦。」

「喔喔，我知道我知道。」

肯定不知道。

「晚上記得去跟人家打聲招呼呀。」

「好的好的。」

肯定不會去。

「今天聽說會下雪哦。」

「是喔？無所謂啦。」

看吧，根本沒在聽。那我就趁機補一句：

「那麼總之，等他們兩位回飯店，我會去叫你起床哦。」

「ＯＫＯＫ。」

所以，就這麼講好了。一旁看著我們對話的久米婆婆，抬頭看向我嘻嘻一笑。

還剩下九天，我爲什麼一直不把辭職一事說出口呢？雖然是白天時段，明明剛才代理老闆人就在我跟前。

（這算是某種延期嗎？又或者只是單純的拖延？）

但我煩惱歸煩惱，手仍沒停下，持續製作工作交接清單。因爲要是我幾天後辭掉這份工作離開這裡，眼前顯然沒有可以交接的人。

（爲什麼我會這麼不安？）

我飛快地書寫著，一邊心想，如果來接任的人也是個性認眞的類型就好了，但如果是個馬虎隨便的人該怎麼辦？又或者根本招募不到願意來打工的人呢？

（嗚，光想像那狀況就夠恐怖了。）

比嘉阿姨得親自去市場採買食材，沉重的垃圾也不得不由兩位婆婆搬出去，代理老闆自然是不必指望，那麼飯店的營運事務肯定會亂成一團。

（我不在的話，這裡會不會就完蛋了？）

我像是要甩開內心的不安，逐項寫下交接事項。電話的應對，訂房表的填法，打掃客房的順序，上市場採買時固定光顧的店家，數量不多的提款機使用人數較少的時間帶，雨天如何處理洗好的衣物，颱風來襲時的注意事項，寫著寫著，連無關緊要的處理項目也開始冒了出來。遇到客人受傷的時候，態度惡劣的時候，說謊的時候，捲入犯罪的時候，同時失去了金錢與夢想的時候。

每一個回憶，都歷歷在目。

（我……這是怎麼了……）

一點也不像我會有的感傷忽地湧上，我不禁有些迷惘，那簡直像是巨大的海嘯，將一切的情緒全部捲走。面對著眼前的工作交接清單，我緊緊地咬住了脣。

一道愉快的笑聲突然把我拉回現實。

「我們回來了！」

久保田夫婦神情愉悅地回來了，我努力不讓他們察覺我的低落心情，以滿面的笑容迎接他們。

「歡迎回來。」

「今天玩得眞是開心呀。」

甜美笑著的久保田太太身穿的是昨天剛買的連身裙，而面露溫柔微笑守護著太太的久保田先生拎著一個小袋子，看樣子他們又去購物了。

「多虧妳的推薦我們才能見識到沖繩的窯，相當出色呢。」

「所以兩位去參加了陶藝課程嗎？」

「嗯嗯，很難得的體驗，我們玩得很開心哦。附帶一提，我太太做出了個性十足的大作呢。」久保田先生微笑說道。

「如果成品燒好的時候兩位還在沖繩，請務必也讓我欣賞一下。」

我只是半開玩笑地說道，久保田太太卻不知怎的沉下了臉低喃：

「是喔……」

這時久保田先生輕輕環上她的肩說：

「妳忘了嗎？妳做的西薩獅太大了，要花很多天才會乾，而且我們已經請他們把燒好的成品直接宅配回家呀，不是嗎？」

「啊，對對對，我眞是的，居然忘了，還認眞地在想要怎麼婉拒這位小姐呢。」

久保田太太害羞地一手撫上臉頰，看到她這可愛的舉止，我的心情也好了起來。

「如果拍照留念就好了。不過一方面我也覺得還好沒拍耶，因爲要是拍了，不只妳的作品，我那不忍卒睹的作品也會出來丟人現眼了。」

「哎喲，沒那回事，你的作品很有你的風格，做得很好呀。明明你手就比我巧，這樣講太狡猾了。」

呃，我可能已經慢慢習慣這兩人的這種對話模式了。

「啊，不過我們在燒陶街上買了可愛的陶器哦。」

久保田先生說著從袋裡拿出小紙包，打開裡頭是一只小酒杯，我雖然不懂陶器，這只以奶油色爲基底的酒杯上頭畫了魚，非常有質感。

「好可愛喔。」

「是呀，我很期待用這個裝泡盛來喝呢，一想到要配什麼小菜好，就足夠讓人興奮不已了。」

說到酒，我想起我得去把某位成天都像處在喝醉狀態的仁兄給挖起來才行。

「不好意思，兩位可以稍微等我一下嗎？代理老闆說過要來和兩位打聲招呼，我這就去叫他。」

話說完，我馬上衝向隔壁店。

「代理老闆！」

我朝著幽暗的店內大喊，一道人影微微蠕動，但也只是無聲地動了那麼一下，四周旋即恢復寂靜。

「代理老闆！請不要睡回籠覺！」

我語氣嚴厲地念道，只見那道人影嫌煩似地緩緩抬起頭說：

「……我沒睡啊。」

「你在睡。」

「我只是稍微躺平閉上眼而已。」

這個狀態不叫睡覺叫什麼？

「久保田夫婦回來了。」

「喔，那位大叔來了啊？」

大叔？久保田先生可是時髦又風趣，你喊人家大叔？即便對方是常客，代理老闆講話還是一樣沒禮貌。

「他們來第幾天了？」

「今天是第二天，所以我之前才提醒你說要去跟人家打招呼啊。」

我焦躁地等代理老闆起身，但他竟然搖了搖頭說：

「才第二天就不必了，明天我再去打招呼就好。」

「什麼？」

「他們每次都住大概三天左右，所以我晚點再去。」

代理老闆說著躺上彈簧外露的破舊沙發，再度閉上了眼。

「請不要開玩笑，人家在櫃檯等著你耶。」

「無所謂啦，他們不會在意的。」

可是我在意！

我踏著沉重的腳步回到櫃檯，滿懷歉意地向久保田夫婦轉達代理老闆的話，久保田夫婦聽了只是面對面笑了笑。

「嗯，我們也覺得他今天應該不會露面吧。」

遇到如此心胸寬大的常客，實在該謝天謝地，然而久保田先生接著卻說出很不可思議的話：

「三天左右啊……眞不愧是安城先生。」

「的確。」

我沒記錯的話，久保田夫婦這次訂了五天房，那麼只住三天的意思是，他們接下來會有事而不得不取消訂房嗎？我一臉狐疑，但兩人只是對我說了聲：「那就先這樣嘍。」說完便腳步輕快地進了電梯。

但沒過多久，久保田太太又下樓來到櫃檯。

「怎麼了嗎？」

久保田太太朝著我溫柔地一笑。

「嗯，其實啊，我先生他好像玩得太過頭，有點累了。」

「啊，需要藥嗎？」

有的客人到了旅店心情一放鬆，反而發燒了起來，這種例子非常多，所以Hotel Juicy的櫃檯當然也備有簡單的醫藥箱，如果無法應急的話，還可以找代理老闆認識的醫師來看病。

「不必啦，沒有那麼嚴重，只是我們在想明天的早餐就不一起吃了。」

「兩位是希望分開時間用餐嗎？」

「是的，那個人吶，明明自己身體不舒服，還一直吵著要我別管他好好地去玩。」

不顧自己狀態好壞，只希望對方有趟愉快的旅行，原來也有這種體貼的方式。

（所謂的夫妻，好令人羨慕。）

我不由得對久保田先生升起一絲尊敬之意。

「可是我自己一個人不太敢闖，所以剛才我打電話訂了巴士旅遊，結果一大早就得集合出發了。所以明天的早餐，我想在六點半用餐，而我先生希望在九點。」

我點點頭。

「沒問題，需要morning call嗎？」

「噢，方便的話就太好了。」

久保田太太露出安心的神情，於是我在筆記本上記下明天早上六點的morning call。

入夜，一如往常閒著沒事的我漫步到熟食店一帶，市場燈泡黃光籠罩下的熟食區，不可思議地擺出的全是東南亞風味的料理，我買了白飯和青菜炒什錦，緩緩步出市場。

巷子之間偶爾看得到的國際通上頭陽光灑下，觀光客依然絡繹不絕。手牽著手對望微笑的情侶、怎麼看都像是在旅途中結識而隨興同行的兩人、帶著微慍的神情但依然分擔著行李的夫妻檔，今夜不知爲何影入眼簾的淨是成雙的身影。

我是否有朝一日也會像小咲一樣遇到自己的「王子」，或者是像久保田夫婦一樣的人生伴侶？不過萬一，那個人眞的出現了，我也沒自信能察覺得到。

（我不曉得已經被罵過幾次笨蛋了。）

關於感情方面頗遲鈍的我，至今似乎錯過了好幾次機會，我說「似乎」，是因爲每次都是聽朋友說的。

「浩浩，妳眞的太誇張了，連一丁點兒也沒發現嗎？」

朋友一臉難以置信地看著我，我像是被罵的小孩子似地聳起肩回道：

「我有覺得他對我很親切啊，還有怎麼最近常碰到，之類的。」

「眞是不敢相信。妳覺得那個人只是因爲親切就送妳餅乾嗎？明明回家不順路，老是碰到妳只是偶然嗎？」

「對了，那個餅乾很好吃耶，我下次帶來分你們吃吧？」

「妳沒救了啦！」朋友仰天長嘆，「笨蛋！哪有人遲鈍成這樣！」

「……對不起。」

可是我又沒做什麼壞事，朋友一聽，只回了我一句：「對感情遲鈍過了頭就是極大的罪惡。」

我知道有人喜歡自己的時候，也是很開心啊，也很期待談戀愛。只不過要是自己沒感覺的人來追我，說眞的我只覺得困擾，因爲我沒有心動感覺的話是談不成戀愛的。

（不過這麼一來，要達到兩情相悅的機率就非常低了啊。）

如果一輩子都結不了婚也太寂寞了，我下意識地動了動左手無名指，突然想起，這根指頭好像曾經被手指蛇咬過？

（咦？不不，不是啦。不是吧？）

把手指蛇套上我無名指的那號人物倏地浮現腦海，我不由得慌了起來。因爲那個人總是一身皺巴巴的夏威夷衫，留著一頭詭異的長髮，還有最致命的，他是個至今仍宛如謎團的傢伙呀。

（那只是不同平日的心跳，不是心動，絕對不是！）

接連遇上前所未見的體驗，會引起不同平日的心跳也是正常。我一邊如此對自己說，一邊踩著有些慌亂的腳步朝飯店走去。

途中，我出於好奇而買了名叫「Miki」的罐裝果汁來嚐新，這是我來到沖繩之後不時看到卻一直沒喝過的飲料，上頭標示主要成分是米，我猜可能是類似甜酒的味道。我難得有了個想法，就算這飲料可能不合我的口味，反正能待在這裡也剩沒幾天了，最後來個小小冒險應該也不賴。

回到寢室，我打開買回來的小菜和白飯，加上比嘉阿姨做的Doruwakashi排成一排，接著打開Miki的拉環，喝了一口。

「……好甜。」

老實說，我只喝得出濃稠的米漿與強烈的砂糖味，既沒有甜酒的特殊香氣，也沒有任何突出的口味，在口中擴散開來的，只有漫無邊際的米的味道和強烈的甜味。

（對從前的人而言，這一定很好喝吧？）

我任思想馳騁於還沒有罐裝果汁存在的年代，一邊啜著Miki。好甜，甜到我不知怎的有點想哭。

*

還剩八天，已經沒有退路了。

（今天之內非說出口不可。）

光是想到這，胃部便傳來鈍重的感覺。一早目送出門的久保田太太，今天難得地穿了一身運動風的褲裝，早餐吃了很多，相較之下我今天的食慾大概比減重中的模特兒還少，不，應該有多一點啦。

「喲，早安吶。」

到了九點，換久保田先生來到了餐廳。

「早安。」

或許是好好睡了一覺奏了效，感覺久保田先生身體狀況並不差，證據就是他把早餐吃得乾乾淨淨的。

「您身子還好嗎？」
我端出餐後的香片茶問道，久保田先生微微一笑回我：
「謝謝關心，託妳的福，好得差不多了喲。」
「今天一天都待在客房裡嗎？」
「是啊，可能會出去稍微散步一下，不過原則上今天都會待在客房。」
那麼得通知久米婆婆和仙婆婆才行了，我一邊如此提醒自己，步出了餐廳。
關於我那件事，總之今天等代理老闆現身就開口吧，但偏偏這種時候，那個彆扭鬼就是死不現身。
（可是我今天眞的不講不行了啊。）
我滿心焦躁，不知不覺日頭漸漸西落，結果久保田先生過中午出去吃飯後就沒回來，太太的巴士旅遊行程似乎也還沒結束。
（……人要是一直不動就毀了！）
我壓抑不住想忙東忙西的心情，站了起來。要是再不做點什麼，感覺似乎會有不好的事發生，這種時候，最佳的對策就是動起來，總之勞動身體就對了，於是我開始尋找可幹的活兒，但是……
「……沒事可做。」
這幾天，我一直是抱著自己任何時候辭職都不會對飯店造成影響的覺悟在工作，換句話說，我已經把所有能提前做的事都做完了。附帶一提，我很喜歡「要走的鳥不留汙」（註）這句諺語。

我把原本就亮晶晶的地板再上過一次蠟，筆跡端正地重謄一遍工作交接清單，就在我氣喘吁吁地連沙發都拿吸塵器吸過一遍之後，夜晚終於降臨。

「我回來了。」

先回到飯店的是久保田先生，過不久，久保田太太也拎著一袋東西回來了。

「我回來了，今天玩得好開心哦！巴士行程眞的很不錯耶，可以去到很遠的地方。」久保田太太說著指了指手拎著的塑膠袋，「這是要給我家那口子的禮物，我去逛了遠方的市場，發現了很特別的熟食呢。」

「您說的遠方，是讀谷村那一帶嗎？」

「嗯，大概就那附近吧，今天一天跑了好幾個地點，我記不太清楚了。」

可是我定睛看向她手拎的白色塑膠袋，裡頭透明餐盒裝的食物，怎麼看都像是山苦瓜炒什錦，所以是調味特別還是加了什麼難得一見的料？久保田太太察覺我的視線，拿出上層的餐盒給我看。

「妳看，這個是炒青菜，通常有觀光客的地方在賣的幾乎都加了山苦瓜進去炒，很難得只有炒什錦青菜吧？」

「……眞的耶。」

註：原文爲「立つ鳥跡を濁さず」，水鳥飛離水邊時並不會弄濁水，意喻退場要退得漂亮。

我點頭回道，腦中卻有問號打著轉，因爲我昨晚才剛吃了這道菜。

這道青菜什錦炒除了時蔬，不知爲何還加了紅蘿蔔和豆腐，當中最特別的是紅蘿蔔的處理方式，一般多是切細絲，但這家攤子的料理手法卻是像削牛蒡般削成細絲。

「因爲斜削比較容易入味呀。」賣熟食的婆婆對我說明：「這是婆婆我的獨門絕活哦，NeNe妳下次也不妨試試看，這樣就隨時都可以嫁出去當好媳婦了啦。」

先不論能不能當媳婦，重點是，就我的理解，這種處理方式應該是那位熟食攤婆婆的原創。

（所以是偶然有其他的熟食攤也用了這種料理手法？）

但實在是太像我昨晚吃的那道菜了，可是話說回來，久保田太太又沒必要對我說謊。

我正暗自思索，久保田太太看向牆上的時鐘輕呼：

「哎呀，都這個時間了，我先生一定餓了，我快點得回房去才是。」

「啊，眞的耶。」

久保田太太把餐盒收回塑膠袋，這時代理老闆突然現身。

我的心臟突地猛力一跳。

「哎呀呀，妳好啊。」

「噢，安城先生吶，好久不見了。」

「嗯，一年不見了吧。買了東西？」

平靜的聲音，沉穩的眼神，眼前的是夜間版的代理老闆。

笑。

「是呀，發現了難得一見的熟食呢。」

久保田太太說著稍稍拿高手中的塑膠袋讓代理老闆看，代理老闆不知怎的有些尷尬地笑了

「我也在想可能差不多到時間了。」

差不多到時間了？代理老闆是在講久保田夫婦訂房天數的事嗎？

「不行嗎？」

「沒有不行呀，只是……」

代理老闆說到這，迅速瞥了我一眼。別看我啊，我又不會因爲客人變更訂房天數而生氣。

「只是覺得如果能再晚一點就好了。」

再晚一點會有什麼差別？旺季淡季的價格差別嗎？

「是啊，雖然我也很希望。」久保田太太甜甜一笑，轉向我說：「對了，明天我也報名了行程，所以早餐就麻煩同一時間嘍。」

「喔，好的。」

「那麼兩位晚安。」

「晚、晚安。」

我抬起頭時，已經不見久保田太太的身影了。

「她還是老樣子啊。」

身旁的代理老闆兀自嘀咕著。

「什麼意思？」

「我只是感歎那位太太眞的很愛她先生。」

久保田太太很愛她先生？可是我怎麼覺得是反過來？

「他們……感情很好喔？」

「是呀。」

怎麼辦？我無法直視代理老闆的臉，簡直像是青澀的士官學校學生，一逕筆直望著正前方。

「呃，代理老闆……」

「嗯？」

怎麼辦？說不出口。

「我……」

就說是這只是不同於平日的心跳啊。

「什麼事？」

「呃……」

關於打工的期限——我正要說出口，垂掛在脖子下的手機響起鈴聲，我立刻接起，把手機緊緊貼上耳邊。

「您好，這裡是Hotel Juicy—。」

是預約訂房的來電，於是我迅速走進櫃檯裡查看訂房表。

「下個月十五日兩位，是吧？是的，有空房。」

我一如平日詳細詢問客人的聯絡方式與班機抵達時刻，仔細填進訂房表裡。

「那麼就恭候大駕了，謝謝您的來電。」

我向看不見的客人低頭行禮之後，放下筆，這才回過神張望四下，然而代理老闆已消失了蹤影。

怎麼辦？我又錯過了說出口的時機。

＊

還剩七天，也就是說，今天是我來得及提辭職的最後一天了！可以的話，此刻的我只想像漫畫裡的登場人物一樣瘋狂搔頭。

（總之只能開口了。）

和昨天同樣時間目送久保田太太出門後，我好幾次去到隔壁店門前又縮了回來。不是我想拖延，只是一想到現在去叫醒代理老闆，也只會面對白天版的他，實在提不起勁。於是我決定先解決該處理的公事，拿了跑銀行時專用的營收保管袋和購物袋便出門去。

我一如平日穿過國際通，眼見不遠處就是先前阿英先生酒吧攤所在的巷子。雖然現在仍是上午，不可能遇到他，我還是下意識地背對巷子走了過去。頸子後方感受到一股微熱，燦爛陽光下，影子映出深深的黑暗，我直直望著前方，維持一定的速度繼續前行。

我進到銀行享受短暫的涼意之後，轉往市場附近的藥房買了特價的清潔劑，廚房用、洗衣用加上居家用的，加起來的重量相當驚人，而且今天是萬里無雲的大晴天，強烈灑下的紫外線與熱氣，讓我才前進一個街區便汗如雨下，所以我決定在回飯店途中繞去近市場的咖啡店小歇一下。

「歡迎光臨。」

我在突出於狹窄小巷的吧台邊上坐下，點了冰咖啡。想起之前就是在這兒巧遇由利和亞矢，眞是令人懷念，我邊回憶邊吃著店老闆附贈的餅乾。

或許是接近中午的關係，狹窄巷內也多了些行人，包括觀光客、本地的上班族、在市場工作的人們，我慵懶地望著人來人往，突然看到一張熟悉的面孔。

（……久保田太太？）

踏著快步匆忙橫越巷子的，正是久保田太太。她不是去參加巴士行程了嗎？爲什麼會出現在這裡？而且仔細一瞧，她穿了圍裙，兩手拎著塑膠袋。更令我難以置信的是，她正走進巷子對面有著蜜蜂商標的快遞服務站，把那兩袋東西交給了櫃檯。透過服務站的玻璃窗，我看到收下貨款並致謝的久保田太太，頓時明白了她在幹什麼。

喝完咖啡，我繞了一點路來到市場，目標是一家在本地相當知名的便當店，這家店由於提供便當快遞服務給用餐時間無法離開工作崗位的人，深受本地人歡迎。

「有看中意的便當嗎？」

店員過來招呼，我連忙搖頭。

「呃，抱歉，我再看看。」

「是喔？」

店員一臉狐疑走回店內，這時我瞄到了從快遞服務站回來的久保田太太，她果然是在這裡工作，這一切是怎麼回事？

旅遊世界各地的背包客在旅行途中打工賺取旅費的情況時有所聞，但久保田夫婦是上了年紀在國內旅行的遊客，雖然投宿的是廉價飯店，每天也有一筆不算小的支出，加上沖繩的打工時薪低。換句話說，不努力賺錢就等著坐吃山空了。

想想久保田太太找的是份正經的打工，比安惠小姐好了些，但我還是不懂，因為久保田夫婦直到前天都還是兩人優雅地四處遊山玩水呀？

（啊，不過……）

我腦中突然掠過一些線索，那件我覺得有些廉價的連身裙，無法讓我看的陶藝作品，以及久保田太太昨天買回飯店的青菜炒什錦，在在透露了他們缺錢的處境。說不定那件連身裙只是店頭賣的五百圓成衣，他們沒有去參加陶藝教室，而且為了節省餐費而買市場的熟食回飯店吃。

（那麼久保田先生也在某個地方打工？）

這事兒恐怕有內情，不過久保田夫婦和騙子鈴木不一樣，他們預先付清了一星期份的住宿費，所以這不是我能插嘴的狀況。一方面我也覺得有點明白為什麼代理老闆和久保田太太之間會出現那些對話了。

提著沉重的購物袋回到飯店，比嘉阿姨對我說：

「代理老闆要我跟妳說他去附近的漫畫店了。」

「什麼？」

通常去了銀行回來，照規矩必須向代理老闆報告相關事務，所以他必須乖乖待在飯店裡等我回來才是，竟然跑出去玩樂！

「所以他才交代說，妳有事要找他的話就去那家漫畫店吧。」

眞的是扯到最高點，不過他還有辦法看漫畫，表示腦袋可能多少有點清醒，於是我把採買回來的東西各自歸定位之後，把營收保管袋交給比嘉阿姨便出門去了。

「我來找人的。」

我朝漫畫店的櫃檯人員丟了這句話便踏進店內，映入眼簾的是成排被日光曬到書背褪色的漫畫，店內空間並不大，沒有隔間，除了中央的大桌子之外就是窗邊的沙發席，我邊繞邊張望，很快就在角落的沙發席一帶發現那頭看慣了的及肩長髮。

「代理老闆。」

「啊？喔，柿生小姐。」

看到代理老闆慌張地抬起臉，我不由得愣在當場。他在哭，這個人正在哭，而且他在看的竟然是少女漫畫。

「哎呀，這個我是第一次看，眞的好精采啊！《玻璃假面》太好看了。」

「……喔。」

代理老闆果然還沒醒，我帶著滿懷失望，開始收拾他面前堆積如山的漫畫。

「那個我還沒看耶。」

「請回飯店去，已經快到比嘉阿姨的下班時間了。」

「啊——？我不要啦，上次也是忍著沒看完就回去，一直掛念結局，難受得不得了，結果就是我今天還得大白天特地跑出來耶。」

原來上次外出就是跑來這兒，我壞心地指著漫畫對他說：

「附帶一提，這部漫畫問世了好幾年，一直沒有完結篇哦。」

「騙人的吧！」代理老闆絕望地大喊：「虧我還在腦中賭誰會演紅天女耶！」

好啦好啦。我邊嘀咕邊把漫畫放回架上，來到收銀櫃檯一看帳單，這下完全明白了，這家店的消費方式是五百圓看到飽，換句話說代理老闆在飯店擺設傳單架賺來的零用錢，就是花在這裡了。

然而即將走出店門前，我再度看到令我難以置信的景象。把《哥爾哥13》（註）蓋在桌面，趴在窗邊座位打著呼的，正是如假包換的久保田先生。

註：日本經典漫畫《ゴルゴ13》，作者爲齋藤隆夫，自一九六八年連載至今的長青作品，描述身世背景成謎的冷酷專業狙擊手哥爾哥活躍於社會表裡界線上的故事。

＊

「代理老闆，你原本就認識久保田夫婦了？」

回到飯店，我把銀行存摺和營收保管袋亮到癱在沙發上的代理老闆的眼前。

「也不算認識，他們就是每年大概這個時期會來飯店的客人呀。」

代理老闆嫌麻煩似地確認存摺內容，比對提領出來的現金。

「今天我撞見久保田太太在市場便當店工作。」

「喔喔，被妳看到了啊。」

代理老闆頭也沒抬，闔上營收保管袋的袋口。

「還有剛才，久保田先生和你在同一家漫畫店裡吧？究竟是怎麼回事？」

「應該是他想看漫畫吧。」

「我不是問這個，久保田夫婦的旅行，有內情吧？」

「內情啊……」

該說不出所料嗎？代理老闆一派懶得理我的態度，我毫無切入的點，沒辦法，我只好直白地說了。

「如果他們有困難，我想盡我所能幫上忙。」

代理老闆一聽，像是仰天長嘆似地往後一躺靠上椅背。

「……那位先生沒有在工作。」

「什麼？」

「因爲人家沒辦法適應職場的環境啊。」

什麼叫做無法適應職場環境？這是在現代的日本社會行得通的概念嗎？

「可是他們夫婦倆都很喜歡悠哉地旅行，所以不到最後關頭，他也不會讓太太出去賺錢。」

「你說什麼？」

「哎，妳也都看在眼裡吧？久保田先生就算在妳面前也毫不避諱展現他和太太的好感情。」

的確，他們夫婦倆感情好得不得了，互相褒揚，珍視彼此，所以我才甚至有點羨慕起「結婚」這件事。但是我沒想到丈夫竟然只是因爲自己無法適應職場環境就不去工作，把賺錢的擔子扔給太太。

我的腦海浮現一身上班族西裝打扮的父親，父親曾對我說，所謂結婚，就是下定決心對所愛的人負起責任的證明。以我的嚴格標準來看，我父親都是個無可挑剔擁有一般常識的人，卻不是聰明人。而我，正是這樣的人的女兒。

想到這，我不禁一把火起。

「這樣太過分了吧。」

「爲什麼？」

「因爲久保田太太可是一直隱瞞著內情，努力表現出開朗的一面耶！反觀久保田先生卻是跑去看漫畫睡大頭覺！」

原來久保田先生根本不是氣質瀟灑的長者，而是個上了年紀的吃軟飯的。我的腦中不由得浮現這個詞彙。

「久保田先生身體狀況並沒有問題吧？」

「嗯，大概吧。」

「那不是就應該出去賺錢嗎？」

「也是可以這麼想啦。」

不行了，跟白天的代理老闆果然無法好好地溝通，我失望地垂下肩。然而好死不死，這個時候說曹操曹操到，久保田先生回飯店來了。

「喲，我回來了。」

「歡迎回來。」

「哎呀呀，今天也很熱喔。」

你在說什麼？明明自己在漫畫店裡吹著冷氣睡大頭覺，該喊熱的是在市場揮汗工作的久保田太太吧？我狠狠瞪向久保田先生。

「您與太太暫時還是分開行動嗎？」

我可以不追究，卻忍不住想酸他一酸。久保田先生一聽，語氣自然地回道：

「是啊，雖然我片刻都不想離開她。」

「是嗎？」

「嗯，連一分一秒都不想分開喲，我也一直這麼對她說呢。沒辦法，感情裡比較愛對方的一方本來就是處於弱勢嘍。」

久保田先生笑著縮了縮肩。

我不想認爲這是謊言，因爲爲了金錢而扯謊我還能原諒，與感情相關的事我卻不希望聽到謊話。

「久保田先生你就是這一點比誰都強耶。」

聽到代理老闆語氣溫吞的調侃，久保田先生點著頭說：

「眞的，這世界上應該找不到第二個像我這麼愛我太太的人了。」

「嗚哇，好熱情呀。」

兩個沒用的大男人就在我面前嘻嘻哈哈地相對而笑。

（把我的心動還給我！）

我握緊了拳頭，一逕僵立原地。

「對了，您今天的午餐怎麼解決？」代理老闆像是想到似地問道。

「嗯，你有推薦的餐廳嗎？」

太太正在揮汗工作，你卻在悠哉地找餐廳，聽到這裡我再也忍不住了。

「沒在工作賺錢還有臉吃飯嘛。」

話聲剛落，我的臉頰傳來一股火熱，當我察覺自己被輕呼了一巴掌的瞬間，羞恥與怒火以秒速達到頂點。

「代理老闆！」

「跟久保田先生道歉。」

太狡猾了，你什麼時候換上夜間版的神情的？

「我們家的員工出言不遜，非常抱歉。」

見到代理老闆低頭道歉，久保田先生反而不自在了起來。

「哎，沒事啦，我完全沒放心上。話說回來你這樣好嗎？人家可是女孩子，對人家要溫柔一點才行呀。」

「柿生小姐。」

代理老闆催促著我，我緊咬住下脣。我的確說了失禮的話，可是我想把話說出口，也是千眞萬確。

「——對不起！」

我扔下這句話便頭也不回地衝出了飯店。這是我第一次被呼巴掌。那個人居然呼了我巴掌，明明我至今的種種衝動胡來，他都看在眼裡！

我衝出門之後，沒想太多便朝國際通的反方向狂奔，遇到轉角就彎，總之往人少的地方去。湛藍的青空下，我完全無心欣賞景色，一逕望著前方奔跑。

我想要讓自己喘到上氣不接下氣，看到坡道便爬上去，跑過空地，穿過蜿蜒小巷，衝上凹凸不平的石階。還不夠，還沒到極限，我宛如離開手中的氣球不斷不斷地朝上飛去。彎過不知道第幾個轉角，道路終於來到了盡頭。

我停下腳，喘息著望向四下，這是一處小小的泥土空地，看樣子成了附近小孩子的遊樂場，牆邊停著小孩子留下的三輪車和玩沙用的小塑膠桶，雜草中孤伶伶擺放的木長椅，似乎是給顧小孩的家長們休憩用的。

回過神來，發現風正在吹，不斷爬坡來到的這處空地，顯然位於一定的高處。我拭去額上的汗水，臉迎向風。

風好冷，隨著汗水的蒸發，火熱的身軀逐漸冷卻。我忽然發現，自從來到沖繩，我好像老是在吹風，有清爽的夜風，颱風來襲前溫熱多變的風，還有突然刮起彷彿能將捲走一切的強風。

我曾經想讓自己被強風捲走，把我連同茫然無所事事的空白時間一併席捲而去，然而我卻沒被吹走，我還在這兒，憑著自己的雙腿好好站立著。

我就這麼吹著風，腦袋和身體也冷靜了下來，但唯獨一處依舊隱隱發燙。我默默撫上左頰，那是我被輕打了一掌的地方。

對於被呼巴掌本身，我並沒有太震驚，因爲我曾經和弟弟吵得不可開交之後，被母親狠狠地賞了一頓拳頭，我震驚的是，沒想到會在那個狀況下突如其來地被打臉頰。

（我才沒有那不堪一擊呢！）

震驚是一回事，我沒有因此而消沉。或許我說了失禮的話確實應該道歉，但沒用的男人就是沒用的男人，何況我不可能放著身處困境的久保田太太不管，我得救她才行。想到這，我激動地站了起來。

（既然有擦肩之緣，就無法視而不見。）

風兒帶來的東西、帶走的東西，變化無時無刻不與風共存，而現在我想要緊緊擁抱這股風。

走在下坡途中，我忽然想起營收保管袋還在代理老闆手上，不由得停下了步子。方才發生那種事，一時之間很難面對代理老闆，可是那個保管袋又不能扔著不管。

「不好意思……」我一回到飯店，便去隔壁店喊了代理老闆，「我來拿營收保管袋了。」

「對喔，我都給忘了。」

麻煩你記住好嗎？我暗自嘀咕，同時用力一個鞠躬說道：

「剛才很對不起。我說了身爲飯店工作人員不該說出口的話。」

代理老闆看著我，神情一怔，聳起肩說：

「眞是被妳打敗，看來妳內心沒有受挫嘛？」

「是的，一點也沒有。」我直直地回望代理老闆。

「我說妳啊……」

我伸出手正要接下代理老闆遞出的營收保管袋，手腕卻突地被抓住。

「啊？」

我的腦袋一熱，臉也脹紅了。你、你這是幹嘛？

「麻煩妳稍微受挫一點好嗎？」

他的力道出乎意料地強，我羞到無地自容，眞想叫他直接打我一拳算了。

「咦……？」

「不可以衝去漫畫店罵人，也不准插手那兩人的事。」

喔，原來又是在訓我，可是爲什麼我的腦袋和臉頰依然感覺火熱？

「爲、爲什麼不可以？」

「不爲什麼。」

「我不要。」

被上司念居然頂嘴，可是，我怎麼都無法對那兩人的狀況視而不見。我的手心發著熱，熱到發燙。

「那位太太並沒有向誰求救。」

「可是！不能不幫她呀！」

我話才說完，代理老闆的神情倏地嚴肅了起來。

「是出於正義感和自我滿足？」

「唔……沒錯。」

安惠小姐那次，我坦承是出於自我滿足，代理老闆明明也認可了呀。

「好大的口氣，妳以爲妳是誰？」

「我從不曾覺得自己有多了不起。」

「路見不平便拔刀相助，總是盡一己所能幫助他人，因爲要是沒有妳出手相救，那些人就完蛋了。妳這個觀念根本就是沒辦法睜一隻眼閉一隻眼的小孩子在鬧彆扭。」

「爲……」

爲什麼講得這麼過分？爲什麼要這樣罵我？

「妳應該已經深深體會到，所謂的正確與否，並不是絕對的。」

「我……知道啊……」

完了，我可能眞的受挫了。

「妳要知道，這個世界沒有妳還是照樣運轉。」

這種話，通常不會當人家的面說出口吧？

「麻煩妳想通這一點吧。」

代理老闆直勾勾地盯著我，好恐怖。我覺得恐怖？爲什麼？

「我……」

我是多餘的，有我沒我都一樣。我聽在耳裡，只覺得是這麼回事。無論有沒有我世界都照常運轉，而這一點，我應該早就心知肚明的，不是嗎？

（但是爲什麼我會感到如此震驚？）

這一個多月以來，我確實非常認眞工作，可是事實是打從一開始就不存在非我處理不可的狀況。因爲在我來之前這家飯店原本就好好地營運著，比嘉阿姨和兩位婆婆也都一如平日工作著，然而我卻一廂情願地自以爲少了我這裡就完蛋了。

我並不如自己所想的了不起，不過是個來打工的大學生，換誰來做都可以，說穿了就是個黃毛丫頭。我明明知道的呀，我根本沒有權利斥責誰或是任性地爲所欲爲，我明明知道的。

（可是，爲什麼不知不覺間……）

被抓住的手，指頭開始有些發冷，是因爲被緊緊抓住的關係吧。我茫然地想著這種事，聽到自己說出了一句話，卻不像是我的聲音。

「我……就做到下個星期了。」

*

在內心糾結了那麼久，一旦說出口，竟是如此無足輕重。代理老闆聽了我的話，只是輕點了個頭，爽快地鬆開了手。

「那我去處理徵人的事了。」

說完便走回店深處。我仍獨自呆立原地好一會兒才拖著腳步走回飯店，沒想到久保田先生人還在櫃檯前，我的運氣可以再糟一點。

「嗳，妳還好吧？」

看來他是出於擔心而等著我回來，我有點訝異，連忙低頭道歉。

「……剛才很抱歉。」

「沒事啦，妳已經知道了吧？我們夫妻倆的事？」

「是。」

「那就沒辦法啦。」久保田先生神情落寞地笑了，「我也很清楚，我們和一般正規的夫妻生活模式不太一樣，雙方的長輩都強烈反對。可是啊，妳可能不相信我的話，但我真的很愛很愛我太太。」

「是喔？」

或許是內心受挫的關係，我說不出反駁的話語。

「我無時無刻不在想，我只求能夠和她在一起天長地久。」

望著久保田先生眞摯地訴說的側臉，我的怒意稍微平息了。因爲這個人，竟然在妻子看不見的地方依然如此深情地坦承對妻子的愛。

「我只要她，其他什麼都不重要了。我只是想抱著這麼簡單的願望活下去，爲什麼行不通呢？」

好甜，簡直像是甜到讓人喉頭灼熱的Miki，但不可思議的是，我終於有鬆了口氣的感覺。

「因爲這樣，我們遭受了許多誤解和爭執，也因此我們倆都盡量想表現得像正常夫婦一樣，沒想到終究還是給妳添了麻煩。」

久保田先生說著站了起身，手掌輕輕貼上我的臉頰。我沒有絲毫心動的感覺，有的只是一股平和安穩的什麼。

「抱歉吶。」

我靜靜地搖頭回道：

「不，該道歉的是我。」說著我滿懷歉意，這次終於誠心地低下頭：

「真的非常非常對不起。」

來到廚房，只見比嘉阿姨盤著胳膊杵在我眼前。

「怎麼弄到這麼晚？找代理老闆談重要的事？」

「是，我下星期就回東京去了。」

「妳這邊要辭掉？」

「嗯，因爲學校已經開學了。」

我想笑著說，卻擠不出笑容。

「妳走了飯店會變得很寂寞呀。」

咚的一聲，一碗飄散熱氣的午餐擺到我面前，是沖繩拉麵。

「……我開動了！」

太好了，這下就算邊吃邊鼻水直流也不是我的問題了。

和久保田先生順利和好了，和代理老闆之間卻依然尷尬，我暫時還不想看到他，反正該辦的事務都處理完了，我心中彷彿有處斷了線，就這麼步出飯店，完全是離家出走的少女的心情。雖然勉強帶了手機在身上，卻不想和任何人說話，我也想過是不是來傳簡訊給小咲，但不知從何說起，還是算了。

＊

（反正我也常被叮嚀，沒事做的話就去外頭走走。）

我晃蕩著朝單軌電車車站走去，沒想太多總之先買車票，站在可以俯瞰街景的月台上，我想避開陽光，往後退尋找遮陽處，但不管退到多後面，布鞋的前端還是沐浴在陽光下。

（這就是夏天呀。）

望著這景象，我突然有點明白爲什麼自己那麼不想回東京了，或許是因爲，這裡依然是夏天。原本打定主意夏天結束就回去的，明明這裡的夏天還沒結束，而我卻不得不回去。

（怎麼有種……被耍了的感覺。）

明明還有那麼多前來觀光的人，明明夏天還沒結束，只有我不得不離開這裡。原來這股不甘心的怒意一直在我心底，平常毫不費力壓抑得住的這股小孩子般的鬧情緒，爲什麼此刻卻無法遏抑地爆發了出來？

單軌電車無聲地滑進月台，我上了車，抬頭看向路線圖，發現站並不多，從這兒到終站頂多三十分鐘，那我在哪兒下車好？

望著車窗外緩緩往後方流逝的景色，突然進入一帶非常現代化的街區，叫做「新都心」。由於我一直待在流露亞洲風情的雜亂街區，眼前的風景格外新鮮。

我在歌町站下了車，井然有序的明亮寬廣空間讓我大開眼界，不遠處就是大型的免稅商品店，一旁停著好幾輛觀光巴士。

（這裡是……日本吧？）

走在瀰漫濃濃香水味的賣場裡，四周耀眼得令我眩目。我一直以來都過著與名牌無緣的人生，在這樣的地方甚至感到了些許不自在。

「歡迎試吃，這是日本還沒上市的新產品喲！」

我婉拒對方遞過來的巧克力，低著頭走了過去。

惶恐地穿過免稅商品店，眼前出現了巨大的購物中心，不過這裡似乎是以當地居民爲主攻客層，商品價位比較親民，也設置了電影院和美食區。

（在這裡購物好了。）

口袋沒什麼錢，這個念頭卻一瞬間閃過我腦海。難得來沖繩待這麼久，雖然是回東京也穿不著的南國風情服飾，要不要索性買下？還是大膽地換上辣妹風格來個形象轉變？我邊朝服飾區走去，邊嘀咕著：

「……我也來露個肚臍！」

然而愈是接近賣場，我發現一件怪事——怎麼放眼看去都是暗色系的服飾？這裡不知怎的幾乎不見洋溢南國風情的鮮黃色、粉紅色、天藍色，果然那類傻氣的服飾是專門賣給觀光客的嗎？但這個疑惑，當我一來到櫥窗前便得到解答了。

「騙人的吧……」

我不由得停下腳步低喃。櫥窗內的陳列，清一色是黑白色系的秋冬款，靴子、毛皮、大衣、圍巾，雖然不見厚重大衣，這兒的流行款式與東京的服飾店並無二致。

（這些厚衣服，在沖繩什麼時候才穿得到？）

我不禁懷疑自己的眼睛，這時身旁兩名本地的年輕女孩走了過去，聽到她們的對話，我又不禁懷疑起自己的耳朵。

「嗳，還沒買到衣服耶？」

「對喔，就快秋天了。」

秋天？眞的快秋天了嗎？我不由得回頭看向她們，只見一身街頭辣妹風格打扮的兩人，在這種大熱天裡卻穿了針織外套，雖然可能無論哪個都市都有時髦的人們無視季節只求走在潮流的前端，一旦親眼見到還是很驚人。

我目瞪口呆地目送兩人的背影遠去，視線再度回到櫥窗。

（原來……）

已經不是夏天了。

思及此，胸口的鬱悶突然化開。

來自東京的我，一直覺得是夏天的氣溫，對這兒的人來說卻已經是秋季。沖繩雖熱，卻也不是常夏的島嶼，擁有四季也是理所當然。

（原來不是無止境的夏天。）

我再度踏出步子，邊瀏覽櫥窗裡的服裝穿搭，邊思索著回東京以後要穿什麼。嗯嗯，果然還是想穿短一點的上衣，不過露肚臍就免了，感覺好像會著涼。一路逛到不知第幾家店前，我硬生生地停下腳步。

我曾聽說，沖繩就算在冬季，氣溫最低也有二十度，然而這家店的櫥窗裡，陳列的卻是機車騎士風格的皮褲搭長靴，而且是眞皮的，這裡的人應該沒有怕冷成這樣吧？

「穿這樣會熱到頭頂冒煙喔，呃，還會得香港腳耶……！」

我突然忍不住打從心底笑了出來，啊啊，果然就是要這樣才叫沖繩呀。總是小小地背叛我的想像的這股落差感，我不在意路人的目光，兀自放聲大笑了起來。

反正都是東京也有的服飾，就沒必要特地在這兒買了。我走出購物中心，有點奢侈地買了雙份冰淇淋吃掉，再度搭上單軌電車，心情好多了，所以我決定回程在市場附近的站下車，走了一小段路，熟悉的市場就在眼前。

「Ne Ne，今天排骨很便宜哦。」

「噯，那位小哥，金楚糕（註）裝滿袋只要五百圓哦，要不要試試？」

註：原文爲「ちんすこう」，沖繩傳統點心，將麵粉拌入豬油、雞蛋、紅糖烤製而成，口感類似餅乾，爲沖繩最受觀光客歡迎的土產之一。

攬客的招呼聲此起彼落，今日的市場依然嘈雜混亂，有些攤子還散發出怪味，但不知爲何我卻覺得待在這兒比在新都心要來得自在多了。

「啊，抱歉。」

我在熱鬧的角落出神地站著，突然有人撞上了我。「沒關係……」我正回過頭，撞到我的人倏地僵在當場。

「久保田……太太？」

她身穿圍裙，拿著便當盒，這下無從辯解了。我驚訝到說不出話，混亂的腦中拚命思考著該怎麼開口，但先開口的是久保田太太，她的反應出乎意料地平靜。

「眞是的，被拆穿啦。」

「……咦？」

「妳看我這副模樣就知道了吧？我呀，在這個市場打工喲。」

甜美笑著的久保田太太，臉上不見絲毫愧怯。

「啊，是喔？」

「是呀，其實我是個工作狂，天生體質就沒辦法忍受閒閒沒事呀。」

工作狂三字在我耳中回響著，莫非這位太太是眞心喜歡工作才出來打工的？

（不，有可能只是情勢所逼才這麼說。）

我觀察著她的態度，偏起頭問：

「是體質……？」

「沒錯，不過我家那口子卻不是。如果因爲投宿貴飯店給你們添了麻煩，請容我說聲抱歉吶。」

說著久保田太太向我低頭道歉。這麼說來，久保田先生是眞的不喜歡工作了？

「不不不，沒那回事呀。」

丈夫不願意工作，做太太的態度卻是如此光明正大，甚至替丈夫說話，我不禁被久保田太太的堅強深深打動。原來如此，代理老闆想告訴我的就是這個嗎？

（也就是說，不要干涉客人的謊言。）

把一切都挖出來拿到檯面上解決，其實是不懂人情的魯莽。想想至今的我每當面對狀況，總是不把事情攤開在太陽下就無法處理，但是，現在的我不同了。

（我明白你們的苦衷了，放心吧！我會不著痕跡地助你們一臂之力的。）

我暗自下了決心，再度抬眼望向一身輕便褲裝的久保田太太，這時她左手微微閃耀著光芒的戒指映入我的眼簾。

「不過話說回來，當個好太太還眞累人呢。」

「……是呀。」

不行了，我覺得快被她惹哭了，但是久保田太太居然朝著我吐了吐舌頭說：

「我實在太沒用了，家事完全做不來。其實啊，我和我先生是角色互換的夫妻哦，男主內女主外。」

「您說什麼？」

我驚訝得嗓子都高了八度。角色互換的夫妻？什麼意思？

「打掃呀洗衣服呀做飯呀，家務事全～部都是我先生在處理。我本身在上班，每天回到家就是洗澡、吃飯、睡覺的狀態，現代人的說法就是工作第一吧。」

等、等一下，也就是說，久保田先生不過是沒在外頭上班，反而是全心全力地在家工作？我難掩內心訝異，用力地點了個頭回應。

「不過身爲女人啊，我也覺得這樣好像不太好。」

「……是喔？」

「所以每次我們出門旅行的時候，我都會努力扮演我最憧憬的賢妻形象，只是通常不出三天我就忍不住想跑出去工作了。」

原來如此，原來是這麼回事。想想也是，關於料理的部分，先前他們夫妻倆初次吃到Doruwakashi時，針對料理深入發表感想的也是久保田先生。至於久保田太太，我只見過她買現成的熟食回來。還有，會買特價的連身裙也是家庭主夫特有的金錢觀，久保田先生會挑便宜的漫畫店去，說不定也是因爲省吃儉用的習慣使然。

（……之前說要去參加製作西薩獅的陶藝體驗課程，久保田太太說自己手很拙，所以她不是開玩笑的了？）

我腦中浮現一個詞——史上最大的出洋相，又或者是栽跟頭？天啊，我對久保田先生說了多麼失禮的話！代理老闆會發脾氣也是理所當然的，他要是不打我那一巴掌，我自己都無地自容地到想切腹了。

一方面想到代理老闆那故意不明說的態度，我又忍不住在心裡朝他連揮上好幾拳。

（爲什麼不明講！明講不就好了嘛！）

我又沒有腦袋固執到不認同做家事也是一種工作，好好跟我說明的話，我就不會發生這次的誤會和暴走了呀。

回頭仔細想想，我發現久保田夫婦兩人的一言一行都是互信互諒的完美表現。

「不過呀，」久保田太太嘆了口氣，聳起肩說：「我一直都很感謝我先生平日的付出，很想讓他悠閒地放個假，但每次都是我壞了事。我想我一定是停下來就會死的那一型，變得跟條死魚一樣喲。」

她說著咯咯地笑了起來。啊，說不定不止她是這樣體質的人……我也無力地回了她一個微笑。

「……眞希望我能當一個在背後支持丈夫的賢慧妻子啊。」

很想像個少女般柔弱地依賴著對方，卻壓抑不住離巢獨立的衝動，這種內心的糾葛，我感同身受。

「我想久保田先生一定都很清楚的。」

「咦？」

我不由得說了出口：

「對於您的心情，久保田先生一定都明白的。因爲他說起您的事情，總是一臉幸福洋溢的模樣。」

久保田太太聽了，沉思了一下，接著比了個彎肘握拳的姿勢。

「我呀，是因爲有他在才能夠開心地享受工作。說不定我出門工作，正是爲了能夠回到有他在的家裡。不過說穿了可能只是自我滿足吧？」

久保田太太笑著偏起了頭，我也滿面笑容地輕搖了搖頭。眞的好羨慕，我打從心底這麼覺得。

「那就先這樣嘍，便當涼掉就不好了。」

「啊，好的，請慢走。」

我低頭行禮，久保田太太邊揮手邊衝進人群中。

*

夜晚，我跑上屋頂吹風。溫熱的海風輕拂，濡溼我的頭髮。

我的自我滿足，與久保田太太的自我滿足，或許不該拿來相比，但我卻忍不住思索了起來，關於爲了他人而採取的行動，關於爲了自己而牽扯到他人的行動。

「煩惱的時候就上屋頂，果然是青春歲月必幹的事。」

回過神時，代理老闆像一陣風忽地站在我身邊。

「也不想想是誰害我心生煩惱的。」

代理老闆沒回話，兀自呵呵笑著。

「……那兩位，不必管他們就好了吧？」

「大概吧。」

「那你爲什麼不直接告訴我呢？」

「因爲我想應該夠了。」

「什麼東西夠了？」

「對於每一位客人的背景，反正要交代也交代不完，妳也沒必要全部知道呀。」

話是這麼說沒錯啦……我沉默地噘起了嘴，代理老闆的手砰地壓上我的頭頂。

「妳應該明白，我的意思不是叫妳對於這些人事物不聞不問。」

我用力點了個頭，可是以這種方式被曉以大義，還是有點不甘心。

「我說啊……」

我正要抬起頭看向他，頭卻被他的手壓著無法動彈，那股奇妙的心跳又不知從何處悄悄冒了出來。

「這個世界就算沒有了妳依舊會運轉，這家飯店也是。要是收了就收了，世界並不會因此改變。」

「……就說我知道了嘛。」

道理我懂，只是無法心服口服。我在心中嘀咕著，深深吸進大口的風，混合了花香與海潮氣味的風，微甜又有點鹹。

「只不過啊……」

代理老闆像在思索著如何開口，短暫的沉默中，風徐徐吹拂，忽然間，我覺得我似乎明白代理老闆在思考什麼了。

我感受著那股奇妙的心跳，筆直望著前方接了口。

「就算沒了我或這家飯店，天也不會塌下來，但是若眞塌了的話，會更開心，是吧？」

「嗯，差不多就是那麼回事。」

代理老闆回了話，手掌同時輕輕撫了撫我的頭。他是想說「幹得好」，還是「抱歉打了妳？」

我閉上眼，任溫柔的風兒吹著我的身軀。

「我在這裡的這段時間，一直都很開心喲。」

「嗯，眞的很開心呢。」

*

回東京的這天，出乎意料地，哭得最厲害的是比嘉阿姨。

「妳一定要嫁來沖繩哦。」

比嘉阿姨似乎已經完全是當婆婆的心情，塞給我手作的食譜小卡和乾貨。

「謝謝妳。」

「下次來的時候讓我看看妳的手藝進步了多少。」比嘉阿姨說著，拉起圍裙用力擤鼻涕。

「呵浩，保重身體，不要感冒了哦。」

仙婆婆嘀咕著本島很冷，一邊把圍巾圍上我的脖子。好熱，好熱可是好高興，而且仔細一瞧，這條圍巾的花紋竟然是星條旗，圍上脖子有著另一種難受。

「浩浩，這些妳拿回去送給家裡的人玩。」

久米婆婆編了一大堆手指蛇，裝在自己編的籃子裡捧給我，可是這個籃子沒有蓋子，這下我看起來倒有點像是在賣手指蛇的小販。

「柿生小姐～抱歉！」

穿著皺巴巴夏威夷衫的代理老闆把交接的日期記錯了，結果我終究是沒能見到接班人。

「沒關係啦，無所謂。」

幸好我把交接事項都整理成筆記留在飯店了，這時代理老闆把拎著的塑膠袋交給我。

「這個給妳，算是賠禮。」

袋子非常沉重，到底裝了什麼？我打開一看，只見兩大罐午餐肉罐頭和收據，是在整我嗎？

「就把這當作是我，要吃掉哦。」

「好啦好啦。」

兩罐剛好五百圓整，我可以想成他很有誠意地把零用錢全花在這上頭了嗎？

抱著這些滿滿的心意，最後我再次深深地朝大家一鞠躬。

「謝謝你們。」

不捨的情緒湧了上來，但我沒哭。這樣也好，因爲，這段日子我眞的過得很開心。

生氣哭泣歡笑無力，這個夏天，我眞的、眞的過得好開心。

＊

到了機場，辦好登機手續後，離上機還有一些時間，我想來喝個飲料好了，於是晃到商店裡，拿了寶特瓶裝的香片茶，排隊等結帳時，突然一行文字「Juicy御飯糰」吸引了我的目光。

「不好意思，還有這個也麻煩一起結。」

即使身上沒剩多少錢，不知怎的這個我非買不可。我想起比嘉阿姨那美味無比的Boroboro Juicy，一邊遙想著瀰漫鰹魚高湯香氣的飯店，大口咬下飯糰，笑意忍不住湧上嘴角。有耶，果然有，午餐肉，果然也出現在這裡頭。

原本只是豬肉替代品的午餐肉，不知不覺間，升格成了沖繩料理中不可或缺的存在，簡直就像是大老闆不在家的代理老闆一樣。

馬馬虎虎、邋邋遢遢、隨隨便便，讓我大量體驗到各式各樣不同心跳的沖繩。託這一切的福，現在的我無論是在關東煮裡加香腸還是在飯糰裡加燒肉都可接受了，盡量放馬過來吧。

（再來一趟沖繩吧。）

下次找小咲一起來，冬天也可以，總之我一定得再回來，然後把飯店的大家介紹給小咲。做菜一等一的比嘉阿姨，有著淺褐色瞳孔、總是很有精神的久米婆婆和仙婆婆，還有……

詭異的夏威夷衫，閃著爍不可思議色彩的眼瞳。

落在潮溼混凝土地面的長髮身影。

磨到幾乎沒底的海灘鞋。

屆時，我的腦中將突地刮起屋頂的夜風……

啊啊夠了，就說那只是不同於平日的心跳嘛！

第七章
微風

這個夏天開始之前，我抱有一個幻想，以為世上存在只有我才辦得到的事，還因此自以為是地定出了所謂的「本分」，自以為是地把自己侷限在狹小的範圍內。

然而，風兒在我耳邊低喃，只要伸長了手就是自由，只要說得出「我想要」也是自由，我側耳聆聽著那話語，深呼吸變得輕鬆了一點。

＊

結束這趟旅行之後，我依然喜歡符合本分的事物（因為免稅商店實在太恐怖了）。不過，對於誤會自由的定義，想將他人的「份」納為己有的人，老是拿不合本分的事物包裝自己的人，我也依然無法喜歡。至於有多不喜歡，嗯，總之只要這些人都活得健康平安就不關我的事了吧。

在這段時間，有了一個我自己也很意外的改變。那就是面對態度馬虎、對物對人總是應付了事的沒責任感的人，經過一個夏天的相處，我明白這也是沒辦法的事，就當作被捲進颱風裡，只有笑著應對。

潮溼狂亂的強風，肯定會將我所懷抱的這些多餘的疑慮，毫不留情地全數捲走吧。

＊

時値九月半，久別重逢的我與小咲又來到圖書館窩在個人閱覽室裡。

「嗳，這個暑假過得如何？」

我們倆不斷聊著這次打工的各種體驗，聊得昏天暗地，還像久米婆婆和仙婆婆一樣兩個人消費了大量的飲料和點心。

「好厲害！現在這個時代還有人在用火焰瓶？」

小咲聽了代理老闆的英勇事蹟捧腹大笑。不不不，那不是笑得出來的狀況，當時眞的很恐怖耶。

「小咲，眞羨慕妳身邊圍繞的都是一些有常識的人，能從他們身上學到很多呢。」

她的打工地點的同事每個人都很正常，畢竟是從事醫療工作的，和我去到的那個每個人都馬虎隨便沒常識的打工地點有著天壤之別。我吸著利樂包的咖啡牛奶，露出哀怨的眼神看向小咲，小咲突然指著我手中的利樂包說：

「啊，附帶一提，弗萊謝爾（註）先生還說，牛奶也要細細咀嚼之後再吞下去哦。」

註：Horace Fletcher（一八四九～一九一九），美國營養學者，提出「弗萊謝爾健康法」（Fletcherism），又名「咀嚼健康法」，認爲增進健康的關鍵在於食物的完全咀嚼，所有食物都必須咀嚼至液體狀後才吞下，只在感到飢餓時才進食，並應該盡量享受食物的美味。

這位弗萊謝爾先生，據小咲說是提倡「咀嚼健康法」的人，最令我訝異的是這位先生並不是醫師而是一般民眾，我暗自佩服著，一邊咀嚼起口中的咖啡牛奶。

「小咲，妳現在儼然成了牙科雜學的寶庫了耶，要不要認眞考慮朝那方向發展？」

「呵呵，我會考慮的。」

小咲邊笑邊把非油炸的薯條送進口裡嚼著，見她一臉自信滿滿的神情，果然過了一個夏天完全不同了。

（小咲也成長了呢。）

這樣的小咲非常耀眼，我也很替她開心。

這個夏天，對於我們來說一定沒有白費虛度。這時，比嘉阿姨突然現身我腦中。

（不浪費的精神只要用在料理上頭就足夠了，要是連身上的衣物舊了不合身了還捨不得換新的，只會妨礙行動喲，妳看，我的衣服每件都很捨得布料，又寬又大件呢。）

我不由得竊笑了起來。小咲問我：

「說到將來的規畫，浩浩妳有什麼打算？這次在飯店的打工經驗，對求職活動有幫助嗎？」

有幫助？沒幫助？名爲「浪費」的人物正站在背後發出冷笑。

（將來和未來有什麼不一樣？）

啊～吵死了，眞想塞根冰棒到他嘴裡讓他閉嘴。

（思考去什麼樣的公司上班和思考明天晚餐吃什麼，有什麼不一樣？）

（明天晚餐，吃昆布炒豬肉（註一）想來不錯耶。）

（我比較中意麵麩炒蔬菜（註二）哦。）

等一下！久米婆婆、仙婆婆，我沒叫妳們出場呀！我不出得在心中高喊出聲。

（嗳嗳，妳覺得不一樣嗎？）

「就說都一樣啦！一定都一樣！」

「……浩浩？」

突地回過神，發現小咲正一臉訝異地盯著我瞧。不妙，這樣的我眞的有點恐怖。

「唔——，我也不曉得有沒有幫助，總之這次打工眞的很開心就是了。」

小咲看著想打哈哈掩飾過去的我，偏起頭說：

「我覺得浩浩妳啊，好像有點變了耶。」

「咦？有嗎？」

「嗯，感覺不太一樣了。」

小咲甜甜地笑了。見到她的笑容，我腦中的人們再度騷動了起來。

（好可愛！是妳的朋友嗎？柿生小姐，快介紹給我們呀！）

（下次我會帶她過去啦。）

註一：原文爲「クーブイリチー」，沖繩美食。

註二：原文爲「フーイリチー」，沖繩美食。

（很好很好，那我會準備超級美味的Doruwakashi等著妳們來喲。）

（我也送她一個手指蛇。）

好啦好啦知道了。我悄聲低喃，視線無意間落到窗外，不知是否起風的關係，外頭的樹葉彷彿大鍋裡的食材旋呀旋地攪動著。

原來如此。

偶爾有他人介入攪和的人生，才更顯有趣呀。

簡略的後記，以及協助本書誕生的人們

首先，這個故事能夠誕生，都要歸功於《野性時代》（註一）的前編輯金子小姐。連載前我和她興奮地聊著沖繩，兩人半開玩笑地提到：「如果把故事舞台定在沖繩，說不定就能去沖繩出差一趟收集資料了。」沒想到後來玩笑成眞，才有了這本書，簡直就是Sata Andagi裡冒出黑珍珠，不，葫蘆裡跑出駿馬（註二）般地歪打正著。

託寫這本書的福，我有了初次的取材旅行體驗，現在回想起來，滿滿都是歡樂的回憶。不過畢竟不是單純地前往觀光，我們探訪了那霸的小巷與市場，在惡劣天候裡前往遊客稀少的遺跡，在所有餐點都理所當然是大碗分量的定食店裡用餐，還採訪了飯店經營者和打工人員，甚至遇上了在當時的季節難得一見的暴風雨。

當然，沖繩的人事物實際上並不像我故事中所描述地那麼馬虎隨便，但有著一股不同於東京的大而化之卻是事實，正因如此我非常喜歡沖繩。

附帶一提，本書有一本姊妹作《灰姑娘的牙齒》，主角正是本書中與浩浩不時互傳簡訊的

註一：日本角川書店於一九七四年創刊的娛樂小說雜誌，二〇一一年更名為《小說 野性時代》。

註二：日本諺語，原文為：「瓢箪から駒」，意謂在出乎意料之處冒出出乎意料的事物。

好友「小咲」——叶咲子，那本書在去年先一步出版了，故事的時間設定與本書是同一個暑假，希望兩位女孩互為表裡的暑期體驗能夠帶給大家更多的閱讀樂趣。

最後請容我向下述的各位致上由衷的感激之意。

新金一旅館（如今更名為「浮島Towns旅館」）的經理宮城透先生與員工們，謝謝你們提供了許多有趣的經驗談。Hotel Juicy的地點設定之所以多少有些類似本旅館，或許就是因為我們在這兒嘗到了剛起鍋的美味Andagi招待的關係。

感謝民宿In Link的豐見山廣美小姐與員工們，謝謝你們長時間接受我們的採訪，提醒了我長期待在沖繩的外地人並不全是觀光客，也有些人是出於工作關係等原因而滯留當地。

還要感謝在本文最開頭提及的金子亞規子小姐，謝謝妳一秉誠摯的熱情與愛一路守護著浩浩。還有為本書打造了遠遠超出出版社預期的完美書封設計的石川絢士先生，有耐心地等著我不定期生出原稿的角川書店的堀內先生與所有工作人員，負責本書校對、印刷、業務與販售的各位，我的家人與朋友，打點照料我生活全部的G，以及，此刻正讀著本頁的您。

文庫版後記

老樣子，我依然非常喜歡沖繩。原本我就很喜歡離島旅行，只是覺得一個人四處晃有點寂寞，當中唯獨那霸是例外。恰到好處的都會氣息，恰到好處的南國風情，簡單講就是獨自一人逛也不覺無聊的地點。

附帶一提，近幾年來我迷上去那霸閒晃兼看電影，常有人訝異我居然跑大老遠跑去沖繩看電影，但我實在很喜歡以汽車爲主要交通工具的沖繩才能擁有的遼闊電影院與影城內美式風格點心的組合。

有趣的是，緊鄰著美式風格影城的正是由當地人出資經營的大型超市，與電影院出口相連的美食區裡，有著麥當勞、肯德基等速食店，同時有著賣味噌拉麵、山苦瓜炒什錦等等的店家。

一如本書中浩美也數度感受到的衝擊，沖繩正是一個文化與各地人們混雜共處的場所，在加上南國特有的悠哉步調，孕育出獨樹一格的沖繩精神，也因爲如此，沖繩對於旅人而言便成了一個非常自在舒適的地點。

有回我看完電影，在人山人海的美食區點了沖繩拉麵正等著領餐的時候，一名看來應該是中學生年紀的當地男孩對櫃檯喊道：「這邊排隊的人先領餐哦——」沖繩由於某種程度仍保有大家庭主義，這兒的青春期孩子面對大人同樣不卑不亢。或許是由於我一直住在東京才有這種感覺吧，我覺得沖繩眞是個開明自由的土地，彷彿實踐了詩人金子美鈴所言「每個都不一樣，每個都好極了」（註）的眞意。

只不過，開放過了頭，對於個性一板一眼的人來說或許反而難受。因爲不曉得該以何爲基準、該貫徹什麼樣的正義，我思考著這些事，腦中浮現了浩美這個女孩的形象。

如同爲本書撰寫解說的藤田香織小姐所言，我的著作裡常會針對特定的職業著墨，我想或許是因爲我覺得所謂的工作，正是一種「基準」。

求學時就專心念書，畢業後就專心工作，「只要照這麼做就不會遭到世人質疑的眼光」，這個令人感到些許壓抑的框架，其實同時也提供了我們精神層面的庇護。

一旦被告知：「你自由了喲，要幹什麼都可以。」這下該做什麼才好？浩美原本應該獨自赤手空拳尋找答案的，她卻不由得緊抓住以「工作」爲名的理論枴杖，將自己武裝起來面對問題。

「那種毫無意義的枴杖，就任由風捲走吧！」

這正是本書想傳達的主旨。

期待讀者諸君在閱畢本書後，能夠得到心情上的解放。

最後我想向下述的各位致上由衷感激。

謝謝爲本書撰寫解說的藤田香織小姐，讀完原稿，我眞的感到好開心，非常謝謝妳。感謝石川絢士先生再度爲本書設計了與姊妹作《灰姑娘的牙齒》相呼應的文庫版書封，請讀者諸君務必試試將這兩本文庫版擺在一塊兒欣賞，您會發現書封上的生物也是相互對應的。我還要感謝從單行本到文庫本，始終與我一同迎風前行的金子亞規子小姐，讓我們期待今後的並肩奮戰吧。還有業務與販售等等協助本書問世的人們，以及永遠支持著我的家人與朋友，非常感謝。

文末，請容我感謝正在閱讀本頁的您。

希望南國的自由之風，也能吹拂到您身邊。

註：金子みすゞ（一九〇三～一九三〇），大正末期與昭和初期活躍於日本兒童文學界的童謠詩人。本詩句原文爲「みんな違って、みんないい」，出自詩篇〈我與小鳥與鈴鐺〉（わたしと小鳥と鈴と）。

NIL 09／HOTEL JUICY 打工少女的夏日奇遇記

原著書名／ホテルジューシー
作　者／坂木司
原出版者／角川書店
翻　譯／阿夜
編輯總監／劉麗眞
責任編輯／張麗嫺
總 經 理／陳逸瑛
榮譽社長／詹宏志
發 行 人／涂玉雲
出 版 社／獨步文化
城邦文化事業股份有限公司
104台北市中山區民生東路二段141號5樓
電話：(02) 2500-7696　傳眞：(02) 2500-1967
發　行／英屬蓋曼群島商家庭傳媒股份有限公司
城邦分公司
104 台北市中山區民生東路二段141號2樓
網址／www.cite.com.tw
讀者服務專線／(02) 2500-7718；2500-7719
服務時間／週一至週五：09：30～12：00　13：30～17：00
24小時傳眞服務／(02) 2500-1900；2500-1991
讀者服務信箱E-mail／service@readingclub.com.tw
劃撥帳號／19863813
戶名／書虫股份有限公司
香港發行所／城邦（香港）出版集團有限公司
香港灣仔駱克道193號號1樓東超商業中心
電話／(852) 2508-6231　傳眞／(852) 2578-9337
E-mail／hkcite@biznetvigator.com
馬新發行所／城邦（馬新）出版集團
Cite (M) Sdn Bhd
41, Jalan Radin Anum, Bandar Baru Sri Petaling,
57000 Kuala Lumpur, Malaysia.
Tel: (603) 90578822
Fax:(603) 90576622
email:cite@cite.com.my
封面設計／高偉哲
封面插畫／海豹
印　刷／中原造像股份有限公司
排　版／陳瑜安
●2016（民105）4月初版
售價350元
HOTEL JUICY
©Tsukasa Sakaki 2007
Edited by KADOKAWA SHOTEN
First published in Japan in 2010 by
KADOKAWA CORPORATION, Tokyo.
Chinese translation rights arranged with
KODOKAWA CORPORATION, Tokyo,
through THOAN CORPORATION, Tokyo.
版權所有，未經書面同意，不得以任何方式作全面或局部翻印、仿製或轉載。
ISBN 978-986-5651-55-8

國家圖書館出版品預行編目資料

HOTEL JUICY 打工少女的夏日奇遇記 / 坂木司著；阿夜譯. –初版. – 台北市：獨步文化，城邦文化出版：家庭傳媒城邦分公司發行，民105.4
面；公分. --（NIL ; 09）
譯自：ホテルジューシー
ISBN 978-986-5651-55-8（平裝）

861.57　　105003187

獨步文化
APEX PRESS

廣　告　回　函
北區郵政管理登記證
台北廣字第000791號
郵資已付，免貼郵票

104台北市民生東路二段 141 號 5 樓

英屬蓋曼群島商家庭傳媒股份有限公司

城邦分公司

獨步文化　　收

請沿此虛線剪下，將活動卡對摺、黏貼後寄回即可

黏貼處

獨步文化 APEX PRESS

獨步十週年慶活動 Bubu 集點卡

東京來回機票 × 2017 年全套新書 × 限量款紀念背包

預約未知的閱讀體驗・挑戰真實的異國冒險

想見識日系推理場景卻永遠都差一張機票？
想閱讀的時候書櫃剛好就缺一本推理小說？
想珍藏「十週年紀念限量款」Bubu 後背包？

首獎
日本東京
來回機票

三個願望，今年 Bubu 一次幫你實現！
集滿三枚點數就可參加抽獎，每季抽出，集越多中獎機率越大！

首獎：日本東京來回機票乙張 2 名（長榮航空經濟艙來回機票，價值約 NT 40,000 元）

二獎：獨步 2017 年新書全套　每季 5 名（總價約 NT 14,000 元）

三獎：Bubu 十週年紀念限量帆布包　每季 5 名（價值約 NT 3,000 元）

二獎
獨步 2017 年
新書全套

【活動辦法】

・即日起至 2016 年 12 月 31 日止，獨步每月新書後面皆附有本張「獨步十週年慶活動 Bubu 集點卡」乙張及 Bubu 貓點數 1 枚，月重點書則有 2 枚（請見集點卡右下角）！
・將 Bubu 貓點數剪下貼於本張活動集點卡，集滿「三枚」並填寫個人資料後寄出，即可參加獨步十週年慶抽獎活動！（集點卡採【累計制】，每一張尚未被抽中的集點卡都可以再參加下一季的抽獎，寄越多，中獎機率越高喔！）
・二獎和三獎於 2016 年 4 月、7 月、10 月及 2017 年 1 月的 15 日公開抽獎。
・首獎於 2017 年 1 月 15 日抽出。（活動於 2016 年 12 月 31 日截止，郵戳為憑）

三獎
Bubu 十週年紀念
限量帆布包

◆ 詳細活動規則請見獨步文化部落格：http://apexpress.blog66.fc2.com/
◆「每月重點主打書籍」與「活動得獎名單」將於獨步文化部落格、獨步臉書粉絲團公布。
◆ 2017 年新書將於每月 15 日寄出給中獎者。

【Bubu 點數黏貼處】

請沿此虛線剪下，將活動卡對摺，黏貼後寄回即可

【聯絡資訊】（煩請以正楷填寫以下資料，以免因字跡辨識困難導致贈品寄送過程延誤）

姓名：＿＿＿＿＿＿＿＿　年齡：＿＿＿＿　性別：□ 男　□ 女

電話：＿＿＿＿＿＿＿＿　E-mail：＿＿＿＿＿＿＿＿

獎品寄送地址：＿＿＿＿＿＿＿＿

【個人資料蒐集告知事項】為提供訂購、行銷、客戶管理或其他合於營業登記項目或章程所定業務需要之目的，家庭傳媒集團（即英屬蓋曼群島商家庭傳媒股份有限公司城邦分公司、城邦文化事業股份有限公司、書虫股份有限公司、墨刻出版股份有限公司、城邦原創股份有限公司），於本集團之營運期間及地區內，將以 mail、傳真、電話、簡訊、郵寄或其他公告方式利用您提供之資料（資料類別：C001、C002、C003、C011 等）。利用對象除本集團外，亦可能包括相關服務的協力機構。如您有依個資法第三條或其他需服務之處，得洽詢本公司服務信箱 cite_apexpress@cite.com.tw 請求協助。

□ **我已詳讀權利義務之相關條款，並同意遵守。**

黏貼處

【注意事項】1. 本活動限臺澎金馬地區讀者參與。　2. 參加者請務必留下有效郵寄地址，若贈品無法投遞，又無法聯絡到本人，恕視同棄權。　3. 本活動卡及 Bubu 點數影印無效。　4. 欲看贈品實物圖請上獨步部落格：http://apexpress.blog66.fc2.com/　5. 抽獎贈品將以郵局掛號方式寄出，得獎訊息將會於獨步文化部落格、獨步臉書粉絲團公告。

歡迎加入獨步臉書粉絲團

獲得最快最新的出版資訊！Bubu 在臉書等你呦～
獨步粉絲團：https://www.facebook.com/APEXPRESS

◀歡迎剪下我